I0641708

ESSAIS

SUR DIVERS SUJETS

DE

LITTÉRATURE

ET

DE MORALE.

TOME PREMIER.

ESSAIS

SUR DIVERS SUJETS

DE

LITTÉRATURE

ET

DE MORALE.

Par M. l'Abbé *Trublet*, de l'Académie
Françoise & de celle de Prusse, Archidia-
cre & Chanoine de Saint-Malo.

Sixiéme Edition revue & corrigée.

TOME PREMIER.

A PARIS,

Chez B*riasson*, rue Saint Jacques,
à la Science.

M. DCC. LXVIII.

Avec Approbation & Privilége du Roi.

TABLE
DU TOME PREMIER.

a iij

TABLE

Fin de la Table du Tome premier.

ESSAIS

ESSAIS

SUR

DIVERS SUJETS

DE

LITTÉRATURE

ET DE MORALE.

SUR LA MANIERE D'ÉCRIRE

PAR PENSÉES DÉTACHÉES.

JE commence ces Essais par quelques réflexions sur la forme même que je leur ai donnée. Je vais examiner, par rapport aux Auteurs & aux Lecteurs, la maniere d'écrire par pensées détachées. Je comparerai les Li-

Tome I.   A

vres composés de ces sortes de pensées,
avec les ouvrages suivis & méthodiques : on verra qu'ils ont les uns sur
les autres des avantages réciproques.

I.

L'ordre & la méthode sont une des
plus grandes difficultés de l'art d'écrire. Des personnes, d'ailleurs de beaucoup d'esprit, en sont souvent incapables, par paresse, par trop de vivacité, ou même faute d'une certaine
étendue d'esprit.

On peut avoir l'esprit pénétrant &
fécond, capable de produire successivement beaucoup de bonnes pensées, sans l'avoir assez étendu pour
envisager ensemble, & comme d'un
coup d'œil, toutes ces pensées; ce qui
est néanmoins nécessaire pour leur
donner un arrangement convenable,
& en construire un édifice régulier.

Cet arrangement demande ordinairement beaucoup de travail ; & il
y a des gens très-paresseux avec tou-

tes les qualités qui forment un efprit excellent.

La grande vivacité ne permet guè-res de s'apliquer long-tems au mê-me objet. De-là vient que la plûpart des perfonnes vives ne raifonnent guères, voltigent de fujets en fujets, produifent beaucoup de penfées bon-nes ou mauvaifes, felon qu'elles ont de l'efprit, ou qu'elles n'en ont point, mais prefque toujours fans ordre & fans fuite.

Il ne fuffit pas qu'un difcours, qu'un traité foient méthodiques; il faut qu'ils foient pleins & folides, remplis de penfées neuves & vraies. Quel-ques unes de cette efpece, noyées dans une infinité d'autres communes & médiocres, ne font qu'un Ouvrage médiocre. Données à part, elles au-roient fait plus de plaifir aux Lec-teurs, & plus d'honneur à l'Ecrivain. Nous aurions mieux que l'Ouvrage entier, fi nous n'en avions que le meilleur.

II.

Il paroît par ce que nous a laiſſé M.
Paſcal, que c'étoit un génie ſupérieur
& très-capable du grand Ouvrage ſur
la Religion, dont il avoit formé le
projet. Peut-être néanmoins a-t-il été
utile pour ſa gloire, que ſa mauvaiſe
ſanté l'ait empêché d'exécuter ſon deſſein. Peut-être que l'Ouvrage entier,
ſi nous l'avions, nous paroîtroit inférieur aux matériaux que M. *Paſcal*
avoit raſſemblés, & qui nous reſtent
dans le recueil de ſes penſées. Du-
moins eſt-il certain qu'il y avoit encore loin de cet amas de penſées
détachées, à l'ouvrage projetté; & que
tel homme eſt capable de ce qu'a fait
M. *Paſcal*, ſans l'être de ce qu'il ſe
propoſoit de faire.

J'ajoute que tel homme eſt capable de compoſer un bon Traité d'a-
près des penſées, telles que celles de
M. *Paſcal*, ſans l'être de les trouver.

Mais lequel de ces deux hommes eft le plus eftimable & le plus rare ? Il me femble qu'il n'y a pas à balancer fur cette queftion. C'eft fans contredit le premier, le *penfeur.* Quand même M. *de la Bruyere* auroit été incapable, comme on l'a dit, mais peut-être à tort, d'un Ouvrage fuivi & méthodique, il n'en feroit pas moins un des plus beaux & des meilleurs efprits de la Nation.

Quant à l'Auteur qui penfe foiblement, il eft peu eftimable, quelque bon arrangement qu'il donne à fes penfées. Le premier mérite d'un Ecrivain, c'eft celui de penfer, d'inventer. Le premier mérite d'un Ouvrage, c'eft celui du fond des chofes. Le meilleur arrangement de chofes médiocres ne fait point un bon Livre, & n'annonce point un grand homme. Au contraire d'excellentes chofes non arrangées, ou même mal arrangées, font toujours d'un grand prix, & ne peuvent être la production que d'un génie fupérieur.

On a dit pourtant qu'il y avoit plus
de bons Livres, que de Livres bien
faits. Je crois qu'on s'eſt trompé, &
qu'il falloit ſeulement dire qu'il y a
plus de bons Livres, qu'il n'y en a qui
ſoient à la fois & bons & bien faits.
La ſource de cette méprife, c'eſt qu'on
connoît un aſſez grand nombre de
bons Livres mal faits. On les connoît,
dis-je, parce que, malgré ce défaut,
ils ne laiſſent pas d'être eſtimés &
recherchés, à cauſe des bonnes choſes qu'ils contiennent; au lieu qu'on
ne connoît point ceux qui ne ſont
que bien faits, cette ſorte de mérite ne ſuffiſant pas pour les faire
réuſſir.

III.

Quelle confolation pour ceux qui
aiment les Lettres, quel ſecours pour
les Auteurs, ſi les grands hommes qui
ſont morts, ſans avoir compoſé les
Ouvrages qu'ils méditoient, avoient
jetté ſur le papier, comme M. *Paſcal*.

quelques-unes des penſées qu'ils devoient y faire entrer , & ſur-tout ces
principales penſées qui devoient être
la baſe de tout l'édifice !

Souvent ce qu'il y a de meilleur
dans un Ouvrage , ce ſont ces pre-
mieres idées, ces penſées qu'on a
trouvées en ſoi ſans les chercher ,
& qui ont été l'occaſion de l'entreprendre.

I V.

En général , ne ſeroit-il pas bien à
ſouhaiter que tous ceux qui ſavent
penſer , ne laiſſaſſent perdre aucune
des bonnes penſées qui s'offrent à eux
dans la lecture , dans la méditation ,
dans la converſation ? Ceux qui com-
poſent des ouvrages ſuivis , trouveroient d'amples proviſions dans ce
qu'ils auroient ainſi recueilli peu à
peu , & preſque ſans effort.

Combien le haſard n'amene t-il pas
de penſées , qu'on ne peut plus retrouver au beſoin, & dont il ne reſte qu'un

fouvenir confus ! Il y a d'heureux momens dans la vie qui ne reviennent
point. D'ailleurs la chaleur de la converfation, & les idées des autres, font
quelquefois naître des penfées qu'on
auroit cherchées inutilement dans le
cabinet, & à tête repofée.

Quand même on fe rappelleroit
aifément toutes les penfées qu'on a
eues fur un fujet, dès qu'on veut le
traiter, combien d'autres penfées,
qui n'ayant point de rapport à ce
qui fait le principale objet des étu-
des & des écrits d'un Auteur, font
par-là entiérement perdues pour le
Public !

V.

Qu'eft-ce qui fait plaifir dans un
Ouvrage, à un Lecteur, homme d'efprit ? C'eft ce qui l'éclaire, ce qui le
fait penfer. Tantôt ce fera quelque
principe lumineux ; tantôt une nouvelle preuve d'une vérité; quelquefois
un tour extrêmement heureux pour

exprimer une chose, au fond assez commune, mais qui n'avoit jamais été si heureusement exprimée. Voilà ce qu'un homme d'esprit cherche dans les Livres, & ce qu'il aime à retenir. Mais souvent il ne rencontre dans de gros volumes qu'un petit nombre de traits de cette nature.

C'est un grand éloge de dire d'un Livre, qu'il fait penser; & c'est un grand plaisir que la lecture d'un pareil Livre. Or tels sont sur-tout les bons Livres de pensées détachées. Un Lecteur, homme d'esprit & de réflexion, devient Auteur, en lisant *Pascal*, *la Roche-Foucauld*, *la Bruyere*.

Il y a long-temps qu'on crie contre la multitude des Livres; mais on convient aussi, & il est comme passé en proverbe, qu'il n'y en a point où il n'y ait quelque chose de bon. Il seroit donc à souhaiter qu'on en suprimât les trois quarts, après en avoir extrait ce qui mériteroit d'être conservé. Ce seroit un Livre curieux, s'il étoit bien

fait, que celui qui auroit pour titre :
Extrait des Livres qu'on ne lit point. Mais
qui entreprendra un pareil travail ?
Outre qu'il feroit très-pénible , très-
long , & très-ennuyeux , il faudroit encore , pour y bien réuffir , finon ce
qu'on appelle proprement des talens ,
du moins des qualités prefqu'auffi rares. Cependant il reviendroit peu de
gloire de la plus heureufe exécution.
Voilà pourquoi il n'y a guères de bons
Livres plus rares que les bonnes com-
pilations.

VI.

Il y a des efprits féconds & inven-
tifs, en qui une médiocre application ,
& pour ainfi dire , la premiere vûe
d'un fujet propofé , fait naître affez
de penfées pour ne leur laiffer que
l'embarras du choix. Ils en rejettent un
grand nombre que d'autres fe feroient
honneur d'avoir trouvées. Qu'ils aient
par exemple, à faire un difcours d'une
heure de lecture, leur embarras fera de

ſe renfermer dans les bornes preſcri-
tes, avec tous les matériaux qu'ils ont
ſous la main ; de dire tout en peu de
mots, & de le dire comme il faut ; de
joindre la netteté à la briéveté. Il eſt,
je l'avoue, quelques eſprits de ce caractere. Mais combien d'autres ſtéri-
les & bornés, quoique d'ailleurs judicieux, ne ſauroient atteindre à la meſure propoſée, qu'à l'aide de beaucoup de choſes médiocres ; ou, ce qui
ne vaut guères mieux, qu'en donnant
à leurs penſées une étendue qui leur
ôte toute leur force & toute leur grace !

On me dira ſans doute, & mon Livre en ſera peut-être un exemple,
qu'un Auteur qui écrit par penſées
détachées, peut tomber dans le même inconvénient, & pour un petit
nombre de bonnes penſées, en donner une infinité de médiocres.

Je réponds que les Ouvrages de
cette eſpece, lorſque c'eſt l'Auteur
lui-même qui les donne au public,

font ordinairement plus travaillés que les Ouvrages fuivis. Le Lecteur s'y attend, & l'exige de l'Auteur, déchargé du foin de l'ordre & de la méthode.

Il ne faut pour raffembler un grand nombre de penfées détachées, qu'un travail interrompu, auquel on peut faire fuccéder de fréquens intervalles de repos. Le recueil fait, il eft aifé d'en retrancher tout ce qui pourroit moins plaire : au lieu que dans un Ouvrage fuivi, l'Auteur eft fouvent contraint de laiffer dès endroits foibles, qu'il n'a pu corriger avec tous fes efforts, & qu'il ne peut néanmoins fupprimer, parce qu'ils tiennent néceffairement à d'autres.

Les tranfitions font une des fources les plus ordinaires de la langueur du ftile. On abrégeroit de beaucoup plufieurs Ouvrages fuivis, fans leur rien ôter d'effentiel, fi on en retranchoit tout ce que l'Auteur n'y a mis que pour préparer & amener fes penfées, les lier entr'elles, & donner une certaine forme à fon ouvrage *.

Au refte, j'avoue que l'Ecrivain de penfées détachées pourra bien n'être pas affez fevere dans fon choix. Il y a peu de gens qui puiffent faire beaucoup de bonnes chofes : il n'y en a point qui n'en faffent quelquefois de mauvaifes, ou de médiocres ; & on ne joint pas toujours au talent qui enfante les ùnes , ce goût fûr qui les diftingue des autres. Il y a plus encore ; & lors même qu'un Auteur fent bien la foibleffe de certains endroits de fon Livre, il ne peut confentir à les fuprimer , par un effet de cet amour fi naturel qu'on a pour toutes

---

* *Ce qu'il y a de vif & de mouelle , eft étouffé par ces longueries d'aprêt. Je veux qu'on commence par le dernier point. Je cherche des raifons bonnes & fermes d'ârrivée, qui m'inftruifent . . . . . Ni les fubtilités grammairiennes , ni l'ingénieufe contexture de paroles & d'argumentations n'y fervent. Je veux des difcours qui donnent la première charge dans le plus fort du doute . . . . Il ne me faut point d'allechement , ni de fauffe. Je manga bien la viande toute crue ; & au lieu de m'éguifer l'appétit par ces préparatoires & avant-jeux , on me le laffe & afs fadit. Montaigne.*

les productions de son esprit. Cet amour plus vif & plus agissant que les lumieres qui le combattent, les étouffe, ou les rend inutiles : on est aveugle, ou trop indulgent. Mais le Lecteur peut suppléer aisément, pour une seconde lecture, à ce défaut de lumiere, ou à cet excès d'indulgence ; & un coup de crayon lui désignera les endroits qui méritent d'être relûs.

VII.

La maniere d'écrire par pensées détachées est, à certains égards, d'un grand secours pour la mémoire. Le meilleur moyen de bien retenir ce qu'il y a de plus essentiel dans un Ouvrage d'une certaine étendue, c'est de le réduire en maximes, en sentences, en plusieurs petits articles.

Parmi ceux qui ont cultivé leur esprit par la lecture, il est ordinaire d'en trouver qui savent par cœur autant de pensées de la *Roche-Foucauld*, & de la *Bruyere*, que de beaux endroits de nos Poëtes. Une réflexion ingénieuſe, écrite avec juſteſſe & préciſion, ſe grave preſqu'auſſi aiſément dans la mémoire, qu'un beau vers.

D'un autre côté, un diſcours ſuivi eſt plus agréable à lire, que des penſées détachées, ſur-tout ſi elles roulent ſur différens ſujets.

L'eſprit n'aime pas à être trop long-tems occupé du même objet, mais il n'aime pas non plus à paſſer trop rapidement d'objets en objets, qui n'ont entr'eux aucun rapport.

La ſuite des choſes entraîne dans un diſcours bien rangé. On veut en voir la fin, comme celle d'un Roman, où les événemens ſe ſuccedent dans un ordre qui augmente la curioſité, à meſure qu'il la ſatisfait.

On quitte & on reprend un Livre de penſées détachées, quand on le veut ; c'eſt une commodité *. Mais

---

* *Plutarque & Seneque ont tous deux cette notable commodité pour mon humeur, que la ſcience que j'y cherche, y eſt traitée à pieces découſues, qui ne demandent*

on n'en continue pas la lecture tant
qu'on le veut ; elle n'attache pas affez ;
elle fatigue même.

Il n'y a perſonne qui ne l'ait éprou-
vé dans la lecture des maximes de M.
de la *Roche - Foucauld*. C'eſt de tous les
Livres de penſées détachées, celui
qu'on pourroit moins lire de ſuite ſans
laſſitude & ſans ennui; parce que d'une
part, ces maximes ſont preſque toutes d'une fineſſe & d'une délicateſſe
qui demandent beaucoup d'attention
dans le Lecteur , & que de l'autre,
elles n'ont entr'elles aucune liaiſon :
d'où il arrive qu'ayant chacune peu
d'étendue, on paſſe trop rapidement,
comme je viens de le dire, d'un ſujet
à un autre.

Cet ennui & cette laſſitude ſe font
ſur-tout ſentir aux Lecteurs d'un eſprit
médiocre. On s'ennuie , quand on

---

pas l'obligation d'un long travail , de quoi je ſuis inca-
pable. Il ne faut pas grande entrepriſe pour m'y mettre ;
& les quitte où il me plaît ; car elles n'ont point de
ſuite & dépendance des unes aux autres. Montaigne.

n'entend

n'entend pas ce qu'on lit. On se lasse, quand on ne l'entend qu'avec peine, & à force d'application. Mais rien n'est plus agréable qu'un Ouvrage écrit avec finesse & délicatesse, à ceux qui ont eux-mêmes l'esprit fin & délicat. Plus ils ont de cette sorte d'esprit, moins il leur faut d'application pour bien entendre ce qu'ils lisent, & pour en bien sentir toute la beauté.

Cette finesse & cette délicatesse leur plaisent sur-tout dans les Ouvrages de la nature de ceux dont il s'agit ici, dans les réflexions, les maximes, &c. & c'est en effet un des principaux caractères de ce genre d'écrire. J'avoue qu'en ceci, comme en toute autre chose, il y a un juste milieu à tenir. Il faut éviter l'affectation, le précieux, & même un stile trop concis. Mais pour quelques écrivains à qui on pourroit avec justice reprocher ces défauts, combien d'autres n'écrivent que des choses commu-

nes, & quant à la penfée , & quant
au tour ! Au contraire, dans ces Auteurs qu'on accufe de n'être point
naturels , de courir après l'efprit , &
de donner par-là dans le faux , ou
du moins dans un rafinement exceffif, combien de chofes admirable-
ment bien penfées & bien rendues,
pour un petit nombre de traits moins
heureux !

VIII.

Il paroît que M. de la *Bruyere* ne
s'eft point embarraffé du reproche
qu'on avoit fait à M. de la *Roche-*
Foucauld , d'avoir donné dans l'affectation , & dans une *fubtilité* vicieufe.
Si ce reproche eft fondé, l'Auteur
des *Caracteres* eft du moins auffi coupable que celui des *Maximes* ; & le
ftile de ces deux Ouvrages doit avoir
les mêmes cenfeurs & les mêmes
défenfeurs. Mais M. de la *Bruyere* a
évité les autres inconvéniens plus
réels du Livre *des Réflexions morales,*

en donnant quelqu'étendue à pluſieurs de ſes penſées, & en plaçant de ſuite, & ſous un même titre, celles qui ont rapport à la même matiere.

M. de la *Roche-Foucauld* ſe renferme preſque toujours dans la briéveté des ſentences & des maximes ; d'où il arrive que donnant à-peu-près le même tour à toutes ſes penſées, & les ayant d'ailleurs placées au haſard, il fatigue par le changement continuel de matieres, & ennuie par l'uniformité du ſtile. Au contraire, M. de la *Bruyere* varie en pluſieurs manieres le tour de ſes penſées, leur donne tantôt plus, tantôt moins d'étendue, & a mis dans ſon Ouvrage tout l'ordre dont il étoit ſuſceptible.

On a procuré ce dernier avantage aux réflexions de M. de la *Roche-Foucauld*, dans l'édition de 1714, & dans celles qui l'ont ſuivie. Elles y ſont rangées ſous certains titres ; & je crois que depuis ce nouvel arrangement

B ij

on les lit avec plus de plaisir.

Voilà donc dans M. de la *Roche-Foucauld* & dans M. de la *Bruyere*, & même dans M. de la *Bruyere* seul, des exemples de toutes sortes de pensées détachées.

Nous en avons d'une troisieme sorte dans M. *Pascal*, dans les *Menagiana*, *Huetiana*, & autres bons Livres de cette espece. Ces pensées sont quelquefois fort étendues, & presque de petites dissertations. Elles roulent sur toutes sortes de sujets indifféremment. C'est tantôt une remarque de critique, tantôt une anecdote littéraire, quelquefois un trait de morale, *&c.* Cette variété est bien agréable. Aussi les bons Livres de ce genre ont-ils eu beaucoup de succès. C'est ce qui a si fort multiplié le nombre des mauvais.

Je rangerois volontiers, comme M. *Huet*, les Essais de *Montaigne* parmi les *Ana*. Il y a pourtant de la différence entre ce Livre, & les *Ana* ordinaires.

Ceux-ci sont composés de plusieurs articles, qui contiennent une ou plusieurs pensées sur un même sujet, sans digressions d'ordinaire, à moins qu'elles ne soient fort courtes ; après quoi l'Auteur finit, & passe dans un autre article à une autre matiere.

Voici au contraire comme *Montaigne* écrivoit. Il lui venoit quelques pensées sur un sujet, & il se mettoit à les écrire. Mais si ces pensées lui en amenoient quelqu'autre, qui eût avec elles le plus léger rapport, il suivoit cette nouvelle pensée, tant qu'elle lui fournissoit quelque chose ; revenoit ensuite à sa matiere, qu'il quittoit encore, & quelquefois pour n'y plus revenir. Ce sont des digressions dans des digressions, des écarts continuels, mais agréables, & souvent insensibles, ausquels une proposition incidente, & même un seul mot a donné occasion. *

---

* *Vous trouverez en lui plusieurs chapitres dont le chef ne se rappporte aucunemens à tout le demeurant du corps ;*

Il falloit avoir autant d'efprit, de bon fens, de naïveté & de fineffe qu'en avoit *Montaigne*, pour qu'on lui paffât un fi grand défordre dans fa maniere d'écrire, & qu'il plût même par-là. On pourroit lui appliquer, quoique dans un autre fens, ce que *Quintilien* a dit de *Seneque*, qu'il eft rempli de défauts agréables, *dulcibus abundat vitiis.* *

Je ne confeillerois donc à perfonne de laiffer courir fa plume avec le même libertinage que *Montaigne* ; auffi

---

fors aux pieds, je veux dire aux dix ou douze lignes dernieres du chapitre ; ou, en peu de paroles, vers un autr endroit ; & néanmoins le chapitre fera quelquefois de douze feuillets & plus. Pafquier.

* Pafquier a eu la même idée, lorfqu'il dit encore de *Montaigne* qu'il *déplaît plaifamment.*

Mais quoi ? ajoute Pafquier, *ne jettez point l'œil fur le titre, ains fur fon difcours.*

Il dit encore : *Tout fon Livre n'eft pas proprement un parterre ordonné de divers carreaux & bordures, ains comme une prairie diverfifiée pêle-mêle, & fans art, de plufieurs fleurs.*

On peut voir auffi *Balzac*, entretien 18 & 19. Je n'en rapporterai que ce mot : *Montaigne fait bien ce qu'il dit ; mais il ne fait pas toujours ce qu'il va dire.*

me garderai-je bien de l'imiter en cela. Je tâcherai de ne point perdre de
vûe mon fujet, & de n'y rien mêler
d'étranger. Mais je prie le Lecteur de
me difpenfer d'une méthode exacte,
du travail des tranfitions, & de ne
regarder ce Livre que comme un recueil de penfées détachées. Le tems
que j'aurois employé à en former un
tout bien régulier, (fi pourtant j'a-
vois pû y réuffir) ou du moins à les
mieux arranger, je l'ai mis à les éclair-
cir, à les approfondir, & à les rendre
avec le plus de jufteffe, de précifion,
& de netteté qu'il m'a été poffible.

IX.

Un homme qui a lû & penfé, fe
fait ordinairement une efpece de fyftême compofé de fes propres penfées &
de celles des autres, fur les différentes
matieres qui font l'objet de fes réflexions & de fes lectures. Des expofés
abrégés de ces fyftêmes, des écrits
dans lefquels, fans trop chercher le

neuf, & fans l'éviter auffi, on tâche-
roit de renfermer en peu de mots ce
qui a été dit, & ce qu'on a penfé foi-
même de meilleur fur chaque matiere, & de rapprocher ainfi un grand
nombre de vérités éparfes en divers
endroits; des écrits, dis-je, de cette
nature, pourroient être goûtés des
perfonnes intelligentes, qui aiment
la précifion, qui fe plaifent à voir plufieurs chofes à la fois, &, pour ainfi
dire, d'un coup d'œil. Les principes
& les raifonnemens les plus connus
paroîtroient comme nouveaux par un
affemblage heureux, qui leur don-
neroit à tous plus de force & de lumiere. J'ai fait, d'après cette idée,
quelques-uns des écrits qui compo-
fent ce Recueil.

Au refte, on peut répéter ce que
d'autres ont dit, quand on ne le répete que pour le développer, y ajouter, en faire des applications nouvelles, & le réunir à d'autres vérités qui
l'apuyent, & qu'il apuye à fon tour.
C'est

C'eſt dans un ſens être neuf, que d'aprofondir ce que d'autres n'avoient fait qu'entrevoir, faute d'aſſez bons yeux ou de regards aſſez attentifs.

J'ajoute que lorſqu'une bonne choſe avoit été mal, ou médiocrement dite, c'eſt rendre ſervice au Public, que de la reprendre, pour la dire bien, ou mieux, & qu'il y auroit une délicateſſe blâmable à n'oſer le faire, dans la crainte d'être accuſé de plagiat; parce que cette crainte ne viendroit que d'une petite & miſérable vanité, qui nous feroit préférer notre propre gloire à l'utilité ou au plaiſir des Lecteurs. Quelqu'un croira peut-être que je pourrois dire encore qu'en cela nous entendrions mal l'intérêt même de notre gloire; parce que ſi les Lecteurs s'aperçoivent que nous avons emprunté ailleurs telle ou telle penſée, ils s'apercevront bien en même-tems de ce que nous y avons ajouté, tant pour le fond de la penſée, que pour la maniere de la rendre. Mais

Tome I. C

j'avoue que cela ne seroit pas vrai, du moins à l'égard du plus grand nombre des Lecteurs, & qu'il s'en faut bien que tous ceux qui s'apercevroient qu'une pensée n'est pas nouvelle, sentissent le nouveau dégré de perfection que le nouvel Auteur lui auroit donné, ou que, le sentant, ils lui en fissent un grand mérite. Mais si la certitude de trouver des ingrats ne doit pas empêcher de faire du bien aux particuliers, à plus forte raison ne doit-elle jamais empêcher d'en faire au Public.

Je ne me flatte pas de ne m'être servi du bien d'autrui, que dans les occasions & de la maniere que je viens de marquer. Je sais trop les tours que nous joue une mémoire fidele & infidele tout ensemble. On se souvient de ce qu'on a lû, sans se souvenir qu'on l'a lû; d'où il arrive qu'on prend pour invention ce qui n'est que reminiscence. Les Auteurs qui pensent le plus, ne sont pas à couvert de ces surprises,

Trop heureux encore, ſi je ne me ſuis reſſouvenu que de bonnes choſes, & ſi, au défaut d'eſprit, j'ai au moins eu du goût.

X.

Je crains qu'il n'y ait dans cet Ouvrage quelques endroits trop abſtraits & trop métaphyſiques. Je n'annonce que de la Littérature & de la Morale ; & ſur cela le Lecteur ne ſe prépare pas ſans doute à beaucoup d'attention. Je l'avertis néanmoins qu'il trouvera quelquefois une aſſez longue ſuite de raiſonnemens, dont il ſeroit difficile de bien ſentir la liaiſon & la force ſans quelque application.

Quand un Lecteur ordinaire n'entend pas tout ce qu'il lit dans un Livre dont le ſujet eſt fort relevé, il ne s'en prend qu'à ſoi-même. Mais il n'imagine pas qu'il puiſſe y avoir de ſa faute, s'il a de la peine à entendre des réflexions ſur l'éloquence, la poëſie, la morale. Comme il a lû pluſieurs

C ij

Ouvrages touchant ces matieres , où rien ne l'arrêtoit , il décide tout d'un coup que ceux qui ne lui paroiſſent pas ſi clairs , ne valent rien ; ſans ſonger que des Ouvrages qui roulent ſur la même matiere , & qui portent le même titre, peuvent être d'une nature très-différente ; que l'obſcurité prétendue de quelques-uns ne vient que de ce qu'ils ſont plus penſés & plus profonds , & même de ce qu'on s'y eſt propoſé de donner des idées préciſes , plutôt que d'exciter des ſentimens vagues & confus.

On peut parler de la Philoſophie en Orateur ou en Poëte , & parler de la Poëſie ou de l'Eloquence en Philoſophe.

On ne ſauroit guères aprofondir un ſujet , quel qu'il puiſſe être , chercher les cauſes des effets les plus communs, & démêler les différences délicates qui ſont entre les objets , en un mot philoſopher , ſans être un peu abſtrait. Mais être abſtrait & être obſcur , c'eſt la même chofe pour ceux qui font accoûtumés à faire plus d'ufage de leur imagination que de leur efprit. Un Ouvrage clair pour cette efpece de Lecteurs, c'eft celui qui les éblouit, & qui les rémue vivement. Au contraire un Lecteur Philofophe ne trouve fouvent que de l'obfcurité & de la confufion, où les efprits les plus bornés croient voir l'évidence la plus lumineufe.

DE LA CONVERSATION.

I.

LES hommes ne font en fociété les uns avec les autres, que par la communication mutuelle de leurs penfées. La parole modifiée en une infinité de manieres, par l'air du vifage, le gefte, les différens tons de la voix, eft le moyen de cette communication.

Tout autre moyen n'eut été ni fi

C iij

facile, ni si étendu. Je parle, & dans
l'instant mes idées & mes sentimens se
communiquent à celui qui m'écoute;
toute mon ame passe en quelque sorte
dans la sienne.

Cette communication de mes pensées en occasionne en lui de nouvelles, qu'il me communique à son tour.
De là un de nos plaisirs les plus vifs.
Par-là encore s'étendent nos connois-
sances. Le commerce que les hommes
ont entr'eux , soit par la parole, soit
par l'écriture, est la principale, pour
ne pas dire l'unique source des richesses de l'esprit. Je dis, *soit par la parole,*
soit par l'écriture, parce que celle-ci, au
moyen de laquelle nous nous entrete-
nons avec les absens, & même avec
ceux qui ne sont plus, n'est qu'une dépendance & une suite de la premiere.
L'art d'écrire, du moins tel que nous
l'avons en Europe, est fondé sur la fa-
culté de parler, la supose, & lui doit
sa naissance. L'écriture Européenne,
n'est pas comme l'écriture Chinoise,

le ſigne immédiat des idées, mais des mots qui les expriment.

Quelqu'eſprit qu'eût un homme né ſourd & muet, & avec quelque habilité qu'on l'inſtruisît, on ne pourroit lui communiquer par l'écriture qu'une très-petite partie des penſées que nous nous communiquons ſi facilement les uns aux autres par la parole. A plus forte raiſon l'art d'écrire, tel que les hommes nés ſourds & muets pourroient abſolument l'établir entr'eux, ſeroit très-imparfait.

Tous les autres moyens dont on auroit pû ſe ſervir au défaut de la parole, comme le geſte & les autres démonſtrations extérieures, ſe joignent à la parole même. Elle n'en exclut aucun; elle s'apuye de tous, pour ainſi dire; & cependant elle ne peut encore fournir à tous nos beſoins. Il n'y a point de langue qui ne ſoit très-imparfaite; on l'éprouve tous les jours; & les meilleurs eſprits ſont ceux qui l'éprouvent le plus. Leur habileté dans

C iv

la langue, dans laquelle ils veulent
s'exprimer, & leur adreſſe à la manier,
n'en compenſent point l'imperfection.
Ils ne peuvent dire tout ce qu'ils penſent, préciſément, comme ils le penſent ; ils ne ſauroient faire par la parole, une image parfaitement fidele
de leurs penſées ; & ils les abandon-
nent quelquefois, faute de les pouvoir rendre à leur gré. On ſe devine
ſouvent dans la converſation, plutôt
qu'on ne s'entend. L'intelligence de
l'Auditeur ſupplée à l'imperfection du
diſcours ; & par ce qu'on lui dit, il juge de ce qu'on lui veut dire, quoiqu'on ne le lui diſe pas toujours exactement.

Ce qu'on appelle intelligence, pé-
nétration, nous aide quelquefois
moins à bien concevoir les penſées
des autres, qu'une certaine confor-
mité dans l'eſprit, dans le caractere,
dans le goût. Des perſonnes entre qui
la nature a mis cette reſſemblance,
ou qui du moins pour le moment,

se trouvent persuadées de la même opinion, affectées du même sentiment, s'entendent à demi-mot.

Deux hommes de beaucoup d'esprit, mais d'un tour d'esprit fort différent, ont quelquefois de la peine à s'entendre l'un l'autre. M. *Arnauld*, quoique Métaphysicien à sa maniere, n'entendoit point le *Pere Malebranche*, qui dans le même tems, se faisoit entendre à des gens fort inférieurs à M. *Arnauld*, mais dont l'esprit avoit plus d'analogie avec le sien, & qui, pour ainsi dire, lui ressembloient en petit.

I I.

Les hommes s'entretiennent les uns avec les autres, pour le besoin, ou pour le plaisir.

Les peuples non policés, & parmi les peuples policés, les gens occupés, les gens de travail, ne parlent guères entr'eux dans la seule vûe de s'amuser. Les nécessités de la vie, leurs af-

faires, font le fujet ordinaire de leurs
difcours, dans les tems mêmes qu'ils
deftinent à leur divertiffement. Un Ar-
tifan, le verre à la main, parle de fon
travail ; un Marchand parle de fon
commerce, non-feulement parce que
c'eft ordinairement tout ce qu'ils fa-
vent : mais plus encore parce que c'eft
tout ce qui les intéreffe. On dit que
les Anglois connoiffent peu cette forte
de converfation, qui n'eft que pour
le plaifir. Naturellement filentieux,
ils ne regardent point ce caractere
comme un défaut ; ils ne fe forcent
point à parler. La converfation lan-
guit & tombe fouvent entr'eux, & ils
ne croient pas, comme nous autres
François, que la politeffe exige de la
relever & de la foutenir à quelque prix
que ce foit ; c'eft-à-dire, par les difcours les plus frivoles, & quelquefois les moins fenfés ; car c'eft où
mene néceffairement l'obligation
de parler, lorfqu'on n'a proprement
rien à dire. Par-là on contracte l'ha-

bitude de dire des riens.

Le François parle, disent les Etrangers ; mais il ne pense point. Ce reproche n'est peut-être pas sans fondement ; mais aussi il ne faut pas faire de la conversation un travail & une étude, ni en bannir tout ce qui n'est pas sérieux. On auroit tort d'appeller des riens, d'ingénieuses bagatelles, un badinage fin & leger.

Les grands parleurs sont communs parmi nous ; il faut l'avouer. Or, quoiqu'un grand parleur soit quelquefois un homme de beaucoup d'esprit dans un certain sens, c'est rarement un homme d'un esprit bien solide.

Les François parlent souvent tous à la fois. Leurs conversations sont bruyantes. On diroit au contraire, au silence qui regne souvent au milieu d'une troupe d'Anglois, qu'ils méditent profondément, ou que ceux qui ne méditent pas, craignent de troubler les autres. Les François au bruit qu'ils font, ne s'entendent pas ; les

Anglois ne difent mot; cela revient à peu-près au même. *

III.

Un grand parleur eſt un enfant chéri de la nature; elle lui a fait un don bien propre à aſſurer ſon bonheur; elle lui a préparé dans ce prétendu défaut, la plus féconde reſſource contre l'ennui, un des plus grands maux de la vie.

J'en demande pardon à la ſociété;

* *L'Auteur d'une lettre ſur la nourriture des premiers hommes, qui ſe trouve dans le Tome 37, de la Bibliotheque raiſonnée, première partie, parle du ſilence & du maigre des Chartreux, & rapporte à cette occaſion une vive repartie du célebre M Burnet, Evêque de Salisbury. » J'avois l'honneur, dit-il, de dîner chez lui en » fort bonne compagnie. Il s'y trouva auſſi un François, » homme d'eſprit & ſavant, mais qui avoit le défaut de » s'emparer un peu trop de la converſation. Quelqu'un » rapporta qu'on venoit de nommer un Gouverneur de la » Chartreuſe de Londres. Je comprends par ce nom de Chartreuſe, dit là-deſſus notre François, que vous avez eu » autrefois des Chartreux dans cette capitale. Il faut convenir que c'étoit quelque choſe de bien méritoire à eux » d'être entrés dans cet Ordre. Un Anglois a bien de la » peine à ſe paſſer d dîner de ſon aloyau. Il n'y a pas moins » de mérite à vos François qui ſe font Chartreux, ré- » pliqua M. Burnet, à cauſe de la loi du ſilence.*

J'ai quelquefois fouhaité d'être né grand parleur ; & j'ai porté envie à des gens qui venoient de m'ennuyer à la mort.

J'ai pitié d'un ennuyé qui m'ennuye, & je voudrois pouvoir le défennuyer ; mais j'ai de la peine à m'empêcher de concevoir quelque dépit contre un ennuyeux, qui s'ennuye d'autant moins, qu'il m'ennuye plus moi-même.

Les particuliers babillards effuyent fouvent des mortifications. Il n'y a que les grands qui jouiffent bien de leur don.

I V.

C'eft un défagrément prefque égal de fe trouver en converfation, ou plutôt en compagnie, avec de grands parleurs, qui à la vérité ont de l'efprit, mais qu'il faut toujours écouter ; ou avec des fots incapables de bien entendre & de bien répondre.

Pourvû qu'on foit entendu & goû-

té, on s'amuse plus en parlant qu'en
écoutant. Celui qui parle, est toujours plus occupé, plus agité, que
celui qui écoute.

La vanité assaisonne le plaisir de
parler. C'est tout ensemble un plaisir
de l'esprit & du cœur. Au contraire
le plaisir d'écouter n'est guères qu'un
plaisir de l'esprit ; il ne flatte point l'a-
mour propre ; il a même quelque chose d'humiliant.

La conversation ne nous plaît jamais davantage, qu'avec ceux qui ont
un peu moins d'esprit que nous.

On ne sait que dire, ni à ceux qui
sont trop au-dessus de nous du côté
de l'esprit, ni à ceux qui sont trop au-
dessous.

Un homme d'esprit se tait avec les
sots, comme un riche refuse l'aumô-
ne aux mendians ; il n'a point de
monnoie.

Que celui-là est heureux & estimable, qui sait goûter les gens d'esprit,
& suporter les sots !

V.

Il ne faut pas que la bonne compagnie foit trop nombreuſe ; on n'en jouit pas aſſez ; on eſt trop partagé, trop diſſipé. Au contraire, quand la mauvaiſe compagnie eſt nombreuſe, on n'en ſouffre pas tant ; cela y met du moins de la variété.

On s'ennuye bientôt dans la meilleure compagnie, quand on n'y eſt qu'auditeur ; & il eſt quelquefois difficile, lorſqu'on eſt un trop grand nombre, de trouver le moment de parler à ſon tour. Mais, cela même eſt un avantage, quand la compagnie ne plaît pas. Il y a moins de dégoût & d'ennui pour un homme d'eſprit à écouter des ſots qui s'entretiennent les uns avec les autres, qu'à leur parler & à leur répondre. On peut même ſe diſpenſer de les écouter : on peut, ſans changer de lieu, s'échaper en quelque ſorte ; c'eſt-à-dire, à la faveur de la foule, y

refter fans être obfervé, & alors fe
retirer en foi-même, & penfer à ce
qu'on veut.

VI.

Malgré tous les défauts qu'on attribue aux François, c'eft fur-tout en
France, & les Etrangers équitables en
conviennent, qu'il faut chercher le
talent de la converfation. Il y eft plus
commun, & cependant plus eftimé
que par-tout ailleurs. Le même tempérament qui fait aimer la converfation aux François, les difpofe à y
réuffir. Ils aiment à parler par un effet
de cette même vivacité, qui les rendant à charge à eux-mêmes, leur fait
rechercher la fociété, pour s'y déli-
vrer de ce fardeau.

Les perfonnes vives ont befoin d'ê-
tre vivement occupées, fans quoi elles tombent dans l'ennui, qui eft proprement le défaut de penfées vives,
ou de fentimens vifs. Auffi le François
ne fauroit, comme l'Efpagnol plus

tranquille & plus grave, ſoutenir une
ſolitude oiſive, heureux par le ſeul repos, content, pour ainſi dire, de ſa
ſeule exiſtence *. S'il n'a rien à faire,
il va chercher quelqu'un avec qui il
puiſſe s'entretenir; & il le trouve facilement même parmi les gens les
plus occupés, qui ſont quelquefois
bien aiſes qu'on les détourne pour
quelques momens d'un travail ennuyeux ou pénible.

VII.

Le plaiſir de la converſation chez
les François, ſe mêle à tous leurs autres plaiſirs, au point ſouvent de
paroître preſque les exclure. Ils vont
aux ſpectacles plutôt pour cauſer que
pour voir le ſpectacle même. Ceux de
leurs jeux qu'ils appellent jeux de

---

* *Madame de Motteville, dans ſes Mémoires pour ſer-*
vir à l'Hiſtoire d'Anne d'Autriche, femme de Louis XIII.
dit de cette Princeſſe Eſpagnole
   » Sans goûter les douceurs des ſolitaires, qui ſont
» les livres & les rêveries, elle demeuroit ſeule aſſez
» volontiers, ſans plaiſir & ſans peine. *T. I. p. 123.*

Tomé I,   D

commerce & de société, ne font quelquefois qu'une conversation les cartes à la main. Il en est de même de leurs repas. Le plaisir de s'entretenir avec d'aimables convives, est pour eux l'assaisonement de la bonne chère. Aussi le choix & l'assortiment des convives entre-t-il pour beaucoup dans ce qu'on appelle savoir donner à manger.

Le plaisir de la conversation mêlé à celui de la bonne chère, est un préservatif contre l'intempérance, & même contre ses suites. *Les morceaux caquetés se digerent plus aisément*, disoit quelqu'un. Les François font plus longs, & néanmoins plus sobres dans leurs repas, que la plûpart des autres peuples.

VIII.

Il faut distinguer deux especes de conversations; l'une suivie, & qui roule sur un même sujet; l'autre où l'on parle successivement de plusieurs chofes différentes, felon que le hafard les amène. Celle-ci eft la plus ordinaire, & la plus conforme au génie François.

La première a été néanmoins à la mode vers le milieu du fiecle paffé. Le jeu n'étoit pas auffi généralement établi qu'il l'eft à préfent. On y employoit moins de tems, & on en donnoit davantage à la converfation. Le goût n'étoit pas encore arrivé à ce point de perfection où on l'a vû depuis; mais il étoit plus vif pour toutes les chofes d'efprit, qu'il ne l'eft aujourd'hui: fans s'y connoître auffi bien, on les aimoit davantage. La connoiffance des belles-Lettres faifoit partie du mérite d'un homme du monde; & telle eft l'inconftance & la bizarrerie des Ufages, qu'il n'eût pas été alors du bon air de fe piquer d'ignorance.

Il n'y a perfonne qui n'ait entendu parler des fameufes converfations de l'Hôtel de *Rambouillet*. Elles feroient peut-être mieux appellées des

D ij

Conférences. Je conçois néanmoins qu'elles peuvoient être aussi agréables qu'inftructives. Mais il n'y a rien qui n'ait fes inconvéniens ; & comme il falloit avoir beaucoup d'efprit pour réussir dans ces converfations , & que c'étoit à qui en montreroit le plus , il étoit à craindre qu'en cherchant à fe polir & à s'orner l'efprit, on ne donnât dans l'affectation & dans la pédanterie. En effet, ces converfations formèrent, dit-on, la fecte des *précieufes ridicules* & des *femmes favantes* , & donnerent lieu aux Comédies de *Moliere*, qui portent ce titre , les feules peut-être, qui aient corrigé le monde. Mais elles ne l'ont que trop corrigé ; & pour éviter le ridicule que *Moliere* a fi bien peint , quoiqu'en le chargeant un peu trop , on s'eft jetté dans l'extrémité oppofée , infiniment plus blâmable. On eft devenu groffier & ignorant , de peur de paffer pour précieux & pour faux bel efprit.

I X.

Nous avons dans les Romans de Mademoiselle *de Scudery*, un modèle de ces conversations savantes & ingénieuses de l'Hôtel de *Rambouillet*. On me dira peut-être que ce n'est pas de quoi en donner une grande idée ; & il faut avouer en effet que les conversations de ces Romans paroissent ennuyeuses à la plûpart du monde, & qu'elles ont beaucoup contribué à dégoûter des Romans mêmes. Ce n'est pas que plusieurs ne soient assez belles ; mais elles sont mal placées dans un Roman, où le Lecteur cherche des faits & non des discours. Elles interrompent quelquefois la narration, quand elle est le plus intéressante, & reculent un dénouement qu'on attendoit avec impatience.

Dans la curiosité qui me presse de voir la fin d'une histoire, je ne trouve déja votre narration que trop longue; & vous y joignez encore des digreſſions. Je brûle de ſavoir ce que deviendront vos perſonnages; & vous m'apprenez leurs ſentimens ſur l'amour & ſur la galanterie. Tout cela peut être fort délicat & fort bien penſé; mais je veux autre choſe. Satisfaites une curioſité que vous avez excitée. Vos longueurs & vos interruptions me font languir; le dépit me prend; & je laiſſe là un livre où rien ne finit.

D'ailleurs ces converſations ſont entre pluſieurs perſonnes. Cela n'en ſeroit peut-être que plus vif, plus varié, & par conſéquent plus agréable dans la réalité, dans une chambre. Mais dans un livre, dans un dialogue, tant d'interlocuteurs différens ne ſervent qu'à répandre de la confuſion : je ne ſaurois diſtinguer nettement tous ces perſonnages : je ne ſens pas aſſez la différence de leurs caractères, la raiſon préciſe qui fait dire telle choſe à l'un plutôt qu'à l'autre ; & ainſi je ne goûte point le vrai plaiſir du dialogue ; je ne crois point aſſiſter à une converſation.

Voilà les raiſons pour leſquelles les converſations des Romans ont dû déplaire, quoiqu'ingénieuſes & bien écrites. Mais il ne s'enſuit pas de-là que des converſations à - peu - près ſemblables, & ſur des matieres plus intéreſſantes, qui ſe tiendroient réel-lement entre des perſonnes d'eſprit, ne puſſent être fort utiles & fort agréables.

Nous avons encore de Mademoi-ſelle *de Scudery*, quelques volumes de converſations détachées ſur di-vers ſujets de morale. Une plume auſ-ſi délicate que la ſienne, étoit bien propre à ce genre d'écrire ; auſſi ces converſations furent - elles eſtimées lorſqu'elles parurent. Cependant on ne les lit point aujourd'hui ; & la principale raiſon de l'oubli où elles ſont tombées, c'eſt qu'elles ſont l'imitation d'une choſe qui ne ſub-

fifte plus, & dont nous avons perdu
le goût. Autrefois on les lifoit pour fe
former aux belles manières & à la politeffe : mais les manières & la politeffe de notre fiecle font bien différentes des manières & de la politeffe
du fiecle paffé ; & on n'y apprendroit
aujourd'hui qu'à fe rendre ridicule.

J'ai lû vos converfations, me difoit
une Dame, à qui j'en avois prêté un
volume ; mais je me garderai bien de
les faire lire à mes filles. Peut - être
trouveroient-elles tout cela fort beau,
& très-bon à imiter ; car elles ont de
l'efprit : il y auroit moins de danger
pour elles dans une lecture de cette
efpece, fi elles n'en avoient point. Ces
converfations font affez férieufes, &
pourtant elles m'ont fait rire. Il me
fembloit en les lifant, que j'étois dans
une compagnie, où tout le monde
étoit habillé à l'ancienne mode : je
m'imaginois voir des canons, des ver-
tugadins, & des colets montés.

X.

X.

A l'exception de quelques complimens, de quelques reparties, on
peut rapporter tout ce qui se dit dans
la conversation, à ces deux chefs,
conter & raisonner. On raisonne sur
les affaires, sur les sciences, sur les
moyens de venir à bout de quelque
chose : on conte des nouvelles ; on
fait le récit d'une aventure arrivée à
soi-même ou à un autre ; on cite un
trait d'histoire. Ces deux manières de
converser se mêlent & se succèdent :
on raisonne sur un fait, sur une nouvelle, qui viennent d'être racontés ;
& on raconte un fait, on cite un exemple, pour appuyer un raisonnement.

On me dira sans doute, qu'on ne
raisonne guères en conversation. Mais
quand je parle de raisonner, je n'entends pas un assemblage de raisonne-
mens bien suivis & bien liés ; peu de
gens sont capables d'en faire de pareils ; peu de gens même prendroient

Tome I. E

plaifir à les entendre : ainfi cette manière de raifonner conviendroit mal
dans les converfations ordinaires , où
l'on ne cherche qu'à s'amufer. Cela
n'empêche pas que les entretiens les
plus communs ne foient remplis de
raifonnemens courts , fuperficiels , &
fans liaifon les uns avec les autres ;
mais qui n'en font pas moins de vrais
raifonnemens.

X I.

La première règle de la converfation eft d'y obferver les loix de la politeffe * foit celles qu'on peut appeller naturelles , & qui par-là font
communes à toutes les Nations , foit
celles qui ne font fondées que fur un
ufage arbitraire , & particulier au pays
où l'on vit. Cette règle eft la plus in-
difpenfable de toutes. Faute de fuivre
les autres règles , on peut manquer
de plaire ; en violant celle-ci , on
offenfe.

* *Sit fermo, in quo Socratici maximè excellunt , lenis ;*
minimèque pertinax ; infit in eo lepos. Cic. de Off. lib. 1°.

Il ne dépend pas de nous d'avoir beaucoup d'esprit, de dire des choses fines & délicates, de narrer agréablement ; mais il n'y a personne qui ne puisse être poli, du moins jusqu'à un certain point.

La politesse est infiniment plus propre à nous faire aimer & rechercher, que les plus rares qualités de l'esprit : celles - ci excitent presque toujours des sentimens jaloux, qui ne sont pas loin de la haine.

XII.

Il n'est pas étonnant que N. ne soit qu'estimé, & ne soit point aimé. Il fait tout pour l'un, rien pour l'autre. Que lui coûte-t-il pour être estimé ? il a de l'esprit & du sçavoir, & il en montre. Mais il lui en coûteroit beaucoup pour être aimé. Il faudroit qu'il se corrigeât de son orgueil ; qu'il le cachât du moins, qu'il cachât même une partie de son esprit & de son

sçavoir; & qu'ainsi il se fît une violence continuelle.

Mais N. n'est pas même estimé tout
ce qu'il vaut. C'est que pour être estimé, il ne s'agit pas seulement d'être
estimable; il s'agit bien plus encore
d'être aimable. Peut-être même ne
faut-il pas être trop estimable. Un
mérite médiocre, excitant moins la
jalousie, éloigne moins l'amitié qui
dispose si bien à l'estime. Un homme
qui n'est qu'estimable, n'est jamais
aussi estimé qu'il est digne de l'être.
Mais au fond ne mérite-t-il pas bien
l'injustice qu'on lui fait.

Quand on ne rend pas justice à
quelqu'un, il est rare qu'il n'y ait
pas un peu de sa faute.

XIII.

Faites-vous donc aimer, si vous
voulez vous faire estimer. Vous avez
peu de mérite ? Hé bien ! jouez d'a-
dresse ; séduisez vos Juges en gagnant
leurs cœurs.

Celui qu'on aime, on l'eſtime toujours plus qu'il ne vaut : celui qu'on
n'aime point, on l'eſtime le moins
qu'on peut ; on cherche même à le
mépriſer, & on y réuſſit ordinairement. D'abord ce mépris eſt de mauvaiſe foi : il n'eſt point dans l'eſprit ;
il n'eſt, ſi cela ſe peut dire, que dans
le cœur & dans le diſcours. Inſen-
ſiblement il devient plus ſincère ; &
à la fin on arrive à mépriſer de la
meilleure foi du monde, un homme
eſtimable qu'on a quelque ſujet de
haïr : ſi pourtant on eſt forcé de l'eſ-
timer, on le hait d'autant plus.

XIV.

On a dit : *ſi vous voulez être aimé,*
aimez. Ce moyen eſt bon, mais il n'eſt
pas infaillible. En voici un plus ſûr :
ſi vous voulez être aimé, eſtimez. L'eſtime n'a jamais fait d'ingrats ; & d'ailleurs on la croit aiſément ſincère. Ce
n'eſt pas tout ; & l'on pourroit dire
encore : *ſi vous voulez être eſtimé, eſti-*

me*z*. Par-là vous mettrez l'amour propre des autres de votre côté. Bientôt
ils vous estimeront ; fiez-vous-en à
leur intérêt. Ils sont si sottement vains,
qu'ils seroient flattés de votre estime,
quand même ils n'auroient pour vous
que du mépris. Mais elle les flattera
bien davantage, s'ils vous estiment
eux-mêmes. Celui qui nous estime, a
au moins du discernement, sur-tout
s'il méprise nos rivaux.

X V.

Il faut plus de qualités aimables
à celui qui en a plus d'estimables. Un
homme d'un mérite médiocre du côté de l'esprit, est obligé à moins du
côté du cœur.

On dit quelquefois qu'il faut suppléer par les sentimens du cœur aux
agrémens de l'esprit ; & cela est vrai
dans un sens. Mais il seroit plus juste
encore de dire, qu'il faut contreba-
lancer, & racheter en quelque sorte les
qualités de l'esprit par celles du cœur.

X V I.

Entre la grandeur du rang , de la naiffance , des richeffes , &c. & celle de l'efprit & des talens , il y a cette différence heureufe pour celle-là , mais malheureufe pour celle-ci , qu'avec de la bonté & de la modeftie , la premiere forte de grandeur eft un moyen d'être encore plus aimé de fes inférieurs , & que la feconde , même avec les qualités les plus aimables , y eft toujours un obftacle.

X V I I.

Un grand talent pour la converfation demande d'être accompagné d'une grande politeffe. Celui qui efface les autres , leur doit bien des égards. J'étois un jour dans une maifon avec M***. Il y brilla beaucoup comme à fon ordinaire ; & toute la compagnie qui étoit fort nombreufe , me parut charmée du plaifir de l'entendre , excepté deux ou trois beaux efprits

E iv

qui furent toujours un peu férieux.
Sur la fin de la converfation, je re-
marquai qu'il leur parloit d'un air extrêmement gracieux à chacun en particulier. Nous fortîmes enfemble ; &
comme j'étois affez familier avec lui :
vous avez bien fait, lui dis-je, de
faire quelques politeffes à ces Mef-
fieurs, en les quittant. Ils brilloient
lorfque vous êtes entré ; & depuis
il n'a plus été queftion d'eux. L'attention de la compagnie s'eft tournée fur
vous ; cela les a mortifiés ; vous leur
deviez quelque dédommagement.

XVIII.

Il n'y a point de rifque à montrer
beaucoup d'efprit dans la converfation, avec ceux qui d'un côté en ont
affez pour fentir tout celui que nous
avons, & qui de l'autre font trop au-
deffus de nous par le rang, ou par les
richeffes, pour en être humiliés. Avec
mes égaux, difoit quelqu'un, je fup-
prime une partie de mon efprit : je ne

lui laisse prendre tout son essor qu'a-
vec les Grands qui ont eux-mêmes de
l'esprit. Je ne me suis jamais apperçu
que je leur causasse de la jalousie ; &
quand ils m'en ont témoigné, j'ai toujours bien vû que ce n'étoit de leur
part qu'une politesse.

Ce ne seroit plus la même chose,
ajoutoit-il, si ces Grands étoient mes
maîtres, ou s'ils pouvoient le devenir ; si j'avois en vûe d'entrer à leur
service, ou si vivant avec eux, j'étois
à lieu d'avoir avec eux de fréquens
tête-à-tête. Alors je ne chercherois
qu'à les entretenir dans les douces illusions de la grandeur. Je leur laisse-
rois croire que leur esprit égale leur
rang. Je me garderois bien de leur
faire sentir ma supériorité sur eux ; &
je n'ai point de défaut que je leur ca-
châsse avec plus de soin. Pour les amuser dans la conversation , je tâcherois
de les faire parler beaucoup eux-mêmes, & de leur faire croire qu'ils
m'amusent.

Pluſieurs ſe ſont perdus auprès des Grands par une conduite oppoſée : ils ſe ſont fait haïr, en croyant ſe faire valoir.

Quoi que nous en diſe une vanité mal entendue, briller dans la converſation n'eſt pas la meilleure maniere d'y plaire. Il vaut bien mieux y plaire au cœur qu'à l'eſprit ; & y plaire à l'eſprit, eſt ſouvent un obſtacle à y plaire au cœur.

XIX.

Une ſeconde règle générale de la converſation, c'eſt de s'y conformer au goût, au caractere, au tour d'eſprit, à la diſpoſition préſente de ceux à qui on parle. Cette règle eſt une ſuite de la précédente ; la politeſſe la preſcrit ; mais il faut plus que de la politeſſe pour l'obſerver. Il eſt même impoſſible de l'obſerver parfaitement. Car outre que ce ſentiment fin de la différence des eſprits & des caracteres, & de ce qui leur convient ſelon cette différence, eſt extrêmement rare; c'eſt encore autre choſe de ſentir ce qu'il conviendroit de dire, & de pouvoir le dire.

Il n'y a donc point d'homme capable de plaire également à tout le monde dans la converſation, de changer à ſon gré de ſtyle, de ſujet, de manieres, ſelon les occaſions & les perſonnes. L'univerſalité des qualités de l'eſprit n'y ſuffiroit pas ſans celle des connoiſſances; & les unes & les autres n'y ſuffiroient pas encore ſans les qualités du cœur, ſans un grand fond de douceur & de complaiſance. Ainſi tout devroit ſe réunir pour former un homme vraiment aimable, vraiment agréable dans la converſation : car je ne voudrois pas donner ce titre à ceux qui n'y plaiſent que par quelque talent particulier, comme celui de conter, de plaiſanter, ou qui ne ſçavent parler que de certaines choſes. Ils ne ſont goûtés que de certaines perſonnes, & encore pour un tems. L'uniformité amene toujours l'ennui.

Quand je dis que pour être parfaitement propre à la converſation, il
faudroit, s'il étoit poſſible, raſſembler
tout, je n'entends pas qu'il faille exceller en tout; au contraire, on n'eſt,
à proprement parler, obligé d'exceller
en rien.

Si vous voulez écrire, livrez-vous
à un ſeul objet; approfondiſſez une
ſcience; ſoyez attentif à cette voix
de la nature qui vous appelle à un genre, & qui d'ordinaire vous interdit
tous les autres. * Conſultez vos amis;
défiez-vous de l'amour-propre qui ſe
croit capable de tout, qui par une folle
bizarrerie ſe plaît quelquefois à luter
contre des difficultés invincibles. Défiez-vous même, & de l'attrait qui
vous porte à un genre plutôt qu'à
un autre, & du goût qui vous fait bien
juger des Ouvrages de ce genre. Cet
attrait & ce goût ne ſont pas toujours

* *Qu'un art, ſans plus, en lui ſeul t'exercite.*
       Quatrains de Pibrac

des garans ſûrs du talent ; il y a encore bien loin de l'amateur & du con-
noiſſeur, à l'artiſan même médiocre.
Je le répete donc : ſi vous voulez écrire, gardez-vous de l'ambition d'être
univerſel. Mais ſi vous voulez vous
borner à la converſation, vous y réuſ-
ſirez plutôt par certe ſorte de mérite
qui réſulte de l'aſſemblage de pluſieurs
connoiſſances ſuperficielles, & de pluſieurs qualités médiocres, que par le
mérite le plus éminent dans un genre
particulier.

Ce n'eſt pas qu'il ne faille ſuivre
ſon talent dans la converſation, auſſi bien qu'en écrivant ; ſe renfermer
dans les bornes de ce qu'on ſçait ; &
ne parler de ce qu'on ne ſçait pas, que
pour s'en inſtruire. Certe règle eſt encore très-importante. On ne ſçauroit y
manquer ſans tomber dans le ridicule ; & néanmoins on y manque ſouvent. On veut parler de guerre & de
politique; & on ne ſçait que les belles-
lettres. On n'eſt capable que de rai-

sonner, on n'est bon que pour le sérieux ; on veut pourtant plaisanter, &
on plaisante de la plus mauvaise grace
du monde. *L'homme illustre parle comme un sot.* *

X X.

Soyez ce que vous êtes, dit-on sans
cesse aux hommes : *soyez simples &
vrais dans vos manieres, dans vos discours.*
Mais pourquoi est-on obligé de le leur
dire ? Car il en coûte pour sortir de
son caractere : il faut forcer la nature ;
& il n'y a pas d'exemple qu'on ait
réussi en la forçant. Bizarre effet de la
vanité ! C'est la plus malheureuse de
toutes les passions dans ses projets,
parce que c'est la plus imprudente
dans ses moyens. Les hommes sont
vains, & ils n'entendent point la vanité. Bien menée, si je puis m'exprimer ainsi, elle pourroit leur être utile.
Mais comment la meneroient-ils
bien ? C'est elle qui les mene,

b *La Bruyere.*

Vous recherchez l'estime ; mais, vous craignez encore plus le mépris : hé bien vous l'obtiendrez sûrement, cette estime, par les qualités que vous avez, au lieu que vous vous rendrez méprisable en affectant celles que vous n'avez pas. Laissez - les à d'autres ; c'est leur partage. Le vôtre est peut-être aussi bon ; & il ne tient qu'à vous de le rendre encore meilleur. En vous attachant à cultiver & à perfectionner le fond que vous avez reçû de la nature, vous en tirerez infailliblement de quoi plaire ; du moins vous ne sauriez plaire que par-là.

XXI.

Il n'y a que la vanité, & une vanité bien grossiere & bien mal avisée, qui puisse nous engager à parler de ce que nous ignorons ; car notre ignorance ne peut nous être inconnue. On connoit à-peu-près ce qu'on sçait & ce qu'on ne sçait pas. Mais souvent on croit de bonne foi avoir du talent

pour les chofes du monde pour lef-
quelles on en a le moins ; & par exemple, il n'y a point de fi mauvais plaifant, de conteur fi ennuyeux, qui ne
fe croie un homme fort divertiffant &
fort agréable. La vanité a ordinairement beaucoup de part à cette illufion. Cependant le penchant qui nous
porte à de certaines chofes, fuffit de
lui-même pour nous perfuader que
nous y fommes propres ; & dans cette
perfuafion, on fuit fon penchant,
précifément pour le fuivre. On croit
bien faire ce qu'on fait ; fans cela
on ne le feroit pas ; mais ce qui nous
porte à le faire, n'eft pas toujours l'envie de briller, de nous diftinguer,
de plaire aux autres ; c'eft le plaifir
que nous y prenons nous-mêmes :
& voilà fouvent en quoi confifte
toute la vanité dont nous accufons
injuftement certaines perfonnes. Cet
homme ne ceffe de plaifanter, fans
aucun talent pour la plaifanterie ;
quelle vanité, difons-nous quelquefois !

fois ! Difons plutôt : quel travers d'efprit ! quel pitoyable aveuglement !
Vous ôteriez à ce mauvais plaifant
toute fa vanité, qu'il n'en plaifanteroit
pas moins. Ce n'eft pas pour vous qu'il
plaifante, c'eft pour lui ; & s'il croit
vous divertir, c'eft qu'il fe divertit lui-
même. Il ne dit pas, comme ceux dont
je parlois tout-à-l'heure : la plaifanterie eft très-agréable dans la converfation ; elle attire la réputation
d'homme d'efprit ; il faut donc que je
plaifante. Mais par une erreur de la
nature, fi je puis m'exprimer de la
forte, qui a féparé en lui le goût pour
la plaifanterie, du talent qui y fait
réuffir, il s'eft fenti du penchant à plaifanter, & il plaifante.

Au refte, il eft ordinairement aifé
de diftinguer dans les autres ce qu'ils
font par vanité, de ce qu'ils font par
un penchant naturel ; & j'avoue qu'on
ne s'y trompe guères, quoique par
malice on parle fouvent de ces perfonnes autrement qu'on n'en penfe,

Tome I. F

Dans la vûe de rendre un homme odieux, on saisit quelquefois de fausses apparences pour lui imputer un vice, dont on sçait bien qu'il n'est guères coupable.

X X I I.

Une des plus mauvaises manieres de sortir de son caractere & de son naturel dans la conversation, c'est de vouloir être plaisant lorsqu'on n'est pas né tel. Cependant, comme dit *Balzac, force gens croyent être plaisans, qui ne font que ridicules.* C'est bien pis encore, lorsqu'en forçant la nature, on viole les bienséances de son état, joignant ainsi l'indécence au ridicule.

On a dit d'un Ministre d'Etat, qu'il auroit mieux aimé divertir une compagnie par un bon mot, que de donner à tout un Royaume un sujet de joie.

Il n'y a rien qu'on dût moins affecter que d'être plaisant; toute au-

tre affectation seroit moins dangereuse. La mauvaise plaisanterie est tout
ce qu'il y a de plus mauvais ; la bonne est très-difficile & très-rare ; & la
meilleure a encore de grands inconvéniens. Le caractere des plaisans de
profession, des diseurs de bons mots,
des faiseurs de jolis contes, attire peu
de considération dans le monde , &
expose tous les jours à mille petits dé-
sagrémens très-mortifians pour l'a-
mour-propre. Ceux devant qui ces
Messieurs jouent leurs petites pièces
n'ont guères plus de respect pour
eux, que le parterre en a pour les Co-
médiens ; & on se croit en droit de les
traiter assez cavaliérement. Un homme qui fait rire les autres, impose peu.
Contribuer à leurs plaisirs en cette
manière, c'est s'avilir à leurs yeux ;
& en applaudissant au talent , ils
méprisent presque toujours la personne. -

Quelque parfait que soit le talent
pour la plaisanterie , on ennuie à la

fin; si l'on ne sçait s'arrêter & finir à propos. D'ailleurs les meilleurs plaisans font sujets à beaucoup de mauvaises plaisanteries; & les ris qu'ils excitent, font souvent des ris moqueurs. A un trait fin succède une grossiéreté plate. Ils font tour-à-tour envie & pitié. Le mauvais n'est jamais plus près du bon que dans la plaisanterie. En général les gens à saillies & à bons mots font très-inégaux, & même journaliers. C'est que ce font gens d'imagination, qui par conséquent en ont plus que de jugement, & n'en ont pas même toujours.

Il y a des plaisans plus malicieux que bouffons, & dont l'unique emploi est de divertir tour-à-tour une moitié du public aux dépens de l'autre ; dangereux emploi dont le fruit est une haine universelle.

XXIII.

Il y a plusieurs autres règles dépendantes de celles que je viens de mar-

quer, qui preſcrivent plus en détail
ce qu'on doit faire & ce qu'on doit
éviter dans la converſation; mais
elles ſont trop communes pour qu'il
ſoit ſeulement beſoin de les indiquer.
Ce n'eſt pas qu'on ne les viole preſqu'auſſi ſouvent que d'autres règles
plus fines & plus délicates, & par-là
moins connues; mais ce n'eſt point
par ignorance qu'on les viole. Rien
n'eſt plus ordinaire en matière de fautes qui regardent la converſation, que
d'en commettre de pareilles à celles
qu'on vient de remarquer dans les autres, de les imiter même en les repre-
nant. Pour en donner un exemple mille fois cité, & par-là d'autant meilleur
à citer encore, il n'y a point de règle
plus commune que celle qui défend
de parler ſouvent & long-tems de ſoi-
même : il n'y a point de faute plus
choquante que celle d'avoir ſans ceſſe
le *moi* à la bouche. Comme cette faute bleſſe ſur-tout ceux qui y ſont les
plus ſujets, ils ſont auſſi les premiers

à la condamner dans autrui. Mais c'est presque toujours pour eux une occasion d'y tomber. J'ai vû commencer un long & ennuyeux discours, dont celui qui le faisoit étoit lui - même la matière, par cet exorde : *Je ne parle jamais de moi; ce n'est pas là mon défaut.*

Le défaut de parler beaucoup de soi-même, qu'on ne passeroit pas à ceux qui auroient le plus d'esprit, suppose ordinairement qu'on en a fort peu, ou du moins qu'on a peu de jugement. Il marque encore beaucoup de vanité ; d'où il arrive qu'on manque son but, qui est de se faire connoître aux autres d'une maniere avantageuse. Mais on le manque d'autant plus, qu'il est difficile qu'en parlant beaucoup de soi-même avec peu de jugement, on n'en dise, sans y penser, bien des choses peu avantageuses. S'il est toujours dangereux de parler avec peu de jugement, c'est sur-tout quand on parle de soi-même. Enfin il est

rare qu'on en parle avec une entiere
sincérité, puisque c'est la vanité qui en
fait parler : de - là l'ennui & le dépit
que causent de pareils discours.

X X I V.

Ce défaut est d'autant plus inexcu-
sable dans un sens, qu'il est plus ordinaire. Comment ne pas voir, ne pas
sentir, que ce qui nous ennuye &
nous choque si fort dans les autres,
doit les ennuyer & les choquer autant en nous ?

C'est par amour-propre & qu'on
parle souvent de soi-même, & qu'on
ne veut pas que les autres parlent
d'eux-mêmes.

Nous n'aimons guères les autres.
Mais s'ils montrent de l'amour propre, nous les haïssons.

X X V.

Pourquoi la conversation est - elle
si agréable avec ceux qu'on aime d'u-
ne tendre amitié, & ne tarit - elle jamais ? C'est sur-tout parce qu'alors on

parle de soi à quelqu'un qui y prend beaucoup d'intérêt.

C'est encore, pour le remarquer en paffant, parce que, quand on s'aime bien, on fe dit tout, & que, quand on fe dit tout, on ne s'eft jamais tout dit. Tout n'a point de fin.

XXVI.

J'écouterois avec grand plaifir un homme auffi eftimable par les qualités du cœur que par celles de l'ef-prit, qui me parleroit de lui-même naturellement & fincérement : il me femble qu'il y auroit bien à profiter dans un pareil entretien. Une ame d'un certain ordre qui fe montre à nud, eft un fpectacle également agréa-ble & inftructif.

XXVII.

Quelques Auteurs ont blâmé *Montaigne* d'avoir trop parlé de lui-même dans fes *Effais* ; & ils ont raifon dans un fens : il eft des chofes d'une certaine

taine nature qu'on ne peut dire de ſoi aux autres, ſans danger pour eux, de quelque maniere qu'on les diſe. Mais *Montaigne* va encore plus loin. Il ſe vante de choſes vraiment ſcandaleu-ſes, dont l'aveu même ne lui étoit pas permis; & certainement cela n'eſt pas d'un honnête homme. Les gens de bonnes mœurs retrancheroient donc volontiers de ſes *Eſſais* quel-ques-uns des endroits où il parle de lui-même; mais ce ſeroit-être trop ſé-vere que de vouloir les retrancher tous, ſous prétexte que la vanité y a eu quelque part. Pluſieurs de ces morceaux ſont les plus agréables de tout le Livre. *

Montaigne a étudié, il a peint l'hom-

* *Pendant qu'il fait contenance de ſe dédaigner, je ne lus jamais Auteur qui s'eſtimât tant que lui; car qui au-roit rayé tous les paſſages qu'il a employés à parler de ſoi, ſon œuvre ſeroit racourci d'un quart, à bonne me-ſure, ſpécialement ſon troiſiéme livre, qui ſemble être une hiſtoire de ſes mœurs & actions . . . . Vous jugerez par tout ce que je vous ai ci-deſſus déduit, que montaigne a un ennemi profès en moi . . . . à Dieu ne plaiſe. J'aime, reſpecte & honore ſa mémoire autant & plus que*

me en s'étudiant, & en se peignant lui même ; & c'est en effet une bonne manière de l'étudier, & un bon moyen de le peindre au vrai, du moins pour quelqu'un qui se connoîtroit aussi-bien que *Montaigne* se connoissoit.

Se mêler soi-même à tout propos dans un livre aux choses qui en font la matière, cela seroit fort mal, & pourroit même paroître fort ridicule ; mais on peut, comme *Montaigne*, faire de soi-même la matière de son livre, & mêler les autres choses à soi.

Si *Montaigne* parloit autant de lui-même dans la conversation, qu'il en parle dans ses *Essais*, cela devoit choquer ; mais il y a bien de la différence, à cet égard, entre une conversation & un livre : on peut lire avec plaisir

nul autre. Et quant à ses *Essais* que j'appelle chef-d'œuvre, je n'ai livre entre les mains que j'aye tant caressé que celui-là. J'y trouve toujours quelque chose à me contenter .... & ne me puis encore offenser, quand il se débonde à parler de lui. Cela est dit d'un tel air que j'y prens autant de plaisir, comme s'il parloit d'un autre, Pasquier.

ce qu'on auroit été choqué d'entendre.

Le Lecteur ſe met peu en peine quo
la vanité ait fait parler un Auteur,
pourvû qu'elle ne l'ait point fait mentir; ſur-tout ſi cet Auteur eſt mort
depuis long-tems. C'eſt la vanité con-
temporaine, ſi je puis m'exprimer ainſi, la vanité vivante avec nous, qui
nous révolte & nous mortifie. Je ne
fais que rire d'une vanité avec laquelle la mienne n'aura jamais rien
à démêler.

Il ſeroit à ſouhaiter qu'à l'exemple
de *Montaigne*, tant de grands hommes qui ont compoſé de ſi beaux
Ouvrages, nous euſſent laiſſé dans
des mémoires bien ſincères, une
peinture fidèle de leur cœur & de
leur eſprit. Il y a des Lecteurs phi-
loſophes qui feroient plus de cas de
ces mémoires, que de tous leurs
autres écrits.

Montaigne n'en eſt pas moins philoſophe, pour n'avoir pas la mar-

che philofophique. C'eſt un philofophe déguiſé en cavalier ; & ceux à
qui celui-ci cacheroit l'autre, ne ſeroient eux - mêmes guères philofophes.

XXVIII.

Il en eſt de parler de ſoi-même ,
lorſqu'on a beaucoup d'eſprit , comme de chanter lorſqu'on a une belle
voix ; il ne faut faire l'un & l'autre
que quand on en eſt prié, & finir
bientôt. Mais au lieu qu'il faut chanter à la première demande qu'on nous
en fait, il ſied bien, pour écarter
tout ſoupçon d'amour-propre , de
refuſer d'abord de parler de ſoi-même, & de ne céder qu'à une ſorte
d'importunité.

S'il pouvoit y avoir quelque choſe
de plus ſot & de plus ridicule que
de dire toujours du bien de ſoi, ce
ſeroit d'en dire toujours du mal.

S'il y a de la peine à dire du mal de
ſoi, elle eſt bien compenſée par le
plaiſir d'en parler.

Le défaut de parler trop de foi-même a fa premiere fource dans celui de trop parler. Auffi les trouve-t-on fouvent enfemble. Il eft rare au contraire de trouver le premier où l'on ne trouve point le fecond.

Si tout grand parleur eft ennuyeux, & même odieux, que fera-ce du grand parleur de lui-même ?

DU TALENT DE PARLER,

ET DE CELUI D'ÉCRIRE.

I.

IL y a des gens qui écrivent bien, & qui parlent mal, ou du moins qui écrivent beaucoup mieux qu'ils ne parlent. D'autres parlent bien, & écrivent affez mal, ou du moins parlent mieux qu'ils n'écrivent. C'eft un fait dont l'expérience nous fournit tous les jours de nouvelles preuves ; tâchons d'en trouver les raifons. Cet

G iij

te matière , comme on le voit , a beaucoup de rapport avec la précédente. Je cherche pourquoi tous ceux qui ont le talent d'écrire , n'ont pas celui de la converſation ; & pourquoi tous ceux qui ont le talent de la converſation , n'ont pas celui d'écrire.

I I.

La premiere queſtion , comment il ſe peut qu'on écrive bien , & qu'on parle mal , eſt la plus facile à réſoudre. Pour bien parler, il faut penſer promptement & nettement. Or il y a de bons eſprits , mais lents & froids , qui ne penſent qu'à force de tems & de travail. Du moins leurs penſées ne ſe préſentent à eux que confuſément. C'eſt la méditation qui les développe & qui les amene à ce dégré de netteté , d'où l'expreſſion ſuit d'elle-même.

M. *Nicole* , l'un des plus grands Ecrivains du ſiécle paſſé , avoit peu

de facilité de parler ; & il difoit au
fujet de M. de *Tréville*, un des hommes du monde qui parloit le mieux :
il me bat dans la chambre ; mais je ne
fuis pas plutôt au bas de l'efcalier, que
je l'ai confondu.

III.

Les Auteurs de profeffion ont fouvent peu d'ufage du monde. Ce font
des folitaires qui lifent & qui écrivent plus qu'ils ne parlent ; le ftyle
de la converfation ne leur eft point
familier. Ce qui en fait le plus communément le fujet, leur eft encore
moins connu, & n'a pour eux rien
d'intéreffant. Plufieurs même s'ap-
pliquent à des chofes dont on ne
parle prefque jamais dans le monde ; ou s'ils écrivent fur les chofes
de goût & d'agrément , c'eft d'u-
ne manière abftraite & raifonnée,
qui peut plaire dans un livre , où
l'on examine ces matières philofo-
phiquement, mais qui fatigueroit ,

G iv

& qui ennuyeroit beaucoup dans la conversation *.

IV.

Des hommes d'un esprit rare & supérieur, ont souvent moins de facilité à s'exprimer, que des personnes d'un esprit médiocre, parce qu'ils pensent davantage ; c'est-à-dire, parce que leurs pensées sont plus nouvelles, plus fines, plus profondes. Il n'est pas étonnant que des idées communes & simples soient d'abord claires & distinctes, ni que des idées nouvelles & compliquées, des pensées profondes, ne se présentent à l'esprit que confusément **, & que par conséquent on ne puisse pas les bien exprimer sur le champ. On éprouve tous les jours en écrivant

---

* On fait le mot d'*Isocrate* à la table du Roi de Chypre. Il y gardoit le silence : on l'invita de parler. *Ce que je sçais*, répondit-il, *ne conviendroit pas ici ; & ce qui conviendroit ici, je ne le sçais pas.*

** Quelqu'un a dit assez plaisamment, que *l'esprit d'invention étoit un peu brouillon de son naturel.*

& en parlant, & sur-tout en tra-
duisant d'une langue en une autre,
que les meilleures penfées font celles
dont l'expreffion coûte davantage.

Il y a plus encore. Souvent, quoiqu'on ait un fentiment très-vif, & une
idée très-claire de ce qu'on veut dire,
on ne peut le dire comme on le
voudroit. Sans cela il n'y auroit rien
de plus aifé que de bien traduire;
& tout homme d'efprit qui fauroit
bien deux langues, traduiroit à courfe de plume. Cependant s'il faut
moins de génie pour traduire que
pour produire de fon chef, il faut
peut-être encore plus de tems & de
travail. On entend parfaitement un
bel endroit d'*Horace*, ou d'*Ovide*;
on en fent toute la beauté & toute
la fineffe; & ce n'eft pourtant qu'a-
près y avoir long-tems rêvé, qu'on
vient à bout de le rendre heureufe-
ment; fouvent même on n'y fçauroit
réuffir.

Notre langue nous paroît bien ri-

che dans les Ouvrages de nos bons
Ecrivains : mais je fuis fûr qu'ils l'ont
trouvée pauvre en beaucoup d'occafions ; qu'ils n'ont pas toujours
dit tout ce qu'ils ont voulu dire ;
& que leur expreffion eft fouvent
au-deffous de leur penfée.

Il en eft à-peu-près de ce qu'écrit
un bon Auteur , par rapport à ce
qu'il a dans l'efprit en écrivant ,
comme d'une traduction par rapport
à fon original. Le Traducteur ne fauroit atteindre & égaler par-tout l'Auteur qu'il traduit ; & celui qui écrit
fes propres penfées , ne peut auffi
s'atteindre , fi j'ofe le dire , & s'é-
galer lui-même.

Il eft rare , me difoit un jour un
de nos meilleurs Ecrivains , que je
fois parfaitement content de ce que
j'écris. Il me femble que je vaux
mieux que mes Ouvrages ; que je
penfe au-delà de ce que j'exprime ;
& que fi on pouvoit lire dans mon
efprit , lorfque je travaille fur une

matiere que j'ai bien méditée, on
y verroit toujours plus de chofes
que je n'en puis mettre fur le papier.

Il eft donc certain que la beauté des penfées, c'eft-à-dire, leur
nouveauté, leur fineffe, leur pro-
fondeur, eft par elle même un obftacle à les bien exprimer. C'eft ainfi,
diroit un Poëte qui voudroit faire
une comparaifon, que les matières
les plus rares & les plus précieufes
font les plus difficiles à mettre en
œuvre. De-là il s'enfuit qu'un homme d'efprit, par cela même qu'il eft
homme d'efprit, a fouvent moins
de facilité à parler, que beaucoup
de gens d'un efprit très-fuperficiel.

V.

La pureté & l'élégance du ftyle font
une grande partie du mérite d'un
Ouvrage d'agrément; & fi on ne
les exige pas abfolument dans toutes fortes d'Ouvrages, on peut au

moins dire qu'il n'y en a point qui
ne gagnent beaucoup à être bien
écrits. Mais un ſtyle trop châtié n'eſt
point celui de la converſation, &
d'ailleurs il n'y ſeroit guères poſſible. Cependant on en prend le
goût en écrivant. On parvient ,
on s'accoûtume à une certaine juſteſſe de penſée & d'expreſſion, ſans
laquelle on auroit honte de parler.
On voudroit ne rien dire, qui ne
méritât d'être écrit. On compoſe
en parlant. De-là un air de travail
& de peine qui fait ſouffrir ceux qui
écoutent ; une lenteur à s'exprimer
qui les impatiente : c'eſt pure pédanterie, & de plus vanité mal entendue. Il vaudroit mieux parler
moins bien, & parler plus vîte.

On ne doit point écrire comme on
parle, ſi ce n'eſt peut-être des lettres,
qui ne ſont qu'une converſation écrite : on ſeroit trop négligé. On ne peut,
ni on ne doit parler comme on écrit ;
on ne ſeroit pas aſſez libre, aſſez na-

turel. Je crois qu'on a eu intention de
louer le premier dont on a dit , *il parle
comme un livre* ; mais cette expreſſion ,
qui étoit d'abord une louange , & même une louange exagérée , a été dans
la ſuite une raillerie , & la critique
d'un ridicule.

V I.

Parler facilement , & parler bien ;
parler difficilement & parler mal , c'eſt
la même choſe pour la plûpart des
auditeurs ; & cela ne peut guères être
autrement. La facilité de parler impoſe ; ſur-tout elle ſéduit par la rapidité qui en eſt la ſuite. La difficulté de
parler a des effets tout contraires. La
peine que me fait éprouver celui qui
parle avec peine , m'empêche de ſentir la bonté réelle de ce qu'il dit : il eſt
donc fort naturel que j'en juge peu
avantageuſement.

D'ailleurs ce jugement n'eſt pas abſolument faux ; & il eſt vrai dans un
ſens que celui qui parle difficilement ,

parle mal. Il fe peut qu'il n'y ait rien à reprendre dans fon difcours. Le défaut, fi je puis m'exprimer de la forte, n'eft pas dans ce qui eft dit ; il eft dans celui qui dit ; car on parle avec plus ou moins de facilité, felon que les idées, telles qu'elles foient, fe fuccèdent plus ou moins rapidement. Or cette fucceffion rapide des idées, en quoi confifte proprement la vivacité d'efprit, eft un bien, un avantage ; & le contraire eft un mal, un défaut. Il y a donc toujours une forte de mérite à parler facilement & promptement ; & c'eft toujours un vrai défaut que de parler difficilement & lentement ; défaut néanmoins qui, comme je viens de le dire, ne fuppofe pas toujours moins d'efprit dans ceux qui l'ont, que dans ceux qui ne l'ont pas. On a plus d'efprit, ou, pour ôter toute équivoque, on a plus de fond d'efprit, à proportion qu'on penfe mieux, & non à proportion qu'on penfe plus rapidement, & que par conféquent on parle plus facilement.

Ordinairement , comme je l'ai dit, le fot croit que celui qui parle facilement, mais mal, parle bien. Quelquefois auffi il croit que celui qui parle facilement & bien, ne parle que facilement. Mais le plus fouvent il les confond, parce qu'il ne voit dans l'un & dans l'autre que la facilité qui leur eft commune.

En général, qui parle lentement & difficilement, penfe de même, & les mots ne traînent , que parce que les penfées traînent auffi,

Quand je dis que la facilité de parler naît de la rapidité avec laquelle les idées fe fuccèdent, j'entends une rapidité modérée ; autrement les idées fe confondroient & s'effaceroient les unes les autres. L'abondance des penfées jetteroit dans l'impoffibilité de parler. Il y a des fous qui ne font tels que par cette fucceffion trop rapide des idées. C'eft auffi un des effets de l'ivreffe. Ainfi on a raifon de dire que

l'extrême vivacité approche de la folie ; & on pourroit dire encore , pour
exprimer l'état ordinaire de certaines
gens, qu'ils font ivres-nés.

La rapidité dans le difcours , fert à
en cacher les défauts , comme elle en
relève les beautés. Il eft vrai qu'elle
nuiroit à des beautés trop fines &
trop délicates. Mais des beautés de
cette efpèce· ne conviennent point
dans la converfation ; & la rapidité
lui eft fi effentielle , qu'il en faut
bannir tout ce qui demanderoit du
tems pour être bien compris & bien
fenti , quelque beau qu'il puiffe être ,
plutôt que de parler avec lenteur.

Celui qui parle rapidement , nous
occupe & nous émeut par la multitude d'idées qu'il nous offre prefque
à-la-fois ; au lieu que celui qui parle
lentement, ne nous donnant que peu
de chofe , & nous faifant attendre ce
qu'il nous donne, nous caufe néceffairement de l'ennui, & même du dépit,
　　　　　　　　　　　fur-tout

fur-tout fi nous avons nous-mêmes
beaucoup de vivacité.

VII.

Ceux qui ont peut d'ufage du monde, font ordinairement timides, & par-
là contraints & embarraffés dans la
converfation. Ce n'eft pas toujours
qu'ils ne fçachent bien parler: tel vous
aura paru prefque ftupide avec de certaines gens, qui avec d'autres & au
milieu de fes amis, vous paroîtra un
homme de beaucoup d'efprit.

La timidité glace, enchaîne le talent. Une modefte hardieffe, la confiance qu'on eft écouté avec plaifir,
la connoiffance du caractère de ceux
à qui l'on parle, l'animent, le mettent
à fon aife, & lui donnent lieu de fe
montrer tel qu'il eft.

VIII.

Un Auteur ne porte pas toujours
dans la converfation, une entiere liberté d'efprit. Il va fouvent faire une

Tome I. H

vifite , fortement occupé des penfées
qu'il vient de méditer & d'écrire. Il eft
tout plein de la matière fur laquelle il
travailloit. Il eft encore dans fon cabinet. Comment pourroit-il parler,
lorfqu'il n'eft pas même en état d'é-
couter ? De-là viennent les diftractions des gens de lettres , qui produifent quelquefois des fcènes fi plai-
fantes.

Joignez aux diftractions l'épuife-
ment d'efprit , que caufe le travail de
la compofition.

Un Auteur va chercher dans une
vifite à fe délaffer d'une longue &
pénible application. On l'annonce.
C'eft un homme connu par fon efprit.
Chacun goûte d'avance le plaifir de
fa converfation , & croit qu'il va dire
des merveilles. Point du tout. Aux
premiers complimens fuccède un fi-
lence froid , que perfonne n'ofe in-
terrompre ; on attend que le célèbre
Ecrivain veuille parler. Las d'attendre
envain ; on l'excite par quelques pa-

roles ; & il répond par des monofyl-
labes. Où eft donc fon efprit & fon
enjouement ordinaire ? Qu'eft devenue cette imagination fi brillante &
fi féconde ? Tout cela n'eft plus. Quelques heures de travail ont rabaiffé ce
grand homme au-deffous du commun
des hommes. La moitié de fon efprit
s'eft diffipée , & l'autre eft encore à
l'ouvrage.

Mais indépendamment de ces grands
épuifemens caufés par un excès d'application , c'eft l'effet ordinaire de l'é-
tude affidue de ralentir la vivacité de
l'efprit , & d'appéfantir par rapport à
la converfation.

Depuis que M. N***. eft devenu
Auteur, difoit une Dame de fes amies,
je ne lui trouve plus d'efprit. Ses livres m'amufent à la vérité ; mais fa
converfation étoit bien une meilleure
reffource ; cela revenoit tous les jours.
Je le vois moins , & moins bon ; j'ai
beaucoup perdu où le Public a gagné.
Il m'a enlevé mon ami & mes plaifirs.

H ij

I X.

Voilà, ce me femble, les principales caufes de ce qu'on voit tous les jours, que plufieurs de ceux qui écrivent bien, parlent mal, du moins produifent peu dans la converfation, & s'y voient fouvent effacés par des gens d'un efprit fort inférieur.

Pour rendre tout ceci plus clair, il faudroit peut-être des exemples, & que j'appliquaffe mes principes à quelques-uns de nos plus fameux Auteurs, qui n'ont pas joint le talent de bien parler à celui de bien écrire. Voici les raifons qui m'empêchent de le faire. Entre ceux que je pourrois choifir, les uns, comme *Corneille* & *la Fontaine*, font morts il y a longtems; & je ne les ai point connus. Or me hafarder à expliquer ce qu'il pouvoit y avoir de fingulier dans leur forte d'efprit, uniquement fur ce que j'ai lû touchant ces Ecrivains, ou fur ce que j'en ai entendu dire, & fans les

avoir connus personnellement, ce seroit bâtir un système sur des fondemens
peu solides, & m'exposer à donner
pour la vérité de pures imaginations.
Il est encore parmi nous de bons Auteurs dont la conversation ne répond
pas à leurs écrits. J'ai vécu avec quelques-uns d'entr'eux, & j'en pourrois
parler avec plus de connoissance. Mais
je sçais qu'on ne doit se permettre sur
les Auteurs vivans aucune réflexion
qui s'étende au-delà des Ouvrages, &
qui touche le moins du monde à la personne : je crains même d'en avoir trop
dit. Passons donc à la seconde question ; & examinons comment il se
peut qu'on parle bien, & qu'on écrive
mal.

X.

Ce point n'est pas si aisé à expliquer
que le premier. Parler & écrire, diroit-
on, si l'on pouvoit raisonner contre
des faits, différent du plus au moins,
& il est beaucoup plus difficile de par-

ler que d'écrire, puifqu'il faut que celui qui parle, trouve fur le champ ce
qu'il doit dire, ou du moins la manière de le dire ; au lieu que celui qui
écrit, eft maître d'y employer tout
le tems qu'il veut. Ainfi celui qui
parle bien, n'aura pas de peine à mieux
écrire encore. Les idées qui fe font re-
fufées à une première recherche, cé-
deront à de nouveaux efforts. Le jugement fera un choix parmi celles que
l'imagination avoit offertes. Un fecond travail perfectionnera ce que le
premier n'avoit qu'ébauché. Mais
dans la converfation, il faut dire ce
qui fe préfente d'abord à l'efprit, &
le dire comme il fe préfente. On n'a
le tems, ni de le perfectionner, ni de
chercher mieux ; & le choix qu'on
peut faire entre fes penfées ou entre fes expreffions, eft trop prompt
pour être bien fûr.

L'expérience dément quelquefois
tous ces raifonnemens. Nous verrons
dans un moment ce qu'ils contien-

nent de vrai & de faux. Mais je dis
d'abord que ceux qui parlent le mieux,
paroiffent encore mieux parler, qu'ils
ne parlent en effet.

Les oreilles font moins difficiles à
contenter que les yeux. L'efprit ne
peut faire qu'un examen rapide de ce
qu'il reçoit par l'entremife des pre-
mieres ; & dans cet examen même ,
mille chofes concourent fouvent à le
féduire. Chaque circonftance a fon
effet. Tous les agrémens , tous les
avantages de celui qui parle , vont au
profit de ce qu'il dit ; & le furfont ordinairement bien au-delà de fon véritable prix. On l'éprouve tous les jours.
Ne nous eft-il pas fouvent arrivé , en
lifant un Difcours que nous avions entendu prononcer , une Pièce de théâtre que nous avions vû repréfenter ,
de rabattre beaucoup de la première
idée que nous en avions conçue , &
même de méprifer tout-à-fait ce que
nous avions beaucoup eftimé ? En for-
mant ces jugemens contradictoires,

nous ne croyons point nous contredire, à proprement parler. Nous les
avouons fans honte ; & nous en attri-
buons la différence moins à nous
qu'aux objets mêmes, qui ont changé
en quelque forte. Ce Difcours, cette
Pièce de théâtre, devoient nous plaire dans les circonftances où ils nous
ont plû l'un & l'autre. De notre plaifir,
nous avons conclu la bonté réelle de
ces Ouvrages : c'eft une conféquence
bien naturelle ; car ils n'étoient faits
que pour nous plaire. S'ils nous dé-
plaifent enfuite, c'eft qu'ils font dé-
pouillés de tout l'acceffoire qui les
accompagnoit ; & cette impreffion eft
encore jufte. Notre plaifir n'étoit cau-
fé que par cet acceffoire, que nous
confondions avec les objets mêmes,
par une erreur prefqu'invincible.

Il eft donc certain que, fi ce que dit
dans la converfation l'homme du
monde qui parle le mieux, étoit écrit ;
fi nous pouvions lire ce que nous n'a-
vons qu'entendu, nous y trouverions
beaucoup

beaucoup de fautes de toute efpéce, que nous n'y avions pas apperçûes. D'un autre côté, l'impreffion des vraies beautés feroit bien plus foible. La furprife y ajoutoit infiniment ; & d'ailleurs elles étoient encore embellies, dans la bouche de celui qui parloit, de mille agrémens qui ne s'écrivent point.

Je confeillois une fois à un de mes amis, homme très-brillant dans la converfation, de prendre tous les jours quelques momens pour fe rappeller, & pour écrire ce qu'il avoit dit de mieux pendant la journée. Il me répondit qu'il y avoit bien de la malice dans mon confeil ; & que je ne le lui donnois que pour l'humilier.

XI.

Mais en réduifant à fa jufte valeur le talent de la parole dans ceux qui le portent le plus loin, foit dans la converfation, foit dans des difcours faits fur le champ, comme ceux des

Prédicateurs ou des Avocats qui ne s'assujettissent point à composer, & à apprendre par mémoire, il est pourtant vrai que plusieurs d'entr'eux parlent réellement mieux qu'ils n'écrivent, & que leurs sermons, ou leurs plaidoyers non composés, & prononcés seulement après une préparation générale, sont bien au-dessus de ceux qu'ils ont travaillés le plus long-tems, & avec le plus de soin. Cette différence ne peut venir que des différentes dispositions où se trouve le même homme dans son cabinet, en compagnie, & lorsqu'il paroît en public. S'il en est que la vûe de quelques personnes qui les écoutent, & à plus forte raison la vûe d'une nombreuse assemblée, glace & interdit, il en est d'autres au contraire en qui elle produit un effet opposé. Froids dans le cabinet, ils s'échauffent & s'animent dans la conversation, & sur-tout dans les actions publiques : leur auditoire les inspire. Cette chaleur de l'imagination met

dans la voix, dans le geste, une force & une vivacité, qui redoublent
encore l'agitation des esprits. Les
mouvemens du corps ajoutent à l'é-
motion de l'ame qui les avoit causés :
c'est une espéce d'yvresse. Alors se
présentent en foule ces idées heureuses, ces expressions énergiques, ces
tours vifs & naturels, qu'on travail-
leroit inutilement à retrouver quand
on n'est plus dans la disposition qui
les a produits.

De-là vient que la vraie & la grande éloquence, celle qui persuade,
qui touche & qui émeut, ne se trouve guères dans les livres. Je ne veux
pas dire seulement que la lecture d'un
livre ne fera jamais autant d'impression, qu'un Discours prononcé, parce qu'une grande partie de l'éloquence consiste dans l'action ; je dis encore
que l'éloquence des pensées & des
expressions ne se trouvera jamais au
même degré dans un Discours composé à loisir, & dans un Discours fait

sur le champ par un homme naturellement éloquent. *

Les plus grands Orateurs qui aient
paru dans les siècles passés, ne sont
peut-être pas ceux dont nous avons
les Ouvrages ; & ce n'est pas tant sur
les Oraisons de *Ciceron* & de *Demos-*
thenes, que sur le témoignage que leur
ont rendu leurs Contemporains, que
je juge qu'ils ont été les plus éloquens de leur siècle. D'ailleurs il ne
faut pas croire qu'ils aient prononcé
mot pour mot tous ces discours que
nous avons aujourd'hui sous leur
nom.

Parmi les Orateurs qui ont écrit
leurs Discours, les plus éloquens ne
sont pas ceux qui les ont le plus travaillés. On voit dans ceux-ci, par
exemple, dans M. *Fléchier*, plus de

---

* » *Combien d'art pour rentrer dans la nature.......*
» *pour jetter autant de force, de vivacité, de passion, & de*
» *persuasion dans un discours étudié, & que l'on prononce*
» *dans le Public, qu'on en a quelquefois naturellement &*
» *sans préparation dans les entretiens les plus familiers ;*
la Bruyere, chapitre des jugemens,

juſteſſe, plus d'ordre, plus de délicateſſe; mais on voit dans les autres,
par exemple, dans M. *Boſſuet*, plus de
force, & plus de ces grands mouvemens qui font le caractère de la véritable éloquence. Ce n'eſt donc point
un paradoxe de dire qu'il eſt plus aiſé
d'être éloquent en parlant, qu'en
écrivant. C'eſt un ſentiment que d'habiles Orateurs même ont ſoutenu,
fondés ſur leur propre expérience. *

J'ai connu un Auteur qui n'écrivoit jamais ſans s'être auparavant
entretenu pluſieurs fois avec ſes amis
ſur la matière qu'il avoit deſſein de
traiter; & cela, non pas pour men-
dier des idées, mais pour en faire naître chez lui par la chaleur d'imagination qu'il ſe procuroit en parlant. Il
diſoit qu'avec ce ſecours il trouvoit
dans un moment ce qui lui auroit
coûté des journées entieres dans ſon
cabinet, & que peut-être même il
n'auroit pû trouver. Je parlerois à

* *Voyez la belle préface des Sermons du P. de la Ruë.*

I iij

mon Laquais, ajoutoit-il, faute d'un auditeur plus compétent. Cela anime toujours plus que de penser tout seul.

XII.

Voici encore une autre raison du fait que j'essaye d'expliquer, moins générale à la vérité que la première, mais que je ne crois pas moins solide.

Il y a un goût d'instinct, pour ainsi dire, & un goût de réflexion. Quelques-uns n'ont que la première sorte de goût, un sentiment du bon, prompt & subit, & indépendant de tout raisonnement. La première impression qu'ils reçoivent, est la plus sûre. S'ils veulent réfléchir, & examiner le jugement qu'ils ont porté en conséquence de cette première impression, ils s'embrouillent, ils ne sçavent plus à quoi s'en tenir, & finissent souvent par mal juger. Or c'est ce qui leur arrive en écrivant. Le loisir qu'ils ont d'examiner leurs penfées, ne leur sert qu'à faire entr'elles un mauvais choix. Mais pendant que le jugement s'égare, l'imagination se refroidit ; la discussion éteint tout leur feu ; & il ne leur reste plus ni lumière ni chaleur.

XIII.

Enfin il y a des esprits vifs, presque incapables d'un travail solitaire, par les distractions qui viennent les assiéger en foule, dès qu'ils sont livrés à eux-mêmes. Leur imagination vagabonde erre de pensées en pensées. Capables par leur vivacité d'impressions fortes, il ne leur manque que de pouvoir les rendre durables ; & c'est l'effet de la conversation, ou de l'action publique. Les discours qu'on leur adresse, & auxquels ils sont obligés de répondre ; l'attention & les regards d'une nombreuse assemblée qui les écoute, qui les juge, & à laquelle il leur importe de plaire ; tout cela fixe leur légéreté, les attache à l'ob-

I iv

jet préfent, les y rappelle s'ils s'en écartent, & met ainfi de la fuite & de l'ordre dans leurs idées.

XIV.

Quelqu'un difoit : *Je crois que je ferois de beaux livres, fi, lorfque je fuis rentré chez moi, je pouvois me rappeller & écrire tout ce que j'ai dit en converfation;* & là-deffus on l'accufa d'un orgueil extrême. Mais s'il avoit dit : *Puifque de l'aveu de tout le monde je parle bien, je crois que j'écrirois bien auffi, fi je voulois écrire;* ce difcours auroit fans doute moins révolté que le premier, & on y auroit trouvé du moins une apparence de vérité. On confent qu'un homme qui montre beaucoup d'efprit dans la converfation, fe croie capable d'écrire de bonnes chofes. Mais on ne pourroit fouffrir qu'il ofât penfer que ce qu'il dit fur le champ & fans préparation, méritât d'être imprimé, & pût être lû avec plaifir. Cependant il y a beaucoup de gens qui se tromperoient fort s'ils portoient d'eux mêmes le premier de ces deux jugemens, & qui sont en droit d'en porter le second. Ils peuvent croire qu'ils écriroient bien, s'ils écrivoient comme ils parlent; mais ils ne pourroient s'en croire capables, sans une présomption très-mal fondée.

Pour sçavoir à quoi m'en tenir précisément là-dessus, & pour être en état de juger exactement de quelques gens d'esprit de ma connoissance, qui parlent si facilement, & qui me paroissent néanmoins parler avec tant d'éloquence & de justesse, je voudrois qu'on pût retrouver l'art que nous avons perdu, d'écrire en notes aussi vîte que l'on parle. Lorsque Messieurs de *** me viendroient voir, je ferois cacher un de ces Écrivains en notes derrière la tapisserie. Je tâcherois de mettre leur esprit en mouvement, & de les engager à parler de ce qu'ils sçavent le mieux. Peut-être,

comme je l'ai dit, que lorsque je
viendrois à lire ce que mon Ecrivain
auroit recueilli, je le trouverois assez
médiocre, & même mauvais ; mais
peut-être aussi le trouverois-je toujours fort beau. Peut-être qu'en faisant part au Public de ces ingénieuses
& sçavantes conversations, je lui don-
nerois quelque chose, qui, sans avoir
rien coûté à ceux qui en seroient les
Auteurs, vaudroit mieux que beaucoup d'Ouvrages travaillés à loisir.
Peut-être enfin que ce livre, qui ne
contiendroit que ce que ces Messieurs
auroient dit sans préparation & comme en se jouant, vaudroit mieux encore que tout ce qu'ils pourroient
eux-mêmes composer dans leur cabinet avec le plus de temps & de soin.

DES QUALITÉS NÉCESSAIRES
pour la société.

I.

S'IL est impossible de plaire à tout le monde, il ne l'est peut-être pas de ne déplaire à personne.

II.

Il faut chercher à plaire aux autres, pour flatter leur amour propre, & cependant ne pas le chercher trop, de peur de le blesser, en paroissant flatteur.

III.

Quelqu'un vous déplaît ; c'est que vous lui déplaisez. Tâchez donc de lui plaire, & il vous plaira. Ceux à qui nous plaisons, nous plaisent, du moins en cela que nous leur plaisons : *Cui placeo, placet hæc*, dit l'Auteur de l'*Art d'aimer*. Mais cela est bien plus vrai encore en amitié qu'en

amour; ou plûtôt cela n'eſt guères
vrai qu'en amitié. Ainſi, quand on dit :
Pourquoi chercherois-je à plaire à ceux
qui ne me plaiſent pas ? La réponſe eſt
aiſée : *afin qu'ils vous plaiſent.*

IV.

Tout nous déplaît, nous choque,
nous irrite dans ceux qui nous déplaiſent. S'ils nous déplaiſent ſans raiſon,
ce ſont deux torts à-la-fois ; & notre
impatience injuſte en elle-même,
l'eſt encore dans ſon principe.

On ne nous déplaît jamais ſans
cauſe ; mais on nous déplaît ſouvent
ſans raiſon. On ne nous déplaît jamais ſans cauſe ; mais ſouvent la cauſe n'eſt qu'en nous.

Nous donnons ſouvent pour preuve que quelqu'un eſt dur, impoli,
mal-honnête homme, des choſes qui
prouvent ſeulement qu'il nous déplaît, ou que nous lui déplaiſons,
qu'il n'eſt pas de nos amis.

V.

Il faut s'accommoder aux autres, ou les accommoder à soi. Or le second est sans comparaison le plus difficile. C'est donc au premier qu'il faut sur-tout travailler.

Tout le monde dit qu'il faut s'accommoder aux autres ; mais souvent on entend par-là, sans y penser, qu'il faut que les autres s'accommodent à nous.

VI.

Nous avons dit de bonnes choses dans une compagnie, & elles n'ont point fait d'impression. C'est souvent la faute des autres ; mais souvent aussi c'est la nôtre. Ce n'étoit pas l'occasion & le moment de dire ces bonnes choses ; ou bien nous ne les avons pas dites, comme il les falloit dire. Peut-être encore n'avons-nous pas ce je ne sçai quoi qui ouvre l'entrée des esprits & des cœurs ; ou bien nous ne

l'avons que pour certains esprits, certains cœurs. Nous n'avons pas cette
flexibilité , cette souplesse qui fait
que , même sans y songer, on prend
toutes sortes de formes, on se plie, &
on s'assortit à toutes sortes d'humeurs
& de caractères ; on se fait tout à tous.

VII.

Il y a des personnes qui ont l'imagination froide & pesante avec un
grand fond d'esprit ; & quelque chose de dur & de sec dans leurs manières & dans leurs discours avec un
très-bon cœur ; il n'y a guères d'agrément dans leur commerce. On les
estime, mais on les aime peu ; &
qu'est-ce qu'un commerce où il n'entre que de l'estime, sans amitié ?

On pourroit même les aimer sans
qu'elles plussent. Il y a des gens que
nous aimons, à qui nous voulons du
bien , que nous servirions avec ardeur, & qui cependant ne nous plaisent pas. Il y en a d'autres que nous

n'aimons point, à proprement parler, quoiqu'ils nous plaisent par des qualités & des talens agréables. Nos sentimens pour eux tiennent plus de la nature de l'amour que de celle de l'amitié.

Pour le plaisir de la société, il faut un bon cœur qui se manifeste par des manières gracieuses & caressantes, des discours obligeans, & par ce je ne sçai quoi de flatteur & d'insinuant, qui nous trompe quelquefois si agréablement dans des gens polis qui ont sçu se le donner par art. Il faut encore un bon esprit, qui animé d'une chaleur modérée, puisse fournir à la conversation, & y répandre cette vivacité qui en fait le charme. La sécheresse a l'air de dureté. La froideur a l'air de stupidité.

Les personnes seches, mais bonnes au fond, ressemblent à ces arbres qui donnent d'excellens fruits, mais qui n'ont rien d'agréable à la vûe. Leur place est dans le potager, ils figure-

roient mal dans le jardin. Et ceux qui
au fond ont de l'esprit, mais un esprit
lent & froid, qui s'échauffent avec
peine, mais qui brillent dans leur
chaleur, ressemblent à ces parfums
qui ne répandent leur odeur que lorsqu'on les brûle.

VIII.

Le plus grand plaisir dont l'homme soit susceptible, du moins le plus
grand bien dont il puisse jouir, c'est
celui d'aimer & d'être aimé. Il faut
donc ne rien négliger pour se le procurer. Il faut travailler à aimer les
hommes & à s'en faire aimer. Il faut,
comme je l'ai dit, les aider à nous
plaire. Cela est vrai sur-tout de ceux
avec lesquels les liens du sang & de la
société nous unissent plus particuliè-
rement. Il faut tâcher du moins de
n'avoir de haine & d'antipathie pour
personne. On y peut beaucoup par
les réflexions, & par une conduite
qui y soit conséquente. Il y a des
moyens

moyens pour acquérir, non-seulement l'amitié des autres, mais encore
de l'amitié pour eux; & ces moyens
font les mêmes. Tout ce qui nous
rend plus aimables aux autres, nous
rend aussi les autres plus aimables.

DE LA CRITIQUE
des Ouvrages d'esprit.

I.

LE goût pouvant se trouver sans le
talent; ou, si l'on veut, le talent de
juger sans celui de produire, il est certain qu'on peut connoître les défauts
d'un Ouvrage, & même qu'on a le
droit d'en parler, & de les qualifier,
sans être capable de mieux faire. Aussi
a-t-on fort approuvé la réponse du
Misantrope de *Moliere*, au Poëte dont
il venoit de critiquer les vers, & qui
le défioit d'en faire de meilleurs.

J'en pourrois par malheur faire d'aussi méchans;
Mais je me garderois de les montrer aux gens.

Tome I. K

On peut donc, je le répète, on peut critiquer fans être capable de mieux faire. On peut même critiquer les meilleurs Ouvrages, puifqu'il n'y en a point qui foient abfolument fans défaut. Mais alors la critique doit être accompagnée, non-feulement de beaucoup de modération & de douceur, (elle n'eft permife qu'à ces conditions, fur quelqu'Ouvrage qu'elle s'exerce,) mais encore d'une forte de refpect pour l'Auteur, puifqu'on doit reconnoître en lui des qualités bien au-deffus de celles qui donnent le droit de le juger. Le bon Critique eft très-eftimable en fon genre; mais l'homme de talent eft d'un ordre bien fupérieur.

Un grand nombre de ceux qui jugent bien des Ouvrages des autres, fans avoir jamais rien écrit eux-mêmes, font en quelque forte la dupe de leur difcernement & de leur bon goût. Parce qu'ils apperçoivent les défauts d'un Ouvrage, ils s'imagi-

nent qu'ils les auroient évités. Le
genre de mérite qu'ils ont, leur fait
illusion fur celui qu'ils n'ont pas; &
ils concluent, fi je puis m'exprimer
ainfi, du bien juger au bien faire:
fauffe conféquence en toutes manieres.

Car premierement il n'eft pas vrai
que, parce qu'ils apperçoivent les défauts des Ouvrages d'autrui, ils ap-
perçuffent ceux de leurs propres Ouvrages.

Nous examinons les Ouvrages des
autres avec un fecret défir d'y trouver
des défauts. Cette malignité nous
éclaire, & nous aide à découvrir ceux
qui y font en effet.

La vanité nous y aide encore. Car
nous voulons rendre compte de ces
Ouvrages d'une maniere qui faffe
honneur à notre difcernement; &
la cenfure y eft bien plus propre que
la louange.

Tout au plus les examinons-nous
fans partialité, fans prévention, &

sans autre intérêt, sans autre défir
que d'en bien juger. Mais dans ce cas-
là même nous en voyons encore
mieux le mauvais que le bon, parce
qu'il eſt par lui-même & de ſa nature,
plus aiſé à appercevoir. Indépendamment du penchant du cœur à le chercher, l'eſprit a toujours plus de facilité à le découvrir.

Ce n'eſt plus la même choſe, ſi
c'eſt un ami intime qui nous conſulte
ſur ſon Ouvrage. Nous déſirons à
la vérité d'en connoître les défauts,
afin de l'en avertir; mais nous déſirons encore plus de n'y en point trouver; & ce ſecond déſir empêche toujours un peu l'effet du premier; l'a-
mitié eſt dupe d'elle-même.

Mais s'il s'agit de notre Ouvrage,
ſi nous ſommes nous-mêmes cet ami
qui nous conſulte, combien la ſéduc-
tion ne doit-elle pas être plus puiſ-
ſante! En comparaiſon de l'amour
propre, la plus tendre amitié n'eſt
qu'indifférence. Ainſi telle faute que

nous appercevons tout-d'un-coup
dans l'ouvrage d'autrui, nous échap-
peroit dans le nôtre, & peut-être même nous y paroîtroit une beauté.

J'accompagnai une fois un jeune
Auteur, qui alloit lire une de ses
Pièces à un autre Auteur fort célèbre.
Celui-ci me fit sentir à merveille les
défauts de l'Ouvrage qu'on lui lisoit.
J'admirai la justesse de sa critique.
Quelle sûreté de goût, disois-je en
moi-même! quelle finesse de sentiment! quelle connoissance des règles!
Il nous lut ensuite quelque chose de
sa façon. Au milieu des plus grandes
beautés, je fus surpris d'y trouver
des défauts assez considérables ; &
l'événement m'a fait voir depuis que
je ne me trompois pas. Ces endroits
dont j'étois blessé, furent généralement désapprouvés, lorsque son Ouvrage parut. Je pris la liberté de lui
dire mon sentiment. Il me répondit
avec beaucoup de douceur & de politesse ; mais je ne pus jamais le faire

convenir de rien. Ce n'étoit point
mauvaise foi ; je voyois bien qu'il me
parloit sincérement. Je ne méritois
pas à la vérité qu'il déférât beaucoup
à mon avis ; mais le jugement du
Public, & les raisons des Critiques me
le désabusèrent pas dans la suite. Autant il m'avoit paru pénétrant &
éclairé sur l'Ouvrage de mon ami,
autant il me paroissoit aveugle sur
le sien propre ; & je sortis fort étonné
de ce mêlange de ténèbres & de lumière, si bizarre en apparence. J'ai vû
depuis mille exemples pareils ; ils ne
m'étonnent plus.

Mais en second lieu, je suppose
que ces défauts que les Critiques apperçoivent dans les Ouvrages d'autrui, ils les apperçussent dans les
leurs. S'ensuit-il de-là qu'ils les corri-
geassent toujours ? se flattent-ils qu'ils
viendroient à bout de réformer tout
ce qui leur déplaît dans les livres qu'ils
lisent ? Souvent l'Auteur y a travaillé
en vain, quelquefois par l'impuissan-

ce de l'art, quelquefois aussi faute de talent, mais non pas toujours faute de goût & de lumière. Il faut n'avoir jamais écrit pour s'imaginer qu'il soit aisé, qu'il soit même possible de corriger tout ce qu'on connoît de défectueux dans son Ouvrage, & qu'un bon Auteur qui donne quelque chose au Public, n'y trouve plus rien à redire. Ce bonheur-là n'est que pour les mauvais Auteurs, ou plûtôt il n'est pour personne. Et je ne dis pas seulement que le bon Auteur, lors même qu'il a fait de son mieux, voudroit encore avoir mieux fait, & entrevoit ce mieux confusément; je ne parle pas seulement de ces endroits de son Ouvrage, qui sont à la vérité à l'abri de la critique, mais qu'il voudroit pouvoir tourner de manière à mériter des éloges; je parle de défauts bien positifs & bien formels, qu'il connoît très-distinctement, & qu'il n'a pu corriger avec tous ses efforts.

Mais en troisième lieu, quand même nous éviterions les fautes que nous remarquons dans les Ouvrages d'autrui, il ne s'enfuit pas de-là que nous réuffiffions mieux à tout prendre. D'une part nous tomberions peut-être en d'autres fautes, & dans des fautes plus importantes encore; & de l'autre, nous ne mettrions peut-être pas dans notre Ouvrage autant de beautés qu'il y en a dans celui qui eft l'objet de notre Critique. Le même tour d'efprit qui nous éloigne de certains défauts, nous difpofe à d'autres, & nous éloigne de certaines beautés.

Enfin, quand un homme feroit capable, non-feulement de remarquer les défauts d'un Ouvrage, mais de les corriger, de les remplacer par des beautés, & même d'en ajouter de nouvelles à celles de l'Auteur, il ne pourroit tout au plus s'attribuer fur lui qu'une fupériorité de goût, mais non une fupériorité d'efprit & de génie.

nie. Il peut être capable de tout ce que je viens de dire, sans l'être d'avoir fait l'Ouvrage, tel qu'on le lui a présenté. Peut-être n'auroit-il pû en concevoir le dessein, en arranger les parties, ni imaginer ces premières beautés qui lui ont donné l'idée de celles qu'il a ajoutées.

Tel qui corrige très-bien un Ouvrage, n'en feroit jamais un qui valût la peine d'être corrigé.

II.

Un Auteur seroit heureux de n'être jugé que par les gens du métier, s'ils le jugeoient selon leurs lumières & leurs vrais sentimens ; car il ne faut pas croire qu'ils pensent toujours d'un Ouvrage tout le mal qu'ils en disent. L'envie les fait souvent parler d'une manière très-méprisante, de ce qu'ils estiment beaucoup au fond. Ils seroient bien plus indulgens que ceux qui n'écrivent point, s'ils étoient sincères.

Quelquefois auſſi l'envie, par la haine qu'elle leur inſpire, les aveugle ſur le mérite de leurs rivaux, juſqu'à leur en faire dire beaucoup de mal avec une eſpèce de bonne foi; bonne foi plus honteuſe en quelque ſorte que le menſonge, puiſqu'elle ſuppoſe plus de paſſion.

III.

Qu'un homme médiocre ſoit regardé comme un grand homme par ſes inférieurs, rien n'eſt plus naturel; & en effet cela arrive ſouvent. Quelquefois auſſi il en eſt moins eſtimé que de ſes ſupérieurs, qui plus éclairés & plus équitables, le voient tel qu'il eſt.

IV.

Les Auteurs médiocres ſont communs parmi les Auteurs; mais les hommes capables d'être des Auteurs médiocres, ſont très-rares parmi les hommes; je dis parmi ceux mêmes qui ſe piquent d'eſprit & de littérature.

V.

On dit quelquefois qu'il y a bien des gens qui feroient de meilleurs Auteurs que la plûpart des Auteurs de profeſſion, s'ils vouloient s'en donner la peine. Rien n'eſt moins vrai. Auſſi n'eſt-ce ſouvent qu'un diſcours de paſſion & de jalouſie, pour rabaiſſer les Auteurs, ſous prétexte de vouloir rabaiſſer leur prétendu orgueil. Tout ce qu'on pourroit dire, c'eſt qu'il y a beaucoup d'hommes qui étoient nés avec aſſez d'eſprit & de génie pour devenir d'excellens Auteurs, & qui le feroient devenus en effet, s'ils avoient pu ou voulu ſe tourner de ce côté là. Mais il faut bien diſtinguer entre les diſpoſitions pour devenir capable, & la capacité actuelle. On ſçait le mot de la *Bruyere,* que c'eſt un métier de faire un livre, comme de faire une pendule.

VI.

Tel Ecrivain eſt un homme d'un eſprit médiocre, comparé aux Ecrivains du premier ordre; mais c'eſt ſouvent un homme de beaucoup d'eſprit, comparé à la plûpart de ceux qui le jugent avec tant de hauteur & de ſévérité.

Je dirois volontiers à ces Juges orgueilleux : Hé! Meſſieurs, penſez au tort que vous vous faites par votre critique dédaigneuſe, vos airs de mépris, vos tons déciſifs. Ceux que vous rabaiſſez ſi fort, valent infiniment mieux que vous. Qui êtes-vous donc, & dans quel rang faut-il vous placer?

Pour vous former un goût ſûr, étudiez les règles; liſez les excellens modèles, écoutez les gens d'eſprit; ſoyez attentifs aux raiſons dont ils appuyent leurs jugemens. Mais pour vous former à la modération, plus eſtimable encore que le diſcernement, étudiez-vous, connoiſſez-vous vous-mêmes;

& votre critique fera également douce & judicieufe. Le fentiment de votre infériorité affoiblira celui des défauts que vous trouverez dans les
Ouvrages. Par-là vous les lirez avec
plus de fatisfaction. Votre fuperbe
délicateffe ne fert qu'à diminuer vos
plaifirs, fans vous faire honneur. Un
homme à qui rien ne peut plaire, eft
également à plaindre & à méprifer.
Ceffez donc de déchirer, comme vous
le faites, les Ouvrages & les Auteurs.
Commencez par fupprimer les effets
de votre injufte dégoût; je veux dire
ces expreffions dures & groffières,
ce livre eft déteftable, cette Pièce eft mi-
férable, & autres pareilles formules,
fi capables d'indigner ceux même
qu'elles ne regardent pas. Soyez plus
réfervés à blâmer qu'à louer; qu'il
paroiffe que vous ne blâmez qu'à regret; & pour cela fervez-vous de
termes qui foient toujours un peu
au-deffous de votre penfée, plus foibles que votre impreffion. La modé-

ration paſſera bientôt de vos diſcours dans vos ſentimens. Au reſte,
je n'ai rien à vous preſcrire, ſi vous
pouvez vous défaire des illuſions de
l'amour propre. Encore une fois,
connoiſſez ce que vous êtes; ſentez
votre infériorité; & vous ne ſerez
plus ſi difficiles ni ſi ſévères. Il faudra
plutôt vous précautionner contre un
excès de facilité & d'indulgence; car
c'eſt où mène naturellement la juſte
idée qu'on a de ſoi-même.

VII.

On dira peut-être que les Auteurs
ſont trop ſenſibles à la critique : mais
on auroit plutôt raiſon de s'étonner
qu'ils le ſoient ſi peu, & qu'il ſe trouve un ſi grand nombre d'Ecrivains
aſſez hardis pour donner leurs Ouvrages au Public, & pour ſe ſoumettre à
l'examen d'une multitude capricieu-
ſe, compoſée pour la plus grande partie de gens peu éclairés, auſſi prompts
néanmoins à juger, & auſſi déciſifs

dans leurs jugemens, que s'ils étoient
sûrs de ne pouvoir se tromper.

A la vérité cette multitude juge
assez bien des Ouvrages d'esprit en
gros; mais elle en juge fort mal en
détail; & pendant que le plus grand
nombre s'accorde à dire qu'un Ouvrage est bon ou mauvais, à tout
prendre, il n'y a souvent aucune con-
formité entre les jugemens que chacun porte sur les différentes parties
de cet Ouvrage, sur tel & tel endroit
en particulier. On ne peut donc pas
dire que les Auteurs se flattent toujours d'échapper à la critique; & que
c'est ce qui leur donne la hardiesse de
se faire imprimer. Il n'y en a point
d'assez aveugles pour cela, quelque
prévenus qu'on les suppose en leur
faveur. Ils ne peuvent ignorer cette
prodigieuse variété de jugemens dont
je viens de parler.

Il est incertain, lorsqu'on se fait
imprimer, si l'on réussira, & si l'on
obtiendra le plus grand nombre des

L iv

suffrages ; mais il est certain qu'on ne les obtiendra pas tous. Il y a bien des Livres généralement méprisés, ou généralement oubliés ; mais il n'y en a point de généralement approuvés, au moins dans le tems qu'ils paroissent, & pendant qu'ils sont encore nouveaux. Ce n'est même ordinairement qu'après la mort des grands Ecrivains qu'on leur rend une entière justice, & qu'on les estime tout ce qu'ils valent. Dans tous les tems les meilleurs Ouvrages ont été critiqués de la manière la plus humiliante pour leurs Auteurs. *Racine a-t-il mis au jour une Tragédie dont on n'ait pas imprimé une critique, qui la rabaissoit au rang des pièces médiocres, & qui concluoit à placer l'Auteur dans la classe de Boyer & de Pradon ?* * Ainsi, quelque persuadés que soient les Auteurs que leurs Ouvrages seront loués & estimés, ils le sont encore plus qu'ils seront blâmés

* *Réflexions critiques sur la Poësie & sur la Peinture ; par M. l'Abbé du Bos.*

& critiqués. J'avoue qu'ils se flattent que les éloges l'emporteront sur les critiques. Mais quand même ils ne s'attendroient qu'à une égale mesure des uns & des autres, la plûpart imprimeroient encore; d'où il s'ensuit que la critique leur fait moins de peine que la louange ne leur fait de plaisir.

Au reste, cette manière de sentir est très-raisonnable. La louange est d'elle-même plus glorieuse, que la critique n'est humiliante; & un Ouvrage dont on peut dire à peu près autant de bien que de mal, fait toujours honneur à celui qui l'a composé. Sans cette disposition des Auteurs à l'égard des différens jugemens qu'on peut porter de leurs Ouvrages, il n'y auroit aucun Auteur.

La critique fait partie des grands succès; elle en est la preuve. Ils l'attirent, & en consolent.

Un Ouvrage est beaucoup critiqué? C'est signe qu'il est bon, ou du moins que l'Auteur en a fait de bons.

Il eſt pourtant vrai que cette crainte de la critique, & ſur-tout de la critique maligne, railleuſe & mépriſante, fait aſſez d'impreſſion ſur quelques perſonnes pour les empêcher d'écrire, ou du moins d'imprimer. Si cette crainte ne détournoit de la carrière des Auteurs que des gens ſans eſprit & ſans talent, ce ſeroit un bien; cela banniroit *l'écrivaillerie*, comme dit *Montaigne*. Mais les meilleurs eſprits en ſont ordinairement les plus touchés, parce qu'ils ont tout enſemble, & plus de cette modeſtie qui fait qu'on ſe défie de ſoi-même & de ſes productions, & plus de cette fierté qui rend ſenſible au ridicule, qu'il eſt aiſé de jetter ſur les meilleures choſes. De-là beaucoup de talens enfouis & inutiles au public.

On dira peut-être encore qu'un Auteur ne doit pas être fort humilié d'une mauvaiſe critique. Mais il ne

faut pas croire qu'il n'y ait que des
sots à se déchaîner contre un bon
Ouvrage. Il ne faut pas croire qu'il
ne paroisse contre un bon Ouvrage
que de mauvaises critiques, des critiques plates & insipides. Ecoutons
encore M. l'Abbé du Bos. *Une cabale*
composée de plusieurs autres, dans lesquel-
les entroient des personnes également con-
sidérables par leur esprit & par le rang
qu'elles tenoient dans le monde, avoit
conspiré pour élever la Phèdre de Pradon,
& pour humilier celle de Racine. La con-
juration du Marquis de Bedmar contre la
République de Venise ne fut pas conduite
avec plus d'artifice, ni suivie avec plus
d'activité.

J'avoue avec le judicieux Ecrivain
que je viens de citer, que *cette fameuse*
conspiration ne put empêcher le Public
d'admirer enfin la Phèdre de Racine ; &
telle sera toujours la destinée des bons
Ouvrages. Le succès n'en est jamais
que retardé. Mais en attendant ce
succès, & malgré ce succès même,

combien d'épigrammes très-malignes
& très-plaisantes! combien de critiques très-injustes, & pourtant très-
ingénieuses! Je dis plus, combien de
critiques très injustes, & néanmoins
très-sincères de la part de ceux qui
les font? Et voilà ce qu'il y a de plus
mortifiant pour un Auteur, de voir
que quelques-uns de ceux dont il am-
bitionneroit le plus le suffrage, ne lui
soient pas favorables, & qu'au contraire ils s'unissent contre lui à ses
ennemis, sans qu'il puisse les soupçonner de malignité & de mauvaise
foi. N'en doutons point; il sent vivement ces coups qu'on lui porte, dans
le tems même qu'il affecte le plus d'y
paroître insensible, & de faire bonne
contenance. Au milieu de sa gloire
il en est humilié; & un dépit secret
vient empoisonner la joie que lui
cause le succès de son Ouvrage. J'ai
vû des gens de bon sens, étonnés
après avoir lû quelques-unes de ces
critiques & de ces épigrammes, qu'il

y eût des hommes assez peu sensibles
pour s'exposer à de pareilles insultes.
C'est ainsi qu'ils parloient.

Il seroit aisé à ceux qui ont l'auto-
rité en main, d'empêcher la publica-
tion de ces libelles & de ces vers sa-
tyriques ; & ils ne devroient permettre la critique, qu'autant qu'elle peut
être utile au Public, sans être inju-
rieuse aux Auteurs. Mais peuvent-ils
de même empêcher tout ce qui se dit
de vive voix ? Peuvent-ils dépouiller
les Lecteurs du prétendu droit de parler, comme il leur plaît, d'un Ouvrage devenu public par l'impression ?
Ils l'entreprendroient en vain ; leur
pouvoir ne s'étend pas jusques-là.
Ainsi tout ce qu'on peut faire, c'est
de représenter à ces Critiques impi-
toyables, qui semblent ne lire les
livres que pour y trouver des défauts,
& qui, à la manière dont ils parlent
de tout Ouvrage nouveau, font croire
à ceux qui les entendent pour la première fois, qu'ils ont quelqu'inimi-

tié particulière contre l'Auteur; tout
ce qu'on peut faire, dis-je, c'est de
leur repréſenter non-ſeulement l'injuſtice de leur conduite, mais le tort
qu'elle leur fait à eux-mêmes, & le
bien dont elle les prive, en détour-
nant d'excellens eſprits de travailler,
où du moins de donner leurs Ouvrages au Public. Mais la vérité eſt que
ces ſortes d'avis ne réformeront pas le
monde. L'orgueil & la malignité du
cœur humain les rendront toujours
inutiles à l'égard du plus grand nombre,

VIII.

Comment, diſoit quelqu'un dans
une compagnie où l'on venoit de lire
quelques endroits d'un Ouvrage mêlé de grandes beautés & de grands
défauts, comment un homme qui a
autant d'eſprit que M. de *** a-t-il
pu mettre & laiſſer dans ſon Livre de
ſi mauvaiſes choſes? Aſſûrément cela
ne ſe comprend point. Compoſez

vous-même quelqu'Ouvrage, lui
répondit un de ceux qui l'écoutoient;
vous donnerez lieu à une pareille
question; & par-là peut-être trouve-
rez-vous la réponse qu'il y faut faire.

IX.

Il faudroit qu'un Ouvrage fût bien
médiocre, & sa critique bien excel-
lente, pour qu'il y eût plus d'honneur
à avoir fait cette critique, qu'à avoir
fait l'Ouvrage même.

Il y a plusieurs Tragédies supérieu-
res au *Cid*; & il n'y a point de meilleure critique que celle du *Cid*. Cependant qui n'aimeroit pas mieux
avoir fait cette Tragédie, avec tous
ses défauts, que d'en avoir fait la critique avec toute sa justesse?

Le *Cid* (pour le remarquer en pas-
sant) est un assemblage singulier de la
plûpart des beautés & des défauts qui
peuvent se trouver dans un Ouvrage
de Théâtre.

Il est telle faute qu'il y a du mérite

à avoir faite, pendant qu'il n'y en a
aucun à la remarquer.

X.

Le Critique est plus obligé à critiquer juste que ne l'étoit l'Auteur critiqué à ne point faire de fautes. Toutes choses égales d'ailleurs, il est plus
honteux de reprendre mal à-propos,
que d'avoir mérité d'être repris. S'il y
avoit quelqu'Ouvrage qui dût être
sans défaut, ce seroit une critique.

XI.

Avec beaucoup de bon sens & même d'esprit, mais sans un certain goût,
on peut faire une critique très-raisonnable, & pourtant très ridicule, d'un
Ouvrage d'agrément.

XII.

La critique est aisée, la critique est
odieuse, & cela par la même raison,
parce qu'elle ne s'attache ordinairement qu'à relever les défauts. Si dans
les

les réflexions qu'on donne au public sur une Pièce de Théâtre qui a attiré ses applaudissemens, sur un livre qu'il a lû avec plaisir, on étoit assez équitable pour en remarquer les beautés, & assez habile pour les faire bien sentir ; si l'on se proposoit d'éclairer les Lecteurs & les Auteurs, plûtôt que de divertir les uns aux dépens des autres ; en un mot, si la critique étoit un examen raisonné des ouvrages, pour en faire connoître également le bon & le mauvais, ce genre d'écrire seroit digne des plus honnêtes gens, & ne seroit pas au-dessous des meilleurs esprits.

Ne dissimulons rien ; on peut quelquefois retourner contre les Auteurs le principe, que la critique est aisée ; on peut leur dire que moins il y a de gloire à appercevoir certaines fautes, plus il y a de honte à les avoir faites.

XLII.

La critique est aisée ; cependant

les bonnes critiques font rares. C'eft
que les bons efprits ne font guères de
critiques.

XIV.

Feu M. l'Abbé de S. Pierre a donné
la règle fuivante fur la critique. Selon lui, la critique d'un Ouvrage
doit être telle que l'Auteur critiqué
foit bien aife, à tout prendre, qu'on
l'ait donnée au Public. Affurément
cette règle fait bien de l'honneur au
bon cœur & au bon caractère de cet
Ecrivain. Cependant je ne la crois
pas jufte, malgré tout ce que je viens
de dire fur la modération & fur la
politeffe qui doivent régner dans la
critique.

1°. Cette règle eft impraticable.
Dès qu'on relevera les défauts, on
bleffera les Auteurs, & même leurs
amis. Il faut donc renoncer à toute
critique, fi on veut ne faire de la peine à perfonne.

2°. Il n'y a guères d'ouvrages qui

ne soient inférieurs à l'idée qu'en a l'Auteur & qu'il voudroit qu'on en eût. Ainsi toute critique qui réduira un ouvrage à sa juste valeur, déplaira à l'Auteur. Cependant il est très-utile pour le progrès des sciences & de l'esprit, qu'il paroisse de telles critiques, & elles n'ont rien de contraire à la plus exacte probité. Ce n'est donc pas cette probité qui doit les interdire à un Ecrivain, capable de réussir dans ce genre d'écrire; c'est le bon cœur & la prudence. Il est désagréable & dangereux d'avoir des ennemis; & j'avoue qu'on s'en fera toujours par la critique la plus polie & même la plus indulgente. En cette matière le fond emporte la forme. Ainsi avec quelqu'utilité pour le Public qu'un galant homme, homme d'esprit, pût exercer le métier de Critique, j'avoue que je respecterois ses répugnances pour ce genre d'écrire, & que je n'entreprendrois pas de le rassurer sur les

M ij

dangers aufquels il s'expoferoit en critiquant.

Le meilleur Critique, c'est-à-dire, le plus fage, le plus impartial, le plus éclairé, le plus modéré même, en un mot le plus goûté & le plus eftimé du Public, feroit par cela même le plus craint & le plus haï des Auteurs, celui dont la critique mortifieroit le plus ceux qui en feroient l'objet, parce que c'est celle qui feroit d'un plus grand poids auprès des Lecteurs. Au contraire que de motifs de confolation n'a point un Auteur maltraité par un Ecrivain, tel, par exemple, qu'étoit M. l'Abbé des F***! Sa partialité fi connue avoit bien affoibli les traits de fa critique.

Si la plûpart des Critiques font injuftes & malins, la plûpart des Auteurs font vains & préfomptueux, & par-là trop fenfibles à la critique. Celle qui eft la plus polie & même la plus indulgente, les bleffe encore,

M. *Suift* dit plaisamment que ce *siècle critique* est une expression aussi en vogue parmi les Auteurs, que ce *siècle corrompu* l'est parmi les Prédicateurs.

X V.

Il est peu de critiques dont il n'y ait quelqu'utilité à retirer, parce qu'il est rare que les Critiques les plus injustes le soient entièrement. Le Censeur le plus de mauvaise foi veut donner quelque couleur à son injustice; & l'Auteur critiqué a presque toujours aidé l'adroite malignité du Critique par quelque petit tort.

X V I.

Il ne faut pas pousser trop loin la maxime d'éviter, autant qu'il est possible, de donner prise à la Critique. Par exemple, de deux manières d'exprimer la même pensée, la meilleure est souvent celle sur laquelle il est plus aisé à un Censeur injuste de jetter du

ridicule. Faut-il pour cela préférer
l'autre manière ? Ce ne feroit pas fageffe, mais foibleffe, mais vanité, &
vanité mal entendue. Sûr de l'approbation des connoiffeurs, bravez fans
crainte une critique injufte, quelque
ingénieufe qu'elle puiffe être. D'ailleurs s'il y a à fouffrir, ce n'eft pas
pour long-temps. Les Lecteurs les
moins intelligens fentent bientôt le
faux de la critique la plus fpécieufe.
Il a été aifé de les tromper ; il fera encore plus aifé de les détromper : &
qu'on ne dife pas que leur malignité
qui a favorifé leur erreur, les empêchera de la reconnoître. Après s'être
exercée contre vous, cette malignité
ne demande pas mieux que de s'exercer enfuite contre vos Cenfeurs ;
c'eft plaifir complet. Enfin fi vous avez
vos ennemis & vos envieux, n'ont-
ils pas les leurs ? Fiez-vous aux uns
de votre défenfe contre les autres ; &
foyez tranquille fpectateur d'un combat qui, indépendamment de la vic-

toire infailliblement affurée au bon
droit, vous eft toujours glorieux par
lui-même.

XVII.

Quand on dit communément que
c'eft à la poftérité à prononcer un jugement équitable fur les Ouvrages &
fur les Auteurs, on ne veut pas parler d'une poftérité fort éloignée, autrement la maxime ne feroit pas vraie.
Nous fommes trop près des Auteurs
avec lefquels nous vivons, nous fommes trop loin des Auteurs qui ont
vécu plufieurs fiècles avant nous ;
pour bien juger des uns & des autres.
Nous ne rendons point une entière
juftice à nos contemporains, & nous
faifons grace aux anciens. Pendant
qu'un Auteur vit encore, la critique
la plus outrée fe déchaîne contre lui ;
mais il a auffi fes admirateurs qui le
portent jufqu'au Ciel par leurs louanges exagérées. Après fa mort tout cela
s'appaife & fe modère, la critique auffi

bien que la louange; on revient des
deux côtés à un juste milieu. Mais le
Public ne s'y tient pas long-tems.
Insensiblement l'estime croît, & la
louange prévaut. La postérité regarde
comme un homme divin, celui à
qui plusieurs de ses contemporains
avoient refusé la qualité de grand
homme. Ainsi à consulter l'expérience, on peut dire que les bons Ouvrages sont ordinairement appréciés à
leur juste valeur dans le siècle qui
succède immédiatement à celui dans
lequel ils ont paru. Les siècles suivans
n'en jugent pas si bien, parce qu'ils
en jugent trop favorablement. Si la
réputation des bons Ouvrages va
toujours en augmentant, ce n'est pas
seulement l'effet de leur mérite, mais
encore celui du penchant qu'ont la
plûpart des hommes à admirer l'antiquité. A la vérité il est naturel que
l'estime pour un bon Ouvrage croisse,
jusqu'à ce qu'il ait été surpassé par un
autre du même genre. Chaque jour
qui

qui s'écoule, sans qu'il paroisse d'Ouvrage égal ou supérieur à celui qui
est en possession de l'estime publique,
doit le confirmer dans cette possession, parce que cela prouve de plus
en plus la rareté des talens que cet
Ouvrage suppose dans son Auteur.
Or il est naturel que nous mesurions
notre estime pour les talens & pour
les Ouvrages, sur le plus ou le moins
de rareté des uns & des autres. Il est
raisonnable encore que nous ne nous
hâtions pas de préférer un Ouvrage
moderne, quelque beau qu'il nous
paroisse, à un Ouvrage ancien, con-
sacré par les suffrages de plusieurs siècles. Mais au lieu de nous renfermer
dans des bornes si judicieuses, nous
donnons quelquefois un peu trop au
préjugé de l'antiquité, & cela en plusieurs manières. Tantôt nous n'osons
dire l'impression que fait sur nous
l'Ouvrage moderne, & avouer qu'il
nous plaît plus que l'ancien. Tantôt
l'Ouvrage moderne nous plaît moins

Tome I.   N

qu'il ne devroit nous plaire, par un effet de ce préjugé de l'antiquité, qui fourdement & à notre inſçu, affoiblit notre impreſſion. Quelquefois même nous réſiſtons formellement à notre plaiſir; nous le combattons; nous ſommes fâchés de l'éprouver. Enfin nous jugeons ſouvent contre notre impreſſion même, contre notre plaiſir, au lieu qu'il ne faudroit que ſuſpendre notre jugement. Voilà comme il arrive qu'un Ouvrage ancien, quoique ſurpaſſé par un Ouvrage moderne, conſerve long-temps la première place dans l'eſtime des hommes *.

*On dit ſoudain, voilà qui fut de Grèce;
Ceci de Rome, & cela d'un tel lieu,
Et le dernier eſt tiré de l'Hébreu;
Mais tout en ſomme eſt rempli de ſageſſe.*

Quatrain de Pibrac, ſur la prévention en faveur des choſes anciennes & étrangères.

POURQUOI LA VUE DE
ceux que nous avons offenſés, nous eſt déſagréable.

I.

ON ne hait pas toujours ceux qu'on offenſe; mais on hait preſque toujours ceux qu'on a offenſés, à proportion de la grandeur, & ſur-tout de l'injuſtice de l'offenſe *. Nous ſuppoſons que ceux que nous avons offenſés, nous haïſſent, parce qu'ils ont droit de nous haïr; & nous les haïſſons enſuite, à cauſe de cette haine prétendue ou réelle. Il ſemble qu'on ne devroit point haïr ceux dont on eſt haï avec juſtice : cependant il n'y en a point qu'on haïſſe davantage; & il eſt rare qu'on haïſſe autant ceux dont on eſt haï ſans l'avoir mérité.

Quelqu'amitié que nous témoi-

---

* *Proprium humani ingenii eſt odiſſe quem læſeris.*
Tacite, vie d'Agricola.

N ij

gnent ceux que nous avons offenſés,
nous ne pouvons croire qu'ils ne con-
ſervent aucun reſſentiment de l'injure
que nous leur avons faite; & ſi enfin
ils nous en donnent des preuves ſi
convaincantes qu'il nous ſoit impoſſible d'en douter, ils ſont alors à notre égard dans le cas de ceux à qui
nous avons beaucoup d'obligation:
or nous n'aimons pas ceux à qui nous
ſommes trop redevables; du moins
nous ne les voyons pas avec plaiſir.

La préſence de ceux que nous
avons offenſés, & qui nous ont pardonné généreuſement, nous eſt preſque toujours déſagréable, quand même nous ne les haïrions pas; parce
qu'elle nous rappelle le ſouvenir
d'une faute commiſe & d'un bienfait
reçu, faute devenue encore plus humiliante par le bienfait qui l'a ſuivie.
Nous voyons en eux nos bienfaiteurs
& les témoins de notre injuſtice,

II.

Il ne faut offenser perſonne, parce que cela eſt injuſte, & parce que l'offenſe eſt une ſource d'inimitiés réciproques. Quelquefois nous rompons avec ceux que nous avons offenſés, ſans qu'ils rompent eux-mêmes avec nous; nous les haïſſons ſans qu'ils ceſſent de nous aimer. Il y a bien des occaſions où ce ſeroit parler très-raiſonnablement, que de dire: *Je vous conjure d'oublier & de me pardonner l'offenſe que vous m'avez faite.*

Une injure pardonnée eſt à l'offenſé un titre de ſupériorité ſur l'offenſeur.

C'eſt ſur-tout à un homme d'eſprit qu'on ne pardonne point les torts qu'on a eus avec lui. On ſçait qu'il les aura ſentis dans toute leur étendue.

III.

Le même motif qui nous fait aimer ceux à qui nous avons fait du bien , nous fait quelquefois aimer ceux qui nous ont offensés.

Si la reconnoissance étoit moins rare, le meilleur moyen de parvenir à aimer quelqu'un qu'on a intérêt d'aimer, seroit de lui faire du bien. Après l'estime, il n'y a rien dont on soit plus reconnoissant que de la reconnoissance; comme après le mépris, il n'y a rien dont on soit plus blessé que de l'ingratitude.

Le plus aimable de tous les hommes à nos yeux, c'est celui que nous avons obligé, & qui en est reconnoissant, pourvû néanmoins que sa reconnoissance ne l'acquitte pas entièrement envers nous.

Une reconnoissance délicate, infinie, pour ainsi dire, dans le cœur & dans les sentimens, doit quelquefois être bornée dans les effets.

Souvent on aime mieux payer un bienfait par un autre bienfait, que par des égards, des attentions, de l'amitié, de la reconnoissance.

IV.

Aimer à faire du bien, est une chose très-louable, quand le motif en est bon; & toujours très-rare, quel qu'en soit le motif. Il est rare de faire du bien, même par vanité ou par intérêt, parce que la vanité & l'intérêt bien entendus sont presque aussi rares que la vertu. Mais aimer ceux à qui nous avons fait du bien est une chose très-naturelle, & nullement louable. C'est un pur effet de l'amour propre.

Quoique ce ne soit point un mérite d'aimer ceux à qui on a fait du bien, c'en est un d'en faire, afin de parvenir à aimer. La vertu, pour arriver à son but, emploie quelquefois des moyens dont elle n'attend le succès que des passions.

C'est l'effet de l'amour-propre d'aimer à être aimé, & cela est commun à tous les hommes. C'est l'effet d'un

N iv

bon cœur, & même d'un cœur délicat, d'aimer à aimer.

V.

Il y a une forte de plaifir à être
aimé, à être eftimé, à plaire, qui
vient de bonté de cœur, de noblesse
d'ame, plûtôt que de vanité ; les
cœurs bas & méchans n'y font point
fenfibles.

En général, c'eft une qualité aimable que le défir d'être aimé , parce
que c'eft faire du bien aux autres que
de s'en faire aimer.

VI.

Je le répéte; c'eft un befoin bien
glorieux que le befoin d'aimer. C'eft
un homme non-feulement bien aimable, mais encore bien eftimable ,
qu'un homme *aimant*. C'eft plutôt
un fot, dira-t-on ; & cela eft vrai
dans un fens. Ainfi l'homme que je
veux louer ici, a plutôt du penchant
à aimer, qu'il n'aime en effet. Il vou-

droit aimer; mais il trouve peu de gens aimables. Capable d'amitié, il ne fçait où la placer. Sa raifon, quoiqu'elle approuve fon penchant, l'empêche pourtant de le fuivre en bien des occafions. Mais comme il n'aime que peu de perfonnes, il les aime beaucoup. Le contraire, je veux dire aimer beaucoup de perfonnes, mais les aimer peu, feroit peut-être le plus agréable, du moins le plus fûr. Ajoutons qu'alors on ne feroit point de pertes qui ne fuffent aifément réparées.

VII.

S'il eft d'un bon cœur d'aimer à aimer, que feroit-ce d'aimer à eftimer?

Plus on aime, plus on eftime; cela eft naturel, & doit néceffairement arriver ainfi. Mais quel eft celui qui pourroit dire; *plus j'eftime, plus j'aime?*

Perdre de l'amitié & de l'eftime qu'on avoit pour quelqu'un, c'eft toujours, pour un cœur bien fait, perdre de fon plaifir.

DES EFFETS DE L'HABITUDE.
De l'Amour propre & de la Modestie.

I.

ON s'accoutume à tout, plus ou moins; on se familiarise insensiblement avec toutes sortes d'objets, avec les plus beaux comme avec les plus désagréables, au point de n'en être plus que foiblement touché; & cela est vrai non-seulement des objets matériels & sensibles, mais encore des qualités purement spirituelles.

On dit communément : épousez une belle femme, épousez-en une laide; au bout de six mois ce sera la même chose * : c'est une exagération,

---

* Une femme de beaucoup d'esprit a exprimé ainsi cette pensée. *J'ai ouï dire aux hommes, que quand ils sont une fois engagés, ils s'accoutument si fort en trois mois à la beauté & à la laideur de la Dame, que les yeux ne se mêlent plus de rien, & qu'ils ne se servent plus de leur cœur & de leur esprit. Madame de Scudéry, dans une*

Mais y en auroit-il beaucoup davantage à dire: épouſez une femme qui ait de l'eſprit, épouſez-en une qui n'en ait point; au bout de ſix mois ce ſera la même choſe? On me répondra ſans doute que l'exagération ſeroit infiniment plus forte; j'en conviens. Je ſçais ce qu'on pourroit me dire là-deſſus; & je ne veux rien outrer. Cependant il y a du vrai dans la ſeconde propoſition auſſi-bien que dans la première; & il eſt certain que ſi on s'accoutume à la beauté, on s'accoutume auſſi à l'eſprit. L'impreſſion des qualités de l'ame s'affoiblit moins que celle des agrémens du corps; elle s'affoiblit pourtant. On vient à n'être plus touché d'une belle perſonne qu'on a continuellement devant les yeux; on vient à être moins touché de l'eſprit de quelqu'un avec lequel

de ſes lettres au Comte de Buſſy Rabutin. C'étoit la femme du Poëte de ce nom, & non ſa ſœur, la célèbre Mademoiſelle de Scudéry. Les lettres de cette Dame ſont en grand nombre dans le recueil du Comte de Buſſy, & ne cédent qu'à celles de Madame de Sevigné.

on vit toujours. Parce qu'on ne fent plus rien pour une belle perfonne, on ne ceffe pas de la trouver belle: on ne ceffe pas non plus d'eftimer une perfonne de mérite par la longue habitude de vivre avec elle; on en connoît même d'autant mieux tout ce qu'elle vaut; mais on le fent moins vivement; car il y a du fentiment dans l'eftime, qui n'eft précifément qu'eftime, auffi-bien que dans l'amour & dans l'amitié. Elle a dans fes commencemens une vivacité qui fe ralentit peu-à-peu comme celle de l'amour même, quoique ce qu'il y a d'effentiel dans l'eftime fubfifte toujours, & même augmente quelquefois.

Il s'enfuit de-là que, fi nous nous voyions nous-mêmes avec autant d'indifférence que nous voyons les autres, nous fentirions moins vivement notre propre mérite que le leur; car le mérite d'autrui ne peut jamais nous être auffi familier que le nôtre,

Supposons un homme d'esprit exempt d'amour propre. Il n'en est point à la vérité: tout le monde a de l'amour propre. Cependant cette supposition, tout impossible qu'elle est, peut servir à nous faire connoître ce qui doit se passer, & ce qui se passe en effet dans ceux qui ont moins d'amour propre qu'on n'en a communément.

Cet homme familiarisé en quelque sorte avec lui-même, ne s'estimeroit plus, pour ainsi dire, que d'une estime languissante, à-peu-près comme il estimeroit quelqu'un avec qui il vivroit depuis long-temps dans une étroite liaison. Il seroit moins frappé des productions de son propre esprit, que de celles de l'esprit des autres. Il admireroit plus ailleurs que chez lui; car l'admiration naît de la surprise, & la surprise de la nouveauté. L'admiration n'est pour l'ordinaire qu'un premier mouvement qui ne dure pas, & auquel succède la

ſentiment plus tranquille de l'eſtime.
Auſſi la plus grande louange que
nous puiſſions donner à un objet,
c'eſt de dire qu'il nous eſt toujours
nouveau. Que ce jardin eſt charmant,
s'écrie un homme en entrant aux
Tuileries peut-être pour la millième
fois! Quoi, lui dit-on, vous admirez
encore? Il ſemble que vous ne ſoyez
jamais venu ici. Les *Tuileries*, ré-
pond-il, me paroiſſent toujours nouvelles. Par-là il leur attribue le plus
haut degré de perfection & de beauté; & il juſtifie ce plaiſir que l'habitude n'a point émouſſé. Une beauté
médiocre, ſoutenue de la nouveauté,
peut quelquefois ſurprendre l'admiration; mais il n'y a qu'une beauté
parfaite qui pût paroître toujours
nouvelle, ſi pourtant la choſe eſt
poſſible. Car, pour le remarquer en
paſſant, c'eſt moins, à parler exactement, la parfaite beauté d'un objet
qui pourroit le faire paroître toujours
nouveau, que le très-grand nombre

de beautés, & même de beautés fines, qu'il rassembleroit. Il arriveroit
effectivement de ce nombreux assemblage de beautés fines, que pendant
long-temps on en découvriroit tous
les jours quelques-unes qu'on n'avoit
point encore apperçues; mais il faudroit bien que cela finît enfin.

Il n'y a donc rien qui dût moins
nous paroître toujours nouveau, que
notre propre mérite; c'est ordinairement quelque chose de fort imparfait, tant pour le degré que pour le
nombre des qualités qui le compo-
sent; & d'ailleurs il est sans cesse sous
nos yeux. Mais outre que l'amour
propre nous le fait croire beaucoup
moins imparfait qu'il n'est, cet amour
ne perd jamais rien de sa vivacité;
c'est le plus constant aussi-bien que
le *plus flatteur des amours* *. S'il se présente à nous quelque mérite qui nous
surprenne d'abord au point de nous
faire douter si le nôtre l'égale, &

* *Expression de M. le Duc de la Rochefoucauld.*

même de nous arracher l'aveu secret
de notre infériorité, cet aveu est bientôt rétracté. Cette espèce d'incons-
tance qui nous détachoit en quelque sorte de nous-mêmes, n'est que
passagère ; nos yeux éblouis se raffer-
missent ; le prestige de la nouveauté
se dissipe. L'admiration étoit née de
la connoissance imparfaite de l'objet :
on ne l'avoit considéré que d'un certain côté. Un examen plus attentif
nous y fait découvrir des défauts qui
avoient échappé à une première vûe :
& enfin, toute compensation faite, il
n'y a presque personne que nous ne
croyons valoir , & avec qui nous
voulussions faire échange d'esprit.
Nous trouvons bien à quelques-uns
certains avantages que nous vou-
drions joindre aux nôtres ; mais nous
nous flattons de l'emporter sur eux à
d'autres égards : & je ne parle pas
seulement de ceux avec qui nous
pourrions nous comparer avec quelque sorte de vraisemblance ; je parle
de

de ceux qui nous ſurpaſſent le plus au
jugement des autres. Si l'amour propre ne ſe trompoit que de peu de choſe dans ſes parallèles, il faudroit le
lui paſſer, & ne le pas chicaner ſur
de légères différences; mais la plus
énorme diſtance diſparoît ſouvent à
ſes yeux. Semblable à la fortune, il
nous prend dans la pouſſière pour
nous placer juſques ſur le thrône. Un
grand homme ſentira mieux la ſupériorité d'un plus grand ſur lui, qu'un
autre, très-inférieur à tous les deux,
ne ſentira ſon infériorité à leur égard.
Peut-être que *Pradon* ſe croyoit moins
éloigné de *Corneille*, que *Racine* lui-
même ne croyoit l'être; & pendant
que les *la Rue* & les *Gaillard* regardoient le Pere *Bourdaloue* comme ini-
mitable, il y avoit ſans doute d'autres Prédicateurs qui ſe flattoient d'en
approcher de fort près.

Mais, dira-t-on, quand l'aveuglement de l'amour propre va juſques-
là, c'eſt une folie ſemblable à celle

Tome I.   O

de ce fou d'Athènes dont parle *Hora-*
ce, qui, s'imaginant que tous les vaif-
feaux qui entroient dans le Port, lui
appartenoient, fe croyoit le plus riche de toute la Ville. Certainement
cet aveuglement de l'amour propre
eft une folie ; & néanmoins on en
voit tous les jours une infinité d'e-
xemples. Mais combien n'en verroit-
on pas davantage, fi chacun ofoit
dire de lui-même tout ce qu'il en
croit ! La feule différence qu'il y ait
entre les fous ordinaires, & ces fous
d'amour propre, c'eft que les premiers parlent comme ils penfent ; au
lieu que ceux-ci ont quelquefois l'art
& la prudence de cacher une partie
de leur folie. Ce n'eft pas qu'ils la
connoiffent, & qu'ils aient le moindre foupçon de fe tromper dans l'o-
pinion avantageufe qu'ils ont d'eux-
mêmes ; ils fçavent feulement qu'il
eft ridicule & odieux de manifefter
aux autres ces fortes de penfées, quelque vraies qu'elles puiffent être. L'or-

gueilleux qui parle modestement de lui-même, croit ne supprimer que des vérités, mais qui choqueroient dans sa propre bouche.

Quand je dis qu'il n'y a presque personne que nous ne croyons valoir, cela doit s'entendre en deux sens, relativement aux deux sortes de gens avec qui nous pouvons nous comparer. Les premiers sont ceux qui s'appellent proprement nos pareils ; car le mot de *pareil* ne signifie pas précisément la même chose que celui d'*égal*. Deux Orateurs, deux Poëtes, dans le même genre d'éloquence & de poësie, sont les pareils les uns des autres, quoiqu'ils ne soient pas égaux. On pourroit donc exprimer cette illusion de l'amour propre dont je parle, par cette maxime :

Nous nous croyons presque toujours supérieurs, ou du moins égaux à nos pareils.

Secondement, quoiqu'un Historien ne croie pas avoir les talens

d'un Orateur, ni un Orateur ceux
d'un Poëte, cependant ils croient
bien se valoir les uns les autres; non-
seulement parce que chacun d'eux se
juge aussi habile dans son genre, que
les autres peuvent l'être dans le leur;
mais encore parce que chacun, prévenu en faveur du genre qu'il a choisi,
le regarde comme le plus noble, le
plus utile, ou le plus agréable, &
sur-tout comme celui qui exige de
plus rares talens. Et il faut avouer
que cette illusion n'est pas si folle que
la première: il est plus excusable de
se tromper sur le prix & l'excellence
d'une certaine sorte de mérite, que
sur le degré dans lequel on la possé-
de. Si l'on décidoit du prix des talens
sur le plus ou le moins d'utilité qu'ils
apportent aux hommes, il ne seroit
pas difficile de sçavoir lesquels méritent la préséance. Mais il n'y a pas
moyen de suivre cette règle, puisqu'elle méneroit à préférer aux talens
les plus rares & les plus sublimes, les

talens les plus vils & les plus communs, & qu'on n'appelle pas même des talens. De-là eſt venue la maxime aſſez ſpécieuſe, que tous les hommes à talent ſont confreres.

J'ai entendu dire qu'un fameux Comédien * tenoit là-deſſus des diſcours aſſez ſinguliers, & qu'il prétendoit aller de pair avec les Héros dont il faiſoit le perſonnage, & avec les plus grands Poëtes dont il déclamoit les vers.

Au reſte cet orgueil de profeſſion peut avoir ſon utilité. Les hommes ſont remplis de fauſſes idées qu'il ſeroit dangereux de leur ôter; elles ſont quelquefois la cauſe de leurs meilleures actions. Le bon en eux tient au mauvais; & il ſeroit ſouvent difficile de corriger l'un, ſans détruire l'autre. La morale comme la médecine, j'entends une morale purement humaine, ne veut pas toujours guérir tous les maux.

* *Baron.*

II.

L'amour d'une profession devroit faire fur ceux qui l'exercent, ce que l'amour de la patrie fait fur les citoyens.

III.

On dit qu'un homme entêté de la dignité & de l'excellence de fa profeffion, eft ordinairement un homme médiocre dans fa profeffion. En effet il a d'autant plus d'intérêt d'en relever l'excellence, qu'il eft plus éloigné d'y exceller. D'ailleurs cet entêtement fur fa profeffion eft prefque toujours une marque de peu de jugement. Tout cela eft vrai. Mais il faut remarquer en même temps, que comme il y a plufieurs profeffions qui demandent plus de talent & d'imagination, que de jugement & d'efprit, on peut joindre à la plus grande habileté dans quelqu'une de ces profeffions, l'entêtement le plus extrême

& le plus fou sur la considération
qu'elle mérite. Un Comédien, un
Poëte, peuvent mettre leur Art au-
dessus de tous les autres; & pourtant
y exceller. Cet entêtement ridicule
n'avilit en eux que l'homme, & l'on
n'en peut rien conclure contre le Comédien, ou contre le Poëte.

IV.

L'amour propre n'est pas au même
degré dans tous les hommes; & je ne
prétens pas les comprendre tous dans
ce que je dis ici & ailleurs de quelques-uns de ses effets, quoique je parle quelquefois d'une manière générale & indéfinie. Cependant les exceptions ne sont pas en si grand nombre qu'on pourroit le croire d'abord.
Tel qui m'accuse d'exagération, en
me jugeant, dit-il, sur ce qui se passe
en lui-même, ou n'est pas sincère,
ou se connoît mal.

Je l'avoue, & le Lecteur s'en ap-
percevroit bien de lui même; j'ai pris

dans mon cœur une grande partie de
ce que je dis fur l'amour propre ; je
m'en fens tout plein ; j'éprouve tous
les jours & fa force & fes artifices.
Peut-être cet aveu ne fervira-t-il qu'à
l'augmenter encore ; peut-être même
n'eft-il qu'un de fes effets. Je reffemble aux fentinelles qui avertiffent de
l'ennemi, & qui en font plus proches, plus expofées à fes coups, que
ceux qu'elles avertiffent.

DE LA SIMPLICITE',
& des différentes fortes de Modeftie.

I.

Quelque commun que foit cet
amour propre, qui nous agrandit fi
prodigieufement à nos propres yeux,
en rabaiffant les autres, il y a pourtant des gens d'un rare mérite, &
à qui ce mérite eft prefqu'inconnu.
Il faut les en avertir. Il faut leur prouver leur fupériorité : ils ignorent leurs
bonnes

bonnes qualités, comme les autres
ignorent leurs défauts: ils se prisent
trop peu, comme les autres se prisent
trop, faute de se connoître. Les louanges les étonnent, les choquent presque comme un effet de la flatterie,
ou d'un manque de discernement; &
on les loue d'autant plus volontiers.
Mais cette simplicité, cette ignorance de leur propre mérite qui nous
charme dans les grands hommes,
quel est le motif qui nous la fait aimer? est-ce toujours un motif vertueux? Non sans doute; c'est souvent
notre propre orgueil. Nous l'aimons
par intérêt, & sans l'estimer. Nous
sçavons bien dire que cette simplicité
n'est souvent qu'un défaut de lumière, qui peut se rencontrer avec un
grand mérite; & il faut avouer que
nous ne le disons pas toujours sans
fondement. On sçait le mot de M. de
Fontenelle, que *la Fontaine* ne se croyoit
au-dessous de *Phedre* que par bêtise;

Tome I.   P

mot plaisant, dit M. de la *Motte,* *
mais solide, & qui exprime finement le
caractère d'un génie supérieur qui se mé-
connoît, faute de se regarder avec assez
d'attention. C'est-là ce qu'on appelle
proprement simplicité.*

Il y a donc bien de la différence
entre la simplicité & la modestie ; car
celui qu'on appelle proprement modeste, connoît bien ce qu'il vaut, &
il ne seroit pas sincère, s'il disoit qu'il
vaut peu ; mais quoiqu'il croie valoir
plus que la plûpart des autres hommes, il n'en conçoit point de fierté.
Un riche sçait bien qu'il est riche, &
un grand qu'il est grand ; cependant il
est des riches & des grands modestes
au sein de l'opulence, & au faîte de
la grandeur. Ils ne méprisent point
ceux que la fortune a le moins favo-
risés. L'homme sans bien & sans naissance sera leur ami, s'il mérite de
l'être. Non-seulement ils l'appelle-

* *Discours sur la Fable.*

ront de ce nom, mais ils voudront le
recevoir de lui : & ce n'est point aux
maximes philosophiques sur les vrais
biens, qu'ils sont redevables de leur
modestie ; ils ne la doivent ordinairement qu'à leur heureux naturel. De
même un homme de mérite peut sentir sa supériorité du côté de l'esprit &
des talens, sans orgueil & sans mépriser ses inférieurs ; car la simple connoissance de l'infériorité des autres
à notre égard, n'est pas mépris. Et
voilà la vraie modestie ; sentir précisément ce qu'on est, sans chercher à
le faire sentir aux autres ; s'estimer ce
qu'on vaut, & se donner pour moins ;
non par des paroles, mais par les manières, les actions, la conduite. Il y a
pourtant une modestie de langage,
qui est d'une obligation indispensable. Mais elle consiste plutôt à ne se
point louer qu'à se rabaisser. Elle consiste, comme la prudence, dont elle
fait partie en un sens, à taire ce qu'il
ne convient pas de dire, & non à

mentir. Le menfonge produiroit même un effet oppofé à celui qu'on auroit en vûe; il eft toujours fufpect de
fauffe modeftie.

II.

Le préfomptueux penfe trop avantageufement de lui-même; l'humble
n'en penfe pas affez avantageufement; le modefte en penfe comme il
faut en penfer; le fimple, à proprement parler, n'en penfe rien; il ne fe
compare point aux autres. En les pré-
férant à foi, il préfère le connu à l'inconnu. Il fuppofe fon infériorité, &
ne fe la prouve point. Il a de l'efprit,
& il l'ignore; s'il n'en avoit point, il
l'ignoreroit de même.

III.

Celui qui cache l'orgueil que lui
infpire fon mérite, n'a qu'une modeftie extérieure. S'il le cache par bonté
de cœur, par égard pour les autres,
par le fentiment de l'injuftice de cet

orgueil, c'eft vertu. S'il ne veut par
cette conduite que fe faire eftimer
davantage, fa modeftie n'eft qu'un
orgueil plus rafiné , & qu'il feroit
d'autant plus dangereux de laiffer
appercevoir.

On peut donc diftinguer trois fortes de fauffes modefties, dont il n'y en
a qu'une de blâmable, à parler exactement; & je ne les appelle fauffes,
que parce qu'on les confond affez fouvent avec la modeftie proprement
dite. La première eft celle qui n'eft
que fimplicité, pure ignorance de ce
que l'on eft, & de ce que l'on vaut.

Cette ignorance de fon propre mérite eft bien aimable, & même bien
eftimable, quand elle ne vient que
de ce qu'on ne fonge point à fe comparer à autrui, pour s'y trouver fupérieur; à s'apprécier, pour fe trouver
d'un grand prix; en un mot quand
elle ne vient que d'un défaut de réflexion fur foi-même, parce qu'on eft
peu occupé de foi. Telle étoit la mo-

destie de *la Fontaine* par rapport à ses Fables, selon le mot que M. *de Fontenelle,* dans le sens qu'y donne M. *de la Motte.*

Quelquefois aussi, comme je l'ai dit, & comme il paroît que M. *de Fontenelle* l'a voulu dire de *la Fontaine,* cette ignorance de son propre mérite vient d'un défaut de lumière & de discernement, qui fait qu'on juge mal de soi, comme on juge mal des autres ; & alors c'est une borne du mérite même, plutôt qu'un nouveau degré de mérite ; c'est un défaut dans l'esprit, plutôt qu'une bonne qualité dans le cœur. Cependant nous aimons encore plus dans les autres cette dernière sorte de simplicité qui les empêche de se voir, si je puis m'exprimer ainsi, que celle qui les empêche seulement de se regarder. Nous aimons dans leurs vertus ce qu'elles ont d'utile pour nous, & point du tout ce qu'elles ont de glorieux pour eux. Nous aimons les effets des

vertus , & non les vertus mêmes : d'où
il s'enfuit encore que nous aimons
mieux dans les autres les fimples qualités, que les vertus proprement dites. Elles leur font moins d'honneur ;
& en même tems elles font plus agif-
fantes & plus fûres dans leurs effets ;
ce qui eft la feule chofe qui nous importe. Ainfi notre amour propre eft
bien plus en fûreté avec ceux qui font
fimples, qu'avec ceux qui ne font
que modeftes. Il eft toujours un peu à
craindre que ceux-ci fentant leur fupériorité, ne viennent enfin à nous la
faire fentir. S'ils ne le font pas, c'eft
en quelque forte une obligation que
nous leur avons ; & on fçait bien que
nous n'aimons point à en avoir.

IV.

On nous pardonne nos défauts,
quand nous les connoiffons ; nos bonnes qualités & nos vertus , quand
nous ne les connoiffons pas.

P iv

V.

Quelquefois la modestie qui fait, aimer un homme d'esprit des honnê-tes gens, le fait encore plus haïr des malhonnêtes gens, sur-tout lorsqu'ils sont ses rivaux, par cela même qu'elle le fait plus aimer des premiers. D'ail-leurs c'est une bonne qualité de plus, & une qualité qui fait valoir toutes les autres.

Si tel envieux parloit sincèrement de son rival, il diroit : *Sans sa modes-tie, je lui pardonnerois peut-être toutes ses bonnes qualités & tous ses talens.*

Tel envieux n'accable de louanges son rival, que pour lui ôter, s'il le pouvoit, sa modestie, ou pour le faire soupçonner de vanité par ceux en présence desquels il le loue.

VI.

Je ne craindrai point d'aller trop loin en ajoutant ce qui suit. Un hom-me qui a peu d'esprit, & qui le sçait

bien, est encore plus aimable que celui qui en a beaucoup, & qui l'ignore. Le comble du mérite, dit-on,
c'est la modestie ; oui du mérite médiocre.

Pour aimer bien sincèrement quelqu'un qui nous surpasse, il ne suffit
pas qu'il l'ignore ; il faudroit encore
que les autres l'ignoraffent auffi, &
en un mot que nous fuffions les feuls
à le fçavoir.

Si la fimplicité & la modestie des
grands hommes fait qu'on leur pardonne leur mérite, c'est qu'on pardonne tout à ceux qu'on aime. C'est
encore parce que cette modestie &
cette fimplicité confolent un peu de
ce mérite & en dédommagent, en
le cachant en partie aux yeux du
grand nombre.

VII.

La feconde forte de fauffe modestie,
la plus commune & la plus connue,
est ce vice odieux auquel l'ufage a

fixé le nom même de fauffe modeftie. Peut-être néanmoins feroit-elle
mieux appellée une modeftie fainte.
Voici ce qui la produit.

Nous ne louons rien volontiers où
nous ne pouvons louer de modeftie;
& s'il eft vrai de l'eftime même qu'elle a fa fource dans le cœur autant que
dans l'efprit, il l'eft encore plus de la
louange. L'orgueil joint à de rares
talens, à de grandes qualités, n'empêche pas toujours l'eftime, quoiqu'il la diminue ordinairement par la
haine qu'il infpire; mais il empêche
prefque toujours la louange. On peut
donc eftimer ceux qu'on n'aime pas;
mais on ne loue guères que ceux
qu'on aime, & on n'aime que les
modeftes. Voilà ce que la connoiffance du cœur humain, & l'expérience nous apprennent; & là-deffus l'orgueilleux bâtit le fyftême de fa conduite. Il cherche à faire croire qu'il
eft fimple, ou du moins qu'il eft modefte, quoiqu'il fçache bien qu'il ne

l'eſt pas, afin qu'enſuite on croie & on diſe plus volontiers qu'il eſt vaillant, libéral, homme d'eſprit, ce qui eſt peut-être vrai en effet. Ainſi pour obtenir les louanges qui lui ſont dûes, il commence par uſurper celle qu'il eſt le plus éloigné de mériter.

VIII.

Enfin la troiſième ſorte de modeſtie fauſſe, & néanmoins bien louable, cache, comme la ſeconde, un orgueil ſecret ; & c'eſt pour cela que je l'appelle fauſſe, en un ſens ; mais un orgueil combattu & déſavoué, un orgueil aſſujetti, quoique non détruit, un orgueil forcé, pour ainſi dire, au ſilence, enchaîné au fond du cœur, comme un monſtre furieux, qui porteroit par-tout le ravage. Il vit encore ; il fait ſans ceſſe de nouveaux efforts pour s'échapper : la réſiſtance qui les rend inutiles, eſt une victoire continuelle, ſemblable, pourroit dire un Poëte, à celle de Jupiter de la fa-

ble sur les Titans. La foudre ne les a
pas écrasés; ils gémissent au fond des
abîmes, sous le poids des montagnes
entassées; ils les ébranlent encore par
de violentes secousses : une main puis-
sante les presse & les appesantit sur
eux, à proportion des efforts qu'ils
font pour les renverser.

IX.

On sent toute l'injustice, tout l'o-
dieux, & même tout le ridicule de
l'orgueil. Cependant rien n'est plus
difficile que de s'en corriger, & sur-
tout de le cacher. L'un est le chef-
d'œuvre de la vertu, & l'autre celui
de l'esprit.

On se corrigera plutôt de la présomption que de la vanité. La première peut n'être qu'une erreur. La
seconde est une passion. Le Philosophe est quelquefois modeste, & ne
s'estime pas plus qu'il ne vaut. Le
Chrétien seul est humble, & consent
même à être méprisé. La raison, soit

la nôtre ; ſoit celle d'autrui, peut ſuf-
fire pour guérir les maladies de l'eſprit.
La grace eſt le ſeul remède de celles
du cœur.

DE LA NECESSITE',
pour les gens de Lettres, de
ſuivre leur Talent.

I.

IL y a des Auteurs nés avec beaucoup d'eſprit & de génie, qui, faute d'a-
voir ſuivi leur talent, ou de s'y être
bornés, n'ont pas acquis toute la réputation à laquelle ils pouvoient pré-
tendre. La ſource de cette dernière
mépriſe eſt quelquefois l'amour du
changement, & le dégoût d'un travail trop uniforme ; mais le plus ordinairement c'eſt l'ambition de réuſſir
dans un genre plus difficile, ou du
moins de réuſſir dans plus d'un genre ; & par-là de ſe faire une réputation
plus brillante. Mais ne vaut-il pas

mieux fe borner à être eftimé dans un
feul genre, fût-il le dernier de la littérature, que de s'expofer à être mé-
prifé dans d'autres, quoique plus nobles & plus difficiles? *Céfar* avoit tort
de dire qu'il auroit mieux aimé être
le premier dans un village, que le
fecond à Rome. Un Poëte n'auroit
pas tort d'aimer mieux exceller dans
l'épigramme ou dans le madrigal,
que de n'être que médiocre dans la
tragédie, ou dans la comédie.

On peut être médiocre en plufieurs
chofes, même très-oppofées. Mais
pour être grand à certains égards, il
faut être petit à d'autres. Cela eft
prouvé par l'expérience, & très-bien
expliqué par la Phyfique,

I I.

Il y a des Ecrivains qui joignent à
une grande habileté dans les langues,
le génie de la traduction; car j'avoue
que ce talent eft quelque chofe au-
delà de la plus parfaite connoiffance

de deux langues. Mais en même tems
ils ſont peu capables de penſer d'eux-
mêmes & de leur propre fonds. Cependant ils aſpirent à être originaux :
ils dédaignent de traduire ; ils veulent
produire. Et que produiſent-ils ? des
Ouvrages froids & ſans force, pleins
de penſées communes & même fauſſes ; des Ouvrages où il n'y a tout au
plus d'eſtimable que le ſtyle. Ils ſont
confondus dans la foule des Auteurs
médiocres, avec tout ce qu'il falloit
pour briller parmi les Traducteurs.

Par exemple, M. *Dubois*, de l'Académie Françoiſe, a mis à la tête de ſa
belle Traduction des Sermons de *S.*
Auguſtin, une longue Préface, aſſez
bien écrite à la vérité, mais très-mal
penſée, comme l'a montré évidemment M. *Arnauld* dans la judicieuſe
critique qu'il en a faite.

D'un autre côté tout grand Auteur
ne ſeroit pas excellent Traducteur,
témoin M. de *Toureil*. Ses deux Préfa-
ces ſont bien au-deſſus de ſes Tra-
ductions.

III.

Outre la plus grande facilité de réussir en mesurant ses travaux à ses forces, il y a encore un autre avantage dans cette conduite, c'est qu'on ne risque ordinairement que de rester inconnu en cas de mauvais succès. Mais il est de certaines matières auxquelles on ne peut toucher, il est des genres dans lesquels on ne peut rien donner, sans exciter la curiosité d'un grand nombre de personnes, & par conséquent sans s'exposer au mépris, si l'on ne réussit pas.

IV.

C'est la perfection & non la difficulté de vos Ouvrages, qui les fera estimer & rechercher. Vous avez bien écrit dans un genre utile ou agréable au public; dès-lors vous êtes un bon Auteur pour le public; vous en êtes connu; & si vos Ouvrages sont du premier mérite en leur genre, il vous compte

compte parmi ses grands Ecrivains.

Il y aura bien quelques *Apprécia-*
teurs d'esprits, qui penseront & qui
diront qu'au fond ce que vous avez
écrit, ne suppose pas un génie du premier ordre, & qu'il faut souvent
plus d'esprit pour faire un Ouvrage
médiocre dans un certain genre, que
pour en faire un meilleur dans un
autre genre plus facile & moins élevé.
Tout cela peut être vrai ; mais le public, à qui vous avez affaire, & de
qui vous attendez votre récompense,
n'entre point dans toutes ces discussions. Vous lui avez donné de bons
Ouvrages, des Ouvrages égaux ou
supérieurs à ceux de vos rivaux ; cela
lui suffit. Votre place est marquée parmi les grands hommes, ou du moins
parmi les hommes illustres. Ce dernier nom se donne également à tous
ceux qui ont excellé dans quelque
art, ou dans quelque science que ce
soit, quoique ces arts & ces sciences,
& même les différentes parties d'un

Tome I. Q

même art & d'une même science, ne soient pas toutes d'une égale dignité.

V.

Quand on compte les grands Poëtes de l'antiquité, on nomme *Anacréon*, aussi-bien qu'*Homère*; *Catulle*, aussi-bien que *Virgile*; *Martial*, aussi-bien que *Lucain*. Le mérite des Ouvrages en compense le peu d'étendue, & même le petit nombre.

La *Bruyere* est un de nos premiers Auteurs pour la Prose. *Despréaux* est un de nos premiers Poëtes, & peut-être notre premier Versificateur. Cependant les *Caractères* de l'un, & les Poësies de l'autre, ne font qu'un volume ordinaire. *La Fontaine* & M. *Fléchier* n'en seroient pas moins immortels, quand le premier n'auroit fait que ses Fables, & le second ses Oraisons funèbres, & même quand ils n'auroient fait que ce qu'ils ont fait de mieux dans ces deux genres.

Il y avoit peut-être une grande dif-

Térence d'homme à homme entre *Cicéron*, *Horace* & *Tite-Live*. Mais ce n'eft pas-là ce qu'on examine, lorfqu'il s'agit de régler les rangs entre ces Auteurs. Leurs Ouvrages font également bons en leur genre; voilà ce qui frappe, & prefque l'unique chofe qu'on confidère. Demandez à un homme de Lettres lequel de ces Anciens il eftime le plus: il vous répondra félon qu'il regarde comme plus ou moins parfaits en leur genre les Ouvrages des uns & des autres, & non félon la mefure d'efprit & de talent qu'il a fallu pour les porter au degré de perfection que nous y admirons. Ce dernier point ne lui vient pas feulement dans la penfée; & il ne s'avifera pas d'entendre votre queftion en ce fens, à moins que vous ne vous expliquiez d'une manière plus précife,

J'ai dit qu'on juge du mérite d'un Auteur, plutôt fur le degré de perfection de fon Ouvrage comparé à

Q ij

ceux de la même nature, que sur le
degré d'esprit qu'il suppose en lui:
l'expérience le prouve, & cela doit
être ainsi, les hommes faits comme
ils sont. Le mérite des Ouvrages dont
il est ici question, consistant à plaire,
l'auteur de ceux qui plaisent le plus,
doit être regardé comme l'Auteur du
plus grand mérite, l'Auteur le plus
estimable. Or vous ne plairez point,
sur-tout dans les genres supérieurs, si
vous êtes resté beaucoup au-dessous
de ceux qui y excellent, quelqu'esprit qu'il vous ait fallu pour arriver
même à cette place subalterne. En
matière de choses d'agrément, le
meilleur dégoûte du bon, à plus
forte raison du médiocre. Il n'y a
de bon que le meilleur.

Cette maxime, comme je viens de
l'insinuer, est encore plus vraie à l'é-
gard des genres supérieurs, des grands
Ouvrages, des Ouvrages les plus
difficiles en soi, qu'à l'égard de ceux
qui ont moins d'étendue, qui sont

plus faciles, & qu'on ne regarde presque que comme des bagatelles. La
médiocrité y est plus insupportable.

VI.

On joue dans le même tems une
Tragédie, & une petite Comédie
d'un Acte. La Comédie réussit, &
fait beaucoup d'honneur à son Auteur. La Tragédie tombe, & ne fait
honneur au Poëte qu'auprès de quelques beaux esprits clair-semés dans
le parterre : le grand nombre s'est ennuyé, & méprise en conséquence.
Demandez-leur laquelle de ces deux
pièces ils aimeroient mieux avoir faite ? Ils ne croiront pas que vous par-
liez sérieusement. Vous insisterez ; &
vous leur ferez remarquer que cette
Tragédie, quoique digne de sa chûte,
a pourtant de grandes beautés ; que
ce genre d'écrire est très-difficile ;
qu'il faut du génie, même pour y
réussir médiocrement, &c. Ils en con-
viendront peut-être ; ils rendront jus-

tice à l'Auteur. Mais que lui revient-
il de cet aveu arraché comme par force à des fpectateurs ennuyés? On re-
tournera en foule pour voir la petite
Comédie; elle recevra chaque jour
de nouveaux applaudiffemens; elle
demeurera au Théâtre, tant que le
Théâtre fubfiftera. Au contraire il
faudra ceffer de jouer la Tragédie,
faute de fpectateurs; dans un mois il
n'en fera plus parlé. Dans un an on
ignorera qu'elle ait été jouée; & elle
ne pourroit pas même fervir de matiere à une Epigramme contre l'Auteur. Il eft aifé de voir la raifon du
différent fuccès de ces deux Pièces.
L'une, comme plus difficile, fuppofe
plus de génie, ou du moins une forte
d'efprit plus rare dans celui qui l'a
compofée; l'autre eft plus parfaite
dans fon genre. J'eftime plus l'Auteur de la première; mais la feconde
eft meilleure en foi, & par-là plus
eftimable. J'aimerois donc mieux
être capable d'avoir fait la Tragédie;

mais j'aimerois mieux avoir fait la
Comédie.

VII.

Quant à ceux que le défir de plus
d'une efpèce de gloire engage à paffer d'un genre à un autre, ils s'expo-
fent non-feulement à manquer cette
gloire nouvelle, s'ils fortent de la
fphère de leurs talens, mais encore à
voir ternir celle qu'ils fe font déja
acquife.

Il eft impoffible, dit la multitude,
il eft très-difficile & très-rare, difent
les fages, de réuffir dans plufieurs
genres. Ainfi plus on vous a admiré
dans un genre, & plus vous y avez
réuffi, moins on eft difpofé à vous
admirer dans un autre, & à croire
que vous puiffiez y réuffir encore.
Par-là votre gloire paffée fe tourne
contre vous J'avoue que ce n'eft-là
qu'un préjugé; & vous n'en ferez
que plus admiré, fi on découvre en
vous un nouveau talent. Mais l'effet

même de ce préjugé fera peut-être
d'empêcher qu'on n'apperçoive en
vous cet autre talent, du moins qu'on
ne l'apperçoive dans toute fon étendue. Les effets de la prévention font
étonnans dans les gens même les plus
fenfés. Je veux pourtant que ceux-ci
vous rendent juftice; mais ne l'attendez pas du grand nombre, du moins
d'abord. La force du préjugé ira peut-
être jufqu'à les aveugler fur le mérite
de votre nouvel Ouvrage : quoique
bon, ils le trouveront & le foutien-
dront mauvais, en vertu de ce raifonnement: Cela ne peut être; donc
cela n'eft pas.

VIII.

De plus il y a dans votre conduite
un air de préfomption qui déplaît au
Public, qui l'indifpofe contre vous,
& qui, malgré fon propre intérêt,
lui fait prefque défirer votre chûte.

On eft bientôt las d'admirer les
mêmes chofes; c'eft dégoût. On eft
encore

encore plutôt las d'admirer le même homme ; c'eſt malignité.

Hé bien, me direz-vous, en donnant de nouvelles choſes au public dans un genre nouveau pour moi, je n'ai à craindre que ſa malignité ; au lieu qu'en continuant de travailler dans le même genre, je m'expoſerois à ſes dégoûts & à ſa malignité tout enſemble.

Cela eſt vrai ; mais remarquez en même-tems qu'en exigeant de lui une nouvelle forte d'admiration , vous excitez tout autrement ſa malignité ; que ſi vous ne lui demandiez que la continuation d'une admiration, qu'il eſt, pour ainſi dire, dans l'habitude de vous donner.

Il faut donc ceſſer d'écrire, ajouterez-vous.

Ce ſeroit peut-être le mieux après un certain tems, & quand on s'eſt fait un certain nom, à moins qu'on ne fût bien ſûr de ſe ſurpaſſer ſoi-même. Car ſi votre nouvel Ouvrage

Tome I.   R

n'est qu'égal à ceux que vous avez
déja donnés, il ajoutera peu à votre
réputation; & s'il est inférieur, il la
diminuera beaucoup. Cette parole
adreffée tant de fois aux enfans de
Mars & d'*Apollon*, REPOSEZ-VOUS
A L'OMBRE DE VOS LAURIERS;
cette invitation à jouir de leur gloire,
est auffi un conseil pour la conserver.
C'est comme fi on leur difoit: Repo-
fez-vous; on vous le permet; le droit
vous en est bien acquis; mais l'intérêt de votre gloire le demande. On
vous en prie même par égard pour
vos longs travaux; faites-le auffi par
prudence. N'allez pas expofer à de
nouvelles fatigues, ou à de nouveaux
hafards, une fanté & une vie qui
nous font fi chères: n'allez pas expofer à un événement incertain, une
gloire qui vous doit être fi précieufe.

I X.

Pour conferver fa réputation, il
faut mieux faire que pour l'acquérir.

Le Public croit qu'on baiffe, ou qu'on fe néglige, lorfqu'on ne fe furpaffe pas.

Un Auteur ne peut conferver fa gloire auprès du commun des hommes, fans l'augmenter & fans y ajouter auprès des vrais connoiffeurs. De l'égalité de fuccès entre fes premiers Ouvrages, & les fuivans, on peut fûrement conclure la fupériorité de ceux-ci.

Il y a quelquefois plus de honte à ne pas continuer de bien faire, qu'il n'y a eu de gloire à bien débuter.

Il ne faut pas s'enorgueillir d'un premier fuccès; il eft prefque toujours au-deffus du mérite de l'Ouvrage. D'ailleurs ce n'eft qu'un premier fuccès, auquel la fuite ne répond pas toujours. Le public indulgent pour un premier Ouvrage, eft févère pour un fecond; quelquefois même il l'eft trop, il eft injufte; mais fouvent les Auteurs eux-mêmes s'attirent & méritent en un fens cette

R ij

injuftice, par l'orgueil qu'ils ont conçu
des premiers applaudiffemens qu'on
leur a donnés.

On pourroit comparer les premiers applaudiffemens que le public
donne à un Auteur, aux complimens
& aux careffes qu'on prodigue aux
nouveaux venus, aux nouvelles connoiffances. Les amitiés naiffantes
font vives. D'ailleurs on a intérêt
d'encourager un nouvel Auteur, fur-
tout s'il eft encore jeune. Ainfi quand
on n'auroit pas pour lui une indulgence de fentiment, il faudroit toujours en avoir une de raifon.

Ceci n'eft pas tout-à-fait de mon
fujet; mais j'y reviens naturellement
par cette réflexion. Lorfqu'il feroit
plus fûr de ceffer d'écrire, eft-il fage
de commencer à écrire dans un nouveau genre? Lorfqu'il eft incertain fi
nous avons encore affez de force
pour continuer de faire ce que nous
avons fait jufqu'à préfent avec fuccès, eft-il probable qu'il nous en refte

affez pour bien faire ce que nous n'a-
vons jamais fait? Or quand eft-ce,
pour l'ordinaire, que les Auteurs font
tentés de paffer d'un genre à un autre? N'eft-ce pas lorfqu'après avoir
long-tems marché dans la même carrière, ils ne font plus dans cet âge
floriffant, où l'efprit n'a encore rien
perdu de fa première vigueur ; lorfqu'ils ont déja atteint cet âge plus
avancé, où ce qu'on a gagné du côté
du jugement, fupplée mal à ce qu'on
a perdu du côté de l'imagination.
Comment donc pourroient-ils réuffir, fur-tout fi, comme il arrive affez
fouvent, ils paffent du plus facile au
moins facile ?

Mais ce n'eft pas feulement le génie, & l'imagination qui baiffent avec
l'âge dans la plûpart des Ecrivains ;
c'eft le goût & le jugement mêmes.
Non-feulement leurs derniers Ouvrages font foibles, parce qu'il s'y
trouve moins de beautés que dans les
premiers, & de moindres beautés ;

R iij

mais ils font mauvais, par des fautes
dans lesquelles leurs Auteurs ne feroient jamais tombés dans leur bon
tems, ou qu'ils auroient corrigées.

X.

Il eſt vrai qu'on pourroit citer quelques Auteurs, qui après s'être en quelque ſorte épuiſés dans un genre, ſe
font enſuite renouvellés dans un autre *. Quelques-uns même ont offert
plus d'une fois ce ſpectacle, & ont
laiſſé dans l'incertitude ſur leur principal talent. *Horace* a fait des Poëſies
familières, & des Poëſies ſublimes.
Virgile a tiré les ſons les plus doux
de la flûte paſtorale, les ſons les plus
nobles de la trompette héroïque. Et
pour parler des modernes, feu M. de
la Motte, de l'aveu de ſes critiques les
plus ſévères, a donné des Ouvrages

---

* *Ainſi*, dit ingénieuſement M. l'Abbé Yart, *ainſi un*
champ, ayant conſumé ſes ſucs à produire des plantes
d'une même eſpèce, en retrouve de nouveaux pour produire
d'autres plantes d'une eſpèce différente. Idée de la Poëſie
Angloiſe, Tome IV, pag. 42

excellens dans chacun des genres
qu'il a embrassés ; & on l'a plutôt
blâmé d'avoir trop écrit, que d'avoir
écrit en trop de genres. Il y a pourtant des beautés dans ses moindres
productions. Mais quand quelques-
unes seroient encore plus foibles, ce
ne seroit pas une raison suffisante
pour lui disputer la variété des talens. La preuve qui en cette matière
résulte de l'excellent, ne sçauroit être
détruite par le médiocre, ni même
par le mauvais. Et sans cela où en
seroit le grand *Corneille*? où en seroient tous les Auteurs ? En est-il
qui n'aient pas fait quelques Ouvrages médiocres, mauvais même, dans
le genre pour lequel ils avoient le
talent le plus décidé ?

L'Académie Françoise a enfin trouvé un continuateur de son Histoire,
un successeur à M. Pelisson, dans un
de nos meilleurs Traducteurs.

L'Auteur d'*Œdipe*, de *Mariamne*,
de *Zaïre*, de *Mérope*, &c. Tragédies

R iv

touchantes & fublimes, eft celui de tant de petits morceaux de Poëfie où règnent l'enjouement & les graces; l'Hiftorien de Charles XII & de Louis XIV eft le chantre de Henri IV. Il a exécuté avec le plus grand fuccès ce que nos plus grands Poëtes n'avoient ofé tenter, & ce que nos Critiques les plus judicieux regardoient comme impoffible dans notre Langue. La France lui doit la gloire d'avoir un Poëme Epique qu'on ne fe laffe point de relire, & avant lequel on n'en avoit pu lire aucun. Chaque jour encore il nous étonne, & nous charme par une fécondité inépuisable.

M. de *Fontenelle*.... Mais j'ai tout dit quand je l'ai nommé; fon nom feul réveille l'idée d'un efprit univerfel. D'autres réuniffent des qualités différentes; il réunit les plus oppofées *.

---

* Fontenelle, grand maître & de profe & de rime;
De qui l'efprit contient tous les efprits;

Voilà sans doute bien des exemples , sans ceux que je pourrois encore citer. Ils sont cependant en petit
nombre en comparaison des exemples contraires. Ils ne sont que des
exceptions de la règle générale , que
les talens, comme je l'ai déja dit,
du moins les grands talens , s'excluent les uns les autres, & que les
plus grands génies sont en un sens
les plus bornés. Or il est rare qu'on
puisse sans orgueil, se croire dans le
cas de l'exception ; qu'on puisse sans
imprudence s'écarter d'une conduite
justifiée par la pratique des plus
grands hommes, & mieux justifiée
encore par la chûte de ceux qui ne
l'ont pas suivie.

XI.

Mais j'ai encore d'autres inconvéniens à mettre devant les yeux des

Et qui doué d'une raison sublime ,
Ne l'as point aux dépens des graces & des ris.
M. de la Motte , Fable douzième du quatrième Livre.

Ecrivains que j'ai en vûe dans ces réflexions. Suppofons donc que je parle à quelqu'un d'entr'eux. Songez, lui dirois-je, que vous vous ferez des ennemis de tous ceux dont vous deviendrez le rival.

On ne fçait que trop jufqu'où peut aller le dépit d'un rival humilié; & fi la réputation d'un Auteur déchiré par fes rivaux, n'en fouffre pas toujours, du moins la paix & la tranquillité de fon ame en font altérées. Un homme d'un bon cœur ne fe confole point par vanité de la haine qu'on lui porte; & je ne connois rien de plus capable de rebuter du métier d'Auteur, que cette haine de rivalité, la plus injufte, & néanmoins la plus forte de toutes les haines.

Ces nouveaux ennemis, avant que vous euffiez travaillé dans leur genre, louoient volontiers ce que vous aviez fait dans un autre : ils n'avoient pas d'intérêt de le blâmer; peut-être en avoient-ils de le louer. Aujour-

d'hui que vous prétendez partager
leur gloire, il ne suffiroit pas à leur
vengeance, de s'opposer de tout leur
pouvoir au succès de vos derniers
Ouvrages; ils rétracteront les louanges qu'ils avoient données aux premiers; ils réveilleront les critiques
qu'on en a faites autrefois; ils se li-
gueront avec vos anciens rivaux pour
les déchirer de la manière la plus
maligne.

On a beau dire qu'il y a de la gloire pour tous; il ne faut pas prendre
cela trop à la lettre. On ne sçauroit
partager la gloire des autres sans la
diminuer un peu. *Corneille* est bien
grand; mais il le seroit encore plus
sans *Racine*, le seul qu'on lui compare. La jalousie des Auteurs, & sur-
tout des Auteurs Poëtes, outre les
choses en cette matière; mais, à parler exactement, elle est moins aveugle, que basse & injuste. *Corneille*
voyoit sans doute, & il ne pouvoit
pas ne le point voir, que la gloire de

Racine prenoit un peu fur la fienne; mais il n'auroit pû s'en offenfer fans une baffe injuftice.

La gloire d'un grand Auteur croît avec le nombre de ceux qui travaillent dans le même genre fans l'égaler. Elle diminue, dès qu'il vient à être égalé, ne fût-ce que par un feul de fes rivaux; & elle diminue à proportion du nombre de ceux qui l'égalent. Plus on a de pareils fans avoir d'égaux, plus on paroît grand. Il vaut donc mieux parmi les Auteurs, être le premier, que le feul, comme il vaut mieux, parmi les rois, être le monarque le plus puiffant, que le monarque univerfel.

Il eft avantageux pour la gloire d'un Auteur, que la diftance entre fes inférieurs & lui, ne foit pas trop grande. Il fuffit qu'elle le foit affez, pour que fa fupériorité ne foit point conteftée.

Il eft peu glorieux pour un Auteur de ne furpaffer que des inférieurs très-

inférieurs. On ne les lui compare
point ; & c'est de la comparaison que
résulte la gloire.

Quand on n'a que des presqu'é-
gaux, on n'en sçauroit trop avoir.

La plus grande gloire à laquelle un
Auteur pût parvenir de son vivant,
seroit d'être le premier, tant de son
siècle, que des siècles précédens, dans
le premier genre de la littérature, &
d'y être plus parfait que ne le sont, &
que ne l'ont été tous les autres premiers dans tous les autres genres.

XII.

'Au reste, si vous réussissez malgré
tous ces obstacles (je continue de
parler à mon Auteur), ce ne seront-
là pour vous que de légères peines.
Les applaudissemens du public étouf-
fent le bruit de la critique ; ses cla-
meurs sont même une sorte d'applau-
dissement. Plus elle est animée, plus
elle prouve le chagrin qui la produit,
& par conséquent le mérite de l'Ou-

vrage qu'elle attaque. Ce qu'il y a de
pis, c'eſt que tout ce que je viens de
vous dire, arrivera de même, ſi vous
ne réuſſiſſez pas : l'entrepriſe ſera pu-
nie auſſi ſévérement que le ſuccès.
Mais alors la matière ſera bien plus
belle pour vos Critiques ; car vous en
aurez, ne fût-ce qu'à cauſe de votre
réputation. Le public ſera pour eux
contre vous. La reconnoiſſance qu'il
vous doit pour l'utilité ou le plaiſir
que lui ont procuré vos premiers
Ouvrages, ne l'empêchera pas de
rire à vos dépens. A peine ſe trouve-
ra-t-il quelques gens raiſonnables qui
diſent qu'un homme de votre mérite devroit être traité avec plus d'é-
gard & de ménagement.

XIII.

J'ai dit que vos envieux & vos critiques remonteroient juſqu'à ces Ouvrages, par leſquels vous avez fait
votre entrée dans la république des
lettres. Mais le public eſt aſſez porté

de lui-même à rabattre de l'estime
qu'il en faisoit, depuis que vous lui
avez donné lieu de vous moins estimer personnellement. Cela est injuste,
je l'avoue. Vos premiers Ouvrages
sont toujours ce qu'ils étoient; les
derniers ne les ont point changés.
Mais ils ont changé les dispositions
du public à votre égard; & son estime pour les Ouvrages, dépend en
grande partie de ses dispositions à l'é-
gard des Auteurs. Or vous lui avez
donné lieu de vous moins estimer
personnellement en mettant au jour
un mauvais Ouvrage. Il sçavoit bien
en général que vous n'aviez pas tous
les talens; mais, à proprement parler, il n'y pensoit pas. Il ne vous
voyoit que du côté par lequel vous
vous montriez à lui; & il ne songeoit
point si, regardé d'un autre côté,
vous paroîtriez le même. En un mot,
son estime pour vous étoit pure, sans
mélange, & en quelque sorte indéfinie; maintenant elle est limitée, &
mêlée de mépris. Vous l'avez été

avertir de ce que vous ne pouviez
pas : vous lui avez fait toucher, pour
ainſi dire, les bornes de votre do-
maine. Il ſçait poſitivement que vous
n'avez pas tel, ou tel talent, &, qui
pis eſt, que vous avez cru l'avoir :
peut-être même ſçait-il que vous
le croyez encore ; que vous vous ré-
voltez contre ſa déciſion, & que
vous êtes prêt à rentrer dans la carrière dont il vous a exclus ; ce qui eſt
le comble du déshonneur, parce que
ce ne peut être l'effet que d'un orgueil infiniment odieux, ou d'un défaut de lumière qui fait pitié.

XIV.

Ce qui entretient votre illuſion,
c'eſt qu'il y a peut-être de grandes
beautés dans votre nouvel Ouvrage,
des beautés du genre dans lequel vous
avez autrefois réuſſi. Mais des beautés déplacées ceſſent d'être des beautés, & deviennent des défauts. L'art
n'a point de principe plus conſtant,

mieux

mieux appuyé de l'expérience, &
dont on rende de meilleures raifons.
Que pouviez-vous donc attendre
d'un Ouvrage qui manquant des
qualités effentielles, eft encore défectueux par ce qu'il a de beau? Que
voulez-vous qu'on en dife, finon
qu'à tout prendre, il eft mauvais? &
pour vous-même, peut-on porter
plus loin l'indulgence, que de vous
regarder comme un homme qui a
plus d'efprit & de talent, que de jugement & de goût?

Il y a des genres voifins; l'intervalle de l'un à l'autre eft court, &
par conféquent le paffage eft facile. Il
y a des genres qui en contiennent
d'autres; & qui peut le plus, peut le
moins dans le même genre. Cependant il y en a peu qui n'aient leur
caractère particulier, & qui par conféquent ne demandent une forte de
génie qui leur eft propre. Les nuan-
ces font délicates; mais les gens de
goût les fentent.

Tome I. S

DE LA PRÉVENTION.

I.

ON peut diftinguer quatre fortes de perfonnes au fujet de la préven-tion. Les unes ne fe préviennent pref-que jamais qu'à propos; & de plus leur prévention, quoique bien fon-dée, ne décide jamais de leurs juge-mens. Ce font les bons Juges, & le petit nombre.

Les autres fe préviennent prefque toujours à tort; jugent toujours d'a-près leur prévention, bien ou mal conçue; & ainfi ne font prefque que de faux jugemens. Voilà le grand nombre.

Entre ces deux fortes de perfonnes font celles qui, comme les premiè-res, ne fe prévenant prefque jamais qu'à propos, & comme les fecondes, jugeant toujours en conféquence de leur prévention, font auffi beaucoup

de faux jugemens ; parce qu'une prévention peut être bien fondée, &
pourtant se trouver fausse *. Telles
sont, par exemple, les préventions
fondées sur les règles générales. Elles
sont vraies dans les cas ordinaires,
fausses dans quelques cas particuliers
qui font une exception de la règle
générale, & par conséquent bien
fondées dans les uns & dans les autres ; car il est raisonnable de se fon-
der sur les règles générales, tant qu'on
en demeure à un simple préjugé. Mais
comme les exceptions des règles générales sont souvent en grand nombre, les jugemens portés en conséquence des préjugés qui n'ont d'autre
fondement que ces règles, sont souvent faux.

Enfin on peut marquer un quatriè-

---

* L'Empereur Julien dit de la Philosophie Péripaté-
ticienne, & de celle du Portique. *La première a moins*
de sang froid, & n'agit pas toujours par système. La
seconde mériteroit de prendre toujours le bon parti, puis-
qu'elle n'abandonne jamais celui qu'elle a pris. Lettre à
Oribase, traduction de M. l'Abbé de la Bleterie.

me ordre de perfonnes par rapport à
la prévention ; & ce font celles qui fe
prévenant facilement , & par conféquent fe prévenant fouvent mal-à-
propos, reviennent auffi facilement
qu'elles fe préviennent.

II.

Les efprits foibles font communément opiniâtres , dit-on : cela eft vrai
dans un fens. Il y a une forte de foibleffe d'efprit, ou, pour mieux dire,
de petiteffe, qui produit l'opiniâtreté.
Mais il y en a une autre, & c'eft peut-
être la plus commune, d'où naît l'inconftance des fentimens, & qui fait
qu'on ne s'attache à aucun avec fermeté. On quitte indifféremment le
vrai pour le faux, & le faux pour le
vrai. On avoit embraffé un fentiment
fans raifon; on l'abandonne de même. Quelquefois auffi nous changeons d'avis, parce que les raifons
qui nous avoient perfuadés d'abord,
s'effacent & s'oublient. L'erreur ne

foutiendroit pas leur préfence ; mais elle emporte facilement un efprit qu'elle trouve en quelque forte défarmé. Nous changeons alors faute de mémoire, plutôt que faute de jugement.

La plûpart des hommes font peu capables de diftinguer les bonnes & les mauvaifes preuves : il faut peu d'art pour les tromper : ils fe paient de mots & de fophifmes groffiers. Mais parmi ceux-mêmes qui ont l'efprit jufte, il en eft plufieurs en qui les vraies preuves ne font qu'une impreffion paffagère. C'eft toujours avec eux à recommencer. Ils n'ont point de ferres, dit M. *Nicole*, pour fe tenir à la vérité une fois connue. De-là eft venue la maxime, que le peuple eft toujours de l'avis de celui qui lui parle le dernier.

Ils fe laiffent emporter à tous les vents des opinions humaines, dit l'Ecriture, en parlant de ces hommes inconftans dans leurs opinions. *Circumferuntur*

omni vento doctrinæ *. Cette expreſſion
eſt même paſſée dans le ſtyle familier.
C'eſt une girouette qui tourne à tout
vent, dit-on, d'une perſonne connue
par ce caractère de légéreté & de foibleſſe. La comparaiſon eſt parfaitement juſte; c'eſt dommage qu'elle ne
ſoit pas noble; mais elle en fait d'autant mieux ſentir combien ce défaut
eſt mépriſable.

Il eſt pourtant bien commun; &
la plûpart des hommes pourroient
s'appliquer ce que diſoit de lui-même
un de nos anciens Poëtes.

> *D'opinion j'étois un vrai Protée,*
> *Et n'avois point la cervelle arrêtée.*

III.

On juge par prévention en deux
manières, avec & ſans examen. Dans
quelques eſprits elle eſt d'abord très-
foible, & ne ſe fortifie que lentement;
dans d'autres ſes progrès ſont rapi-
des; & preſqu'en un inſtant la voilà

* *S. Paul, Epître aux Ephéſiens, ch. 4. v. 14.*

devenue un jugement fixe & invaria-
ble, qui dédaigne l'examen, & que
l'examen ne changeroit pas. En vain
permettroit-elle de regarder; elle em-
pêcheroit de voir. Qu'arrive-t-il en
effet à l'homme de prévention qui
examine? Comment des gens, équitables même & fensés, font-ils tant
de jugemens faux, & dont la fauffeté
eft quelquefois fi groffière & fi pal-
pable, après avoir examiné long-
tems & avec foin? Aveuglés & éclairés tout enfemble par leur prévention, ils voient toutes les raifons qui
la favorifent; ils les voient dans toute leur force; mais ils ne voient
qu'elles. Vous les foupçonnez d'i-
gnorance, ou de mauvaife foi; ils ne
font que prévenus. Alors difparoiffent les principes du bon fens & de
l'équité naturelle. Les coupables font
abfous; les innocens font condamnés.

Mais quelle eft la fource de la
plûpart des préventions? S'il n'y en
avoit point d'autre que la foibleffe

de l'efprit humain, & l'imperfection de nos connoiffances, il y auroit autant à gagner qu'à perdre, à avoir pour Juges des perfonnes fujettes à fe prévenir. Elles jugeroient indifféremment en bien, ou en mal, pour, ou contre nous, en faveur du vrai, ou du faux. Mais la fource des préventions eft autant dans le cœur que dans l'efprit. De là non-feulement plus de préventions contraires que favorables, dans nous à l'égard des autres, & dans les autres à notre égard (il n'y a peut-être en cela rien que de jufte), mais encore la pente que nous avons à les former & à les recevoir, le plaifir que nous prenons à les entretenir, & fur-tout à les communiquer; & c'eft ainfi qu'une prévention injuftement conçûe, devient la caufe d'une infinité de jugemens également faux & malins.

IV.

Souvent l'homme conftant & ferme

me differe moins de l'opiniâtre & de
l'entêté par le caractère que par l'esprit.

Si l'on n'a pas autant de justesse
dans l'esprit & de droiture dans le
cœur que de fermeté dans le caractère, cette dernière qualité est bien
dangereuse.

DE L'ORGUEIL,
& de ses effets.

I.

IL y a deux sortes d'orgueil; un
orgueil simple, vrai & naïf, qui se
montre à découvert, & qui va droit à
son but. On pense avantageusement
de soi-même, & on en parle comme
on en pense. On dit sans façon qu'on
a de l'esprit & des talens; & on le dit
parce qu'on le croit, plutôt que pour
le faire croire.

L'autre sorte d'orgueil est un orgueil faux, menteur, dissimulé, qui

Tome I.   T

n'empêche pas toujours qu'on ne sente son insuffisance; un orgueil qui nous fait désirer ardemment l'estime des autres, & prendre en conséquence toutes les mesures possibles pour qu'ils ne nous connoissent pas tels que nous sommes, convaincus intimement, malgré toutes les illusions de l'amour propre, que nous ne pouvons échapper à leur mépris qu'en les trompant.

Cet orgueil, s'il vient à être découvert, est extrêmement odieux. On tolère, on nous passe en quelque sorte le premier, s'il est fondé; & s'il ne l'est pas, il n'est que ridicule. C'est un fanatisme qui fait pitié, une folie dont on rit, & même qu'on se plaît quelquefois à flatter, pour en tirer des scènes plus plaisantes. J'ai connu de ces orgueilleux fous, des espèces de *Don-Quichote* en leur genre; on les méprisoit sans les haïr. Quant aux orgueilleux de mauvaise foi, ils sont également haïs & méprisés, dès qu'ils font connus ; & ils le font bientôt, parce que tous les hommes font orgueilleux plus ou moins. Il y a des vices qu'on apperçoit d'autant moins dans les autres, qu'on les a plus soi-même, l'avarice, par exemple. Il n'en est pas ainsi de l'orgueil. Plus on en a, plûtôt on le découvre par-tout où il est. L'orgueil est le plus-fin ennemi de l'orgueil.

Il ne faut pas confondre cet orgueil simple & naïf dont je viens de parler, avec un orgueil grossier, & rebutant par sa grossiereté. Au reste cet orgueil grossier seroit encore moins odieux que cet orgueil raffiné, cet orgueil de mauvaise foi, qui garde à la vérité quelques ménagemens, mais qui met dans les actions & dans les discours, un faux infiniment choquant, dès qu'il est apperçu.

L'orgueilleux du caractère que j'ai ici en vûe, toujours attentif à persuader les autres d'un mérite qu'il sçait trop bien lui manquer, n'a garde de parler & d'agir naturellement. Si vous vous entretenez avec lui sur quelque matière, si vous lui demandez son sentiment sur un Ouvrage qui vient de paroître, n'attendez pas qu'il vous expose ses propres pensées, qu'il vous rende compte naïvement de son impression. Il craint de se livrer. Il blâme, ou il approuve selon qu'il croit se faire honneur en blâmant, ou en approuvant. Il n'a de sentiment décidé sur rien. Il parle moins pour dire ce qu'il pense, que pour faire croire qu'il pense bien. En un mot, il veut vous donner une idée avantageuse de lui-même; voilà sa règle; & pour la suivre, il parlera différemment selon les occasions.

Sa méthode ordinaire est d'apporter les raisons pour & contre, moins pour combattre les unes, & approuver les autres; que pour faire voir qu'il les sçait toutes.

Il a fait provision de principes généraux qu'il débite gravement, sans

en venir à l'application qu'il suppose
aisée à faire, & dont il sçait pourtant
bien qu'il ne se tireroit pas. Si enfin
vous l'avez amené à s'expliquer plus
précisément, à embrasser un sentiment particulier; quelque faux qu'il
soit, selon lui même, il le soutiendra,
mais presque toujours par des géné-
ralités.

Quelquefois il vous cédera, en
vous faisant entendre que c'est par
politesse qu'il vous cède, & qu'il auroit des raisons invincibles à vous
donner; mais que cela le jetteroit
dans une longueur ennuyeuse, &
dans des discussions qui auroient peut-
être quelque chose de trop abstrait,
& qui exigeroient une attention dont
tout le monde n'est pas capable.

Il a aussi des formules générales
de louange & de blâme, toutes com-
posées des termes de l'art. Il aime
celles qui dispensent des détails & de
la preuve, sur-tout les plus propres à
faire sentir sa supériorité sur les Au-

T iij

teurs qu'il juge. Par exemple, un de
fes jugemens les plus ordinaires fur
les Ouvrages nouveaux, c'eft de dire
qu'il n'y a rien trouvé de neuf. Il me
femble, difoit un de ces orgueilleux,
avoir lû tout ce que je lis. Cependant, ajoutoit-il, j'ai peu de lecture,
encore moins de mémoire; & j'ai
toujours mieux aimé penfer que lire.

Ce jugement dédaigneux, *il n'y a*
rien de neuf dans ce livre-là, on l'entend
porter tous les jours par des gens à
qui les chofes les moins neuves devroient le paroître. Ils n'ont ni penfé ni lû, pas même le livre dont ils
parlent.

J'ai vu des gens donner la table
des chapitres d'un livre pour preuve
qu'il n'y avoit rien de neuf dans ce
livre-là.

Afin de paffer en même tems pour
homme d'érudition & pour homme
d'efprit, l'orgueilleux citera quelquefois des paffages comme les ayant pris
dans leur fource, ou du moins dans

ces Ouvrages peu connus, qui n'ont été faits que pour les Sçavans. En parlant des Oracles, il ne citera jamais M. de *Fontenelle*; il citera *Vandale* qu'il n'a point lû. Mais s'agit-il d'une jolie pensée, d'un bon mot, d'un raisonnement solide, il les dit comme de lui-même; il ne cite point.

Il s'est accoutumé à ne paroître surpris de rien; & quelque singulière, quelque nouvelle que soit une idée qu'on lui propose, si elle lui semble juste & solide, il sçait répondre tout d'un-coup, & de l'air du monde le plus naturel: *Je l'ai toujours pensé comme vous.* On l'a toujours prévenu; mais il se laisse toujours prévenir.

II.

Cet orgueilleux fronde les préjugés vulgaires, quand il en parle avec des gens sans lettres, ou d'un esprit médiocre, & il en appelle au raisonnement. Mais il les défend contre les Philosophes; & s'il se trouve embar-

T iv

raffé par quelque raifonnement folide, il en appelle au fentiment, au
fens commun, fe moque de la Philofophie, de fes paradoxes, & de fes
fauffes fubtilités.

III.

Les orgueilleux qui ont véritablement de l'efprit & le talent de la parole, fe conduifent avec plus d'adref-
fe, & fçavent en impofer plus glorieu-
fement pour eux. S'ils fe trouvent,
par exemple, avec des perfonnes qui
aient plus d'efprit que de fçavoir, &
qu'on vienne à parler de quelque matière fur laquelle ils aient lû récem-
ment quelque bon Livre, ils prennent la parole, & font l'abrégé de
l'Ouvrage. On les écoute avec admiration ; on les applaudit ; pendant
que s'ils méritent de l'eftime pour la
manière dont ils débitent ce qu'ils
ont lû, ils fe rendent dignes du dernier mépris, par la vanité groffière
avec laquelle ils s'en font les Auteurs.

Je me ſouviens à cette occaſion qu'un jour j'eus beaucoup de peine à déſabuſer un de mes amis, qui croyoit s'être trouvé dans une compagnie avec M. de *Fontenelle*. Un homme d'eſprit y avoit parlé long-tems, & d'une manière qui avoit fort plû à mon ami, ſur les Oracles des Payens. Celui-ci étant venu me voir au ſortir de cette compagnie : *Je vous ai bien ſouhaité il y a une heure*, me dit-il, *chez Madame de ***. Vous auriez été encore plus ſenſible que moi au plaiſir que j'y ai goûté. Aſſurément je ne me ſerois pas imaginé qu'il vînt des Sçavans & des beaux eſprits dans cette maiſon-là ; on y paroît occupé de toute autre choſe.* Alors il me rendit compte de ce qu'il avoit ouï. Jamais il n'avoit vu d'homme tout enſemble plus ſçavant & plus éloquent. Il s'étendit ſur l'obligation qu'on avoit à ceux qui vouloient bien faire part aux autres de leur ſçavoir. *C'eſt auſſi*, ajouta-t-il, *ce que celui qui nous parloit a voulu nous faire ſentir ; car* en finiffant il a dit qu'il venoit de nous donner en une demi-heure le fruit d'une année d'étude. A ce mot je foupçonnai le vrai de l'aventure; mais fans en rien faire paroître, j'offris à mon ami, s'il étoit curieux de s'inftruire plus à fond fur la matière des Oracles, de lui prêter un Livre également agréable & folide. Il reçut mon offre avec plaifir, & je lui donnai l'Hiftoire des Oracles par M. de *Fontenelle.* Il la lut avec avidité, & me la rapporta dès le lendemain. *J'entendis hier tout ce que je viens de lire,* me dit-il en entrant chez moi; *mais je ne m'en étonne pas; c'étoit fans doute M. de Fontenelle lui-même qui nous parloit. Affurément il fçait fon Livre par cœur; auffi trouvois-je qu'il parloit comme un Livre.* Je connois M. de *Fontenelle,* lui répondis-je. Il parle auffi-bien qu'il écrit, mais il ne va point dire fes Livres par le monde : d'ailleurs je ne crois pas qu'il ait jamais parlé une demi-heure de fuite. Vous vous trompez, ce n'eft point M. de *Fontenelle* que vous vîtes hier chez Madame de ***. *Comment, me répliqua-t-il avec vivacité, un homme qui nous a fait un abrégé exact de l'Histoire des Oracles par M. de Fontenelle, qui nous en a récité des lambeaux que j'ai fort bien reconnus, & qui nous a dit que ce que nous venions d'entendre, étoit le fruit d'une année d'étude, cet homme-là n'est pas M. de Fontenelle ?* Non , lui dis-je encore ; j'en suis sûr. Mais pour vous en convaincre vous-même, dites-moi..... Alors je lui fis quelques questions qui se terminèrent enfin à le détromper. Il ne pouvoit revenir de son étonnement. *Est-il possible, s'écrioit-il, qu'il y ait quelqu'un d'aussi effronté que mon prétendu Sçavant ? Quel indigne procédé, & en même tems quelle grossière imprudence !* Mon ami étoit si en colère, que je crois qu'il lui auroit dit des injures en face, s'il l'avoit rencontré dans le moment. Il ne vouloit plus même lui trouver d'esprit. Cela étoit injuste, mais pour-

tant fort naturel. L'injustice de celui
qui veut usurper une louange qu'il ne
mérite pas, nous fait souvent commettre celle de lui refuser la louange
qui lui appartient le plus légitime-
ment par d'autres endroits. Et voilà
comme les injustices sont punies les
unes par les autres. L'orgueil, par
exemple, s'élève contre l'orgueil;
car il faut avouer qu'il en entre presque toujours un peu dans l'indigna-
tion qu'il nous cause, & qu'on ne
prend guères plaisir à humilier un
orgueilleux, qu'à proportion qu'on
l'est soi-même. Par-là je ne prétens
pas accuser d'orgueil mon ami. Il
y avoit dans ce que je viens de racon-
ter, de quoi indigner l'homme du
monde le plus humble & le plus modeste. Il s'en faut bien que la vertu
puisse prendre la défense de tous ceux
que le vice hait.

I V.

De tous les vices, le plus généralement & le plus vivement haï, c'est l'orgueil, parce qu'il est haï de tous les orgueilleux.

V.

C'est une vanité bien entendue que de dissimuler en certaines occasions son esprit ou son sçavoir, pour mieux cacher en d'autres sa sottise ou son ignorance.

VI.

Nous louons quelquefois aussi volontiers ceux qui nous sont très-supérieurs, que ceux qui nous sont très-inférieurs. Les uns ni les autres ne sont nos rivaux.

Souvent nous ne louons un homme qui nous est très-supérieur, que pour en rabaisser & en mortifier un autre qui nous est supérieur aussi; mais qui l'est moins. C'est à louer celui-ci qu'il y auroit du mérite.

On ne loue sans peine que ceux qui n'en prendront point d'avantage, les anciens, les étrangers, les morts, ceux qui font simples & modeftes, ceux que les autres rabaiffent, & que nos louanges ne releveront pas, ceux qui ne font point nos rivaux; &c. L'Orateur loue le Poëte; l'un & l'autre louent l'Hiftorien. Les louanges les plus flatteufes & les plus précieufes, celles de fes femblables, on ne les obtient guères.

VII.

On flatte quelquefois plus volontiers qu'on ne loue, & cela par malignité. Une louange fauffe fait ordinairement moins de profit qu'une vraie à celui qui la reçoit. Souvent elle lui fait tort, en le trompant, & même, fans le tromper, lui donne du ridicule.

VIII.

On loue avec plaifir ceux dont on eft loué. C'eft le moyen le plus naturel de leur témoigner une recon-

noissance qui est toujours bien sincère. On les loue sur-tout par intérêt. On veut donner du poids à leurs
louanges, & s'en attirer de nouvelles.

Rien ne nous dispose plus favorablement à l'égard de quelqu'un, que
d'apprendre qu'il nous estime.

Nos sentimens pour ceux qui
nous connoissent, dépendent toujours beaucoup de ceux qu'ils ont
eux-mêmes pour nous. Cela est vrai
sur-tout du sentiment de l'estime.

IX.

On est aisément modeste avec ceux
dont on est beaucoup estimé. On
avoue sans peine ce qu'on n'est pas,
avec ceux qui sentent bien ce qu'on
est.

On dit que les grands hommes
font modestes. Mais est-il si difficile
de l'être, lorsqu'on est au comble de
la gloire, lorsque tout le monde s'accorde à nous rendre justice !

Il est aisé de parler modestement

de foi-même, lorfque tout le monde en parle avantageufement; de ne fe point louer, lorfque tout le monde nous loue. C'eft au mérite à qui on ne rend pas juftice, au mérite atta- qué & contredit, qu'il eft difficile de paroître modefte, & même de l'être.

X.

On fonge moins à bien juger des chofes dont on parle, qu'à faire bien juger de foi; & par-là on manque fon but.

X I.

On craint le mépris, & on defire l'eftime, par orgueil & par intérêt. De-là le vice fe déguife & fe cache; la vertu fe montre & fe produit. De- là l'hypocrifie & l'oftentation.

D E

DE LA DOUCEUR.

I.

BEaucoup de raison & beaucoup de douceur, caractère parfait pour la société.

La première de ces qualités ne suffiroit pas sans la seconde; non-seulement à cause des agrémens que la douceur répand dans le commerce de la vie; mais encore parce que c'est elle qui assure l'usage constant de la raison. C'est par la douceur qu'on est exempt de ces mouvemens de colère, de ces saillies d'humeur, qui font souvent agir l'homme le plus raisonnable, comme ceux qui le font le moins. C'est par elle qu'on conserve ce sang froid & cette tranquillité d'ame, qui laissant voir les choses comme elles sont, ou modérant l'impression qu'elles devroient faire d'elles-mêmes, met toujours en état d'en

Tome I. V

tendre ce que la raison dicte en chaque circonstance, & de s'y conformer sans peine.

La douceur aide encore à faire
suivre la raison aux autres, par la
manière dont elle sçait la leur présen-
ter. C'est le principal moyen de la
persuasion, la grande force & le plus
bel ornement de la vérité.

La douceur est presque toujours
une qualité naturelle, & l'effet du
tempérament. Quelquefois aussi elle
est une vertu, & le fruit de nos efforts ; car on peut l'acquérir, du
moins jusqu'à un certain point. Quoi
qu'elle coûte, on ne l'achete jamais
trop cher, & les avantages de toute
espèce qu'elle procure, sont toujours
une récompense bien au-dessus du
travail le plus long & le plus pénible.
Quand on ne parviendroit pas à se
dompter, il est toujours utile de se
vaincre ; chaque victoire a sa récompense ; & lorsque la passion s'est ralen-
tie, & qu'on voit où elle pouvoit

mener, c'eſt une ſatisfaction bien flat-
teuſe, qu'elle n'ait rien fait dire ou
faire contre la raiſon.

II.

Par la douceur nous faiſons du
bien aux autres, & nous ſouffrons
moins du mal qu'ils nous font. Ainſi
elle contribue doublement à notre
bonheur. Nous leur plaiſons, & ils
nous aiment. Ils nous plaiſent; du
moins ils ne nous déplaiſent pas tant,
& nous les aimons.

III.

La patience conſidérée par rapport
à celui dans lequel elle ſe trouve, eſt
quelque choſe de plus & de mieux
que la douceur. Par elle, on ſe repri-
me; elle eſt donc plus louable; c'eſt
une vertu. La douceur, conſidérée en
elle-même, eſt quelque choſe de plus
& de mieux que la patience. Par elle,
on n'a point à ſe réprimer; elle eſt
donc plus ſûre; d'ailleurs elle eſt plus

aimable; c'eſt une qualité. Mais ſi la douceur eſt plus aimable que la patience, dès-lors on peut dire dans un ſens très-vrai qu'elle eſt auſſi plus eſtimable, puiſque rien n'eſt d'un plus grand prix que ce qui eſt aimable.

IV.

La prudence ſe trouve volontiers avec la douceur; ces deux qualités ſuppoſent un tempérament tranquille. Mais la prudence s'oppoſe preſque toujours à la ſincérité & à la franchiſe. Auſſi les gens doux ſont-ils rarement bien vrais, bien ſincères & bien francs, du moins lorſqu'ils ont de l'eſprit, ou de l'uſage du monde. C'eſt à eux cependant qu'il conviendroit de l'être; ils adouciroient la vérité. Un homme franc, vrai, & naturel, eſt communément un homme vif, groſſier, brutal même.

Plus on eſt vrai & ſincère, plus il faudroit être doux & prudent.

V.

En Province la douceur & la politeſſe ne m'inſpirent que de l'amitié; à Paris & à la Cour elles me donnent quelquefois de la défiance; j'ai peur qu'elles ne ſoient qu'un piége. Selon les lieux, les mêmes apparences me font déſirer ou craindre de me lier avec quelqu'un.

Souvent la douceur, la politeſſe, la prudence, & toutes les autres qualités qui rendent aimables dans la ſociété, ne paſſent dans celui qui cherche à faire fortune, que pour patelinage, artifice, baſſeſſe. Un peu de groſſiéreté & même de brutalité lui ſeroient quelquefois plus utiles. Elles feroient croire qu'il eſt honnête homme, & homme vrai. J'ai connu un frippon qui affectoit d'être brutal. Il eſt moins facile & même moins ſûr de cacher ſes vices ſous l'apparence des vertus contraires, que ſous celle

des défauts que ces vices excluent
ordinairement.

VI.

On n'a jamais avec N... que le
tort qu'on a en effet, parce qu'il eſt
éclairé & ſans paſſion; & ce tort
il le pardonne ſans peine, parce qu'il
eſt doux, bon & indulgent.

VII.

Il y a des gens déciſifs & hauts
avec une apparence de douceur. Si
vous voulez oppoſer quelque choſe à
leur avis, ils ne vous répondent point;
ils ne vous écoutent même pas. Ils
rendent des arrêts, & ne diſputent
point. Rien n'eſt plus impatientant
que cette orgueilleuſe impuiſſance
de faire la guerre, qui voudroit paſſer pour amour de la paix; que cette
fauſſe douceur qui dérobe un adver-
ſaire à nos coups, & qui de plus lui
fait encore honneur auprès de ceux
qui n'en ſentent pas l'artifice.

VIII.

Il y a une douceur & une complai-
sance qui ne sont que foiblesse, timidité, lâcheté, abattement de l'imagination devant ceux qui nous impo-
sent, abattement de cœur devant ceux
que nous craignons. Il faut ménager
des personnes qui ne nous ménage-
roient pas elles-mêmes, s'il nous
échappoit un seul mot qui pût leur
déplaire. Il seroit dangereux d'irriter
ceux qui s'emporteroient à la moindre résistance que nous ferions à leurs
volontés. On plie dans ces occasions.
On garde un humble & respectueux
silence. On n'oppose que des larmes
à la colère la plus injuste. A peine
même le ressentiment ose-t-il se faire
sentir au fond du cœur. Tout cela se
fait naturellement, & presque sans
efforts. Quelle douceur, dites-vous!
Quelle admirable patience! Vous
vous trompez; & pour vous désabu-
ser sur cette prétendue douceur, met-

tez-la à quelqu'autre épreuve où elle
puiffe fe démentir fans rifque. Vous,
qu'on ne craint point, & qu'on peut
contredire fans conféquence; dont
on connoît la douceur, ou dont on
méprife la colère; effayez de mortifier en quelque chofe la vanité de
cette perfonne qui vous paroît fi modefte & fi modérée; trouvez à redire
à fa conduite; reprenez-la d'un léger
défaut; foyez d'un autre avis qu'elle
fur une bagatelle: inftruit à vos dépens de fon vrai caractère, vous
changerez bientôt d'opinion fur fon
compte. Vous ne trouverez qu'aigreur, qu'impatience, qu'orgueil,
où vous aviez cru voir le naturel le
plus heureux ou le mieux corrigé.

IX.

Il y a des perfonnes qui cachent
un grand fond d'aigreur fous une
douceur apparente. Ce font des vafes
remplis de vinaigre, avec un peu
d'huile qui furnage.

La

La réunion de la vivacité & de la mélancolie produit une dureté impétueuse.

L'aigreur est l'effet d'un caractère vif, triste & malin qui se contraint. Elle est bien plus contraire à la douceur que la colère ; & si l'on ne pouvoit réprimer celle-ci sans montrer de celle-là, il vaudroit mieux encore ne la point réprimer.

Le seul avantage de l'aigreur sur la colère, c'est que l'une se borne aux paroles, & même au silence, & que l'autre va quelquefois jusqu'aux actions.

Les hommes sont durs & violens ; les femmes sont aigres & fausses. La cause en est à-la-fois dans le moral & dans le physique. Les hommes sont forts, & ils commandent ; les femmes sont foibles, & elles obéissent.

Les femmes ont le besoin & le talent de la fausseté.

Tome I.   X

X.

Si vous êtes méchant, ne foyez pas foible; vous vous feriez également méprifer & haïr; & en donnant à vos ennemis grande envie de vous nuire, vous leur en donneriez grande facilité. Il y a moins d'inconvénient à être foible, quand on eft bon. Si quelques-uns difent que votre bonté ne vient que de foibleffe, d'autres diront que votre foibleffe ne vient que de bonté. Tout eft favorablement interprêté dans les bonnes gens; & en effet il eft difficile de n'être pas un peu foible, quand on eft fort bon.

X I.

La douceur a par elle-même quelque chofe de fade & de froid qui demande à être corrigé par le fel de l'efprit, & par la chaleur du fentiment. Il n'y a rien de plus charmant dans la fociété, qu'une douceur fpirituelle & tendre.

DISTINCTION DE L'ORGUEIL
& de la Vanité.

I.

UN de nos meilleurs Ecrivains *
diftingué ainfi l'orgueil de la vanité.
J'entens par orgueil, dit-il, *une haute
opinion de fon propre mérite, & de fa
fupériorité fur les autres. J'entens par vanité, l'envie d'occuper les hommes de foi
& de fes talens, & la préférence de cette
opinion étrangère à la réalité même du
mérite.* Il feroit très-à-propos d'ad-
mettre ces définitions (j'en ai déja
fait ufage) pour mieux diftinguer
des termes qu'on confond affez ordinairement, & par-là même diftinguer
mieux les idées. A l'orgueil j'oppofe-
rois la modeftie, & l'humilité à la
vanité. L'humilité ne cherche point
l'eftime & les louanges des hommes.

* M. de la Motte, *Difcours préliminaire fur la Tragédie.*

X ij

Elle va jusqu'à désirer leur oubli, leur mépris même, quoiqu'injuste. La vanité n'est point condamnée par la morale purement humaine, elle en a fait une vertu sous le nom d'amour de la gloire. Le vain flatte & honore en quelque sorte les autres hommes, comme remarque le même Auteur, puisqu'il les regarde comme ses juges, & qu'il ambitionne leurs suffrages. Ce n'est pas tant pour aimer la louange qu'on est haï, que pour s'en croire trop digne; & la vanité n'est si odieuse, que parce qu'on en conclut aisément la présomption. La morale Chrétienne au contraire condamne la vanité & l'amour de la louange; & ne condamne l'orgueil dans le sens selon lequel je l'ai défini, c'est-à-dire, la bonne & trop bonne opinion de soi-même; elle ne le condamne, dis-je, comme un vice proprement dit, que lorsqu'il est l'effet de la vanité, & qu'il a sa source dans la corruption du cœur.

plutôt que dans la petiteffe de l'efprit.

Qu'on ne s'étonne pas de me voir employer le terme de *corruption du cœur*, en parlant de la vanité & de l'orgüeil. Ce terme, dans le langage Chrétien, n'eft pas borné aux paffions groffières; & ce langage eft très-philofophique. Selon la raifon auffi-bien que felon la religion, le cœur eft *corrompu* par toute paffion mauvaife en elle-même, ou dans fon excès.

II.

On peut confidérer toutes les paffions par rapport au cœur, & par rapport à l'efprit. Toute paffion eft la combinaifon d'un certain amour, & d'une certaine connoiffance, de certains defirs & de certains jugemens. Sur cela je dis qu'on remarquera beaucoup de différence entre la vanité d'un homme d'efprit & celle d'un fot, fi on les confidère du côté de l'efprit; mais elles font les mêmes, confidérées du côté du cœur: d'où il

X iij

s'enſuit qu'elles ne different l'une de l'autre que dans ce qu'elles ont de moins eſſentiel; car l'eſſentiel de la paſſion eſt dans le cœur. La vanité d'un ſot & celle d'un homme d'eſprit conſiſtent également à déſirer l'éclat, la diſtinction; mais celle-ci eſt éclairée & bien placée. Elle a pour objet cet éclat, cette diſtinction, qui réſultent de choſes vraiment louables & vraiment eſtimables en elles-mêmes. Au contraire la vanité d'un ſot eſt bornée à des choſes frivoles, à de petits objets. L'homme d'eſprit déſire la réputation d'homme d'eſprit. Il ambitionne que l'Ouvrage qu'il a compoſé, ſoit préféré à ceux de ſes rivaux, &c. Le ſot veut paſſer pour riche, pour avoir la meilleure table, la plus belle maiſon, le plus ſuperbe équipage, &c. L'entendement, pour parler le langage philoſophique, eſt mieux réglé dans l'homme d'eſprit; ſes idées ſont plus juſtes; mais ſa volonté n'eſt pas plus pure. Il faut faire ce qui eſt dans l'ordre, préciſé-

ment parce qu'il est dans l'ordre. Tout
autre motif, & celui même de la gloire, est imparfait. Il corrompt & dé-
grade le cœur, qui ne doit être animé que de l'amour de l'ordre. Il n'y
a de grand que cet amour. Tout le
reste, à parler exactement, est petit
& méprisable.

Il faut pourtant maintenir l'amour
de la gloire parmi les hommes, afin
de suppléer à l'amour de l'ordre, trop
foible dans la plûpart d'entr'eux, pour
leur faire surmonter les grandes difficultés, ordinairement attachées aux
actions vertueuses & utiles à la société. Il vaut mieux faire le bien par un
motif imparfait, que de ne le point faire. Si c'est le faire mal, c'est toujours
un moyen de parvenir à le bien faire.

Montaigne dit à ce sujet: *Puisque*
les hommes par leur insuffisance ne se peu-
vent assez payer d'une bonne monnoie,
qu'on y emploie encore la fausse.

Rien ne coûte à l'homme, pourvû
qu'il ait des spectateurs.

X iv,

III.

Du defir de l'eftime des hommes naît celui de tout ce qui l'attire; &, comme par l'illufion naturelle que le coeur fait à l'efprit, on croit facilement ce qu'on fouhaite, le defir de tout ce qui eft eftimable porte à croire qu'on le poffède en effet. Voilà le jeu, &, fi cela fe peut dire, le méchanifme de l'amour propre. Ainfi le defir exceffif de l'eftime eft prefque toujours la principale caufe de la bonne opinion qu'on a de foi-même. La vanité produit la préfomption, l'orgueil, le mépris des autres. On eft donc fondé à foupçonner tout cela où l'on voit beaucoup de vanité; & c'eft la principale raifon, comme je l'ai dit, qui la rend fi odieufe.

IV.

La préfomption eft inexcufable dans les gens d'efprit, parce qu'elle n'y peut être l'effet que de la vanité;

Je la pardonne aux fots. Ils ne peuvent ni connoître en quoi confiste le mérite, ni fe connoître eux-mêmes. Je la pardonne encore aux femmes & aux grands. Quelqu'efprit qu'ils aient, il eft impoffible que la flatterie ne les trompe toujours un peu.

V.

Si les fots ont ordinairement plus de préfomption que les gens d'efprit, c'eft qu'ils en ont & comme fots & comme vains.

Pour qu'un homme d'efprit & de bon efprit fût pourtant préfomptueux, il faudroit qu'il fût très-vain.

Avec beaucoup de vanité & de préfomption, il faut avoir bien de l'efprit pour n'être pas un fot.

Il peut abfolument y avoir de la préfomption fans vanité, & de la vanité fans préfomption.

Il y auroit une forte d'humilité dans celui qui fe croyant, par une fimple erreur de l'efprit, plus eftima-

ble qu'il ne l'eſt en effet, ne ſe don-
neroit que pour ce qu'il croit être. Il
ne s'en tiendroit pas-là, s'il étoit vain.

VI.

C'eſt une injuſtice de vouloir être
auſſi eſtimé qu'on s'eſtime, parce
qu'il faut toujours ſuppoſer qu'on
s'eſtime trop.

VII.

On n'eſt pas préſomptueux pour
ſe croire de grands talens & de grandes lumières, ſi l'on en a effectivement. On n'eſt préſomptueux qu'autant qu'on ſe trompe dans la bonne
opinion qu'on a de ſoi-même. Qui
ſe trompe de beaucoup, l'eſt beaucoup; qui ſe trompe de peu, l'eſt
peu. Ainſi un homme d'eſprit eſt
ſouvent moins préſomptueux en ſe
croyant capable de grandes choſes,
qu'un ſot ne l'eſt, en ſe croyant capables de choſes médiocres.

V I I I.

Lorsque le sot se donne pour ce qu'il est, on lui en sçait si bon gré, qu'on va quelquefois jusqu'à le trouver modeste. L'homme d'esprit, en ne se donnant que pour ce qu'il est, passera pour présomptueux.

Tout ce qu'on exige d'un homme de peu d'esprit, c'est qu'il ne s'en croie pas plus qu'il n'en a. Mais on exige d'un homme de beaucoup d'esprit qu'il s'en croie moins.

La modestie du sot le sauve du mépris. Celle de l'homme d'un grand mérite ne le sauve pas toujours de la haine.

Un sot qui se croiroit un homme d'esprit, choqueroit moins qu'un homme d'esprit qui se croiroit un génie supérieur. Cependant le premier ne se tromperoit pas moins que le second, & même se tromperoit davantage. Mais l'un se feroit tout au plus notre égal; l'autre s'élève-

roit au-deſſus de nous, & par-là nous
feroit plus odieux.

On pardonnera plutôt à un ſot ſa
préſomption, à cauſe de ſa ſottiſe,
qu'à un homme de mérite ſon mérite,
à cauſe de ſa modeſtie.

I X.

Y a-t-il quelqu'un qui juge de lui-
même comme en jugent ceux qui le
connoiſſent le mieux, & qui s'y connoiſſent le mieux?

Chacun croit ſe connoître, & croit
que les autres ne ſe connoiſſent point.

Un homme a un grand défaut, &
il l'ignore. Quelquefois cette ignorance nous bleſſe beaucoup plus encore que le défaut même.

X.

Nous ne nous connoiſſons point
nous-mêmes, ou parce que croyant
nous connoître, nous ne nous étu-
dions point; ou parce que l'amour
propre nous guidant dans cette étu-

de, nous nous voyons tels que nous défirons de nous trouver, & non tels que nous sommes en effet. C'est peut-être faire trop d'honneur aux hommes, que de dire qu'ils craignent de se connoître. La plûpart sont trop prévenus en leur faveur, pour avoir cette espèce de crainte. Ils croient qu'il n'y a qu'à gagner pour eux à se voir tels qu'ils sont ; mais ils supposent qu'il est impossible qu'ils ne se connoissent pas ; & dès-lors ils ne songent point à s'étudier. Il ne faut donc pas dire qu'ils se fuient, mais plutôt qu'ils ne se cherchent point, parce qu'on ne cherche point ce qu'on croit avoir naturellement & avant toute recherche.

Le méchant, s'il est homme d'esprit, s'étudie, & cherche à se connoître, aussi-bien que le vertueux. C'est une des occupations du Philosophe, tel qu'il soit, honnête homme, ou non. C'est donc par sottise, & non par vanité, qu'on ne s'étudie point,

XI.

Il feroit toujours utile de fe connoître, ne pût-on fe corriger, & même
ne le voulût-on pas. Si cette connoiffance ne nous rendoit pas plus vertueux, elle nous rendroit du moins
plus prudens. Ne voulût-on que fe
déguifer, elle feroit encore néceffaire. Il faut fe connoître foi-même pour
fe cacher aux autres. Il n'y a point de
gens qui fe montrent plus tels qu'ils
font, que ceux qui ne fe connoiffent
point.

XII.

L'amour propre fçait tromper le
Philofophe, comme la coquette fçait
tromper fon mari, malgré toute fa
défiance & toute fon attention.

Le plus défiant & le plus attentif
eft le mieux trompé, quand il l'eft,
parce qu'il fe croit le plus fûr de ne
l'être pas. De-là, la confiance or-
gueilleufe du Philofophe.

Il est triste, mais utile de se connoître; agréable, mais dangereux de
ne se connoître pas.

XIII.

Les hommes, du moins ceux qui
ont de l'esprit, se connoissent mieux
qu'ils ne paroissent se connoître. Ils
ne croient pas toujours tout ce qu'ils
disent à leur avantage, tout ce qu'ils
voudroient faire croire aux autres.
Ils ont communément plus de vanité
que de présomption. L'amour propre
qui les fait penser d'eux-mêmes au-
delà de la vérité, les en fait encore
parler de-là ce qu'ils en pensent. Tout
homme vain est menteur; & on pourroit dire à la plûpart de ceux qui van-
tent leur mérite, qu'on croiroit leur
faire tort de penser qu'ils parlent sincèrement, & qu'ils se trompent si
grossièrement sur leur sujet.

Un homme d'esprit étonneroit souvent ses admirateurs, & désarmeroit
ses envieux, s'il leur faisoit connoître
combien il s'estime peu lui-même.

XIV.

A certains égards on ne ſe connoît pas ſi bien qu'on eſt connu ; à d'autres on ſe connoît mieux. En général on ſe connoît mieux du côté du cœur, & on eſt mieux connu du côté de l'eſprit.

On a dit que s'il y avoit un devin qui dît exactement aux gens ce qu'ils ſont, il ſeroit bien conſulté ; mais qu'à moins qu'il ne confirmât ſa révélation par des miracles, il ne ſeroit preſque jamais cru. Pour moi je penſe que ſi on le conſultoit, ce ſeroit plutôt pour ſçavoir s'il poſſede en effet la ſcience dont il ſe vante, que pour apprendre de lui à ſe mieux connoître. Je penſe encore que s'il diſoit vrai, il ſeroit cru, parce qu'il ne feroit guères que confirmer ce témoignage intérieur qu'on ſe rend contre ſoi-même, & développer ce qu'on ſentoit au moins confuſément.

XV.

XV.

Il eſt avantageux qu'on ſe connoiſſe mieux du côté du cœur, que de celui de l'eſprit; car, outre que la correction des vices du cœur eſt infiniment plus importante que celle des défauts de l'eſprit, la connoiſſance de ceux-ci ne ſerviroit preſque de rien pour les corriger. Il ne dépend pas d'un ſot d'être homme d'eſprit, comme il dépend d'un méchant d'être, ſinon bon, du moins vertueux. Nous connoître du côté de l'eſprit ne peut guères ſervir qu'à régler l'uſage de notre eſprit, ſelon ſon caractère, ſa meſure, &c.

XVI.

On connoît mieux ſes vices que ſes défauts; on ſe corrige plus volontiers de ſes défauts que de ſes vices. On voudroit n'avoir point de défauts; on veut bien avoir des vices.

Par rapport au monde & à la for-

tune, les vices ſont ordinairement
moins nuiſibles que les défauts; ſouvent même ils ſont utiles.

La vanité & l'intérêt nous portent
à nous corriger de nos défauts, & à
cacher nos vices.

XVII.

L'aveu que nous faiſons de nos
défauts, engage à nous les pardonner, parce qu'alors les autres en ſont
moins bleſſés, & parce que cet aveu
ſuppoſe en nous des qualités qui
compenſent plus ou moins ces défauts. Auſſi eſt-ce ſouvent par le même motif qu'on parle de ſes bonnes
qualités & de ſes défauts. On parle
des unes pour les faire connoître. On
parle des autres pour faire connoître
qu'on les connoît. Ainſi parler de ſes
défauts, c'eſt ſe louer; c'eſt parler de
ſes bonnes qualités; c'eſt dire qu'on
eſt éclairé, modeſte, humble.

XVIII.

Quand on ignore ses défauts, on est plus content de soi-même; mais aussi on l'est moins des autres, & ils le sont moins de nous.

XIX.

A voir la répugnance de la plûpart des hommes à reconnoître les erreurs & les fautes dans lesquelles ils sont tombés, on diroit qu'ils s'imaginent que leur aveu va constater ces fautes ou ces erreurs, & que jusques-là on ne sçavoit qu'en croire.

Il est bien humiliant pour la nature humaine, qu'il y ait encore du mérite & de la gloire à avouer une faute connue, une erreur évidente.

La présomption fait peut-être moins de vrais opiniâtres, que la vanité n'en fait de faux.*

* Dans l'*Ouvrage de loisir* de la Reine *Christine*, imprimé en 1751 à la suite des Mémoires pour sa vie, ouvrage qui est un recueil de maximes & de sentences, j'ai trouvé les suivantes,

XX.

Quelqu'estime qu'un homme ait pour nous, il faut qu'il ait encore plus d'amitié, & même de l'amitié la plus tendre, pour consentir que vis-à-vis de lui nous paroissions nous estimer autant qu'il nous estime lui-même.

Un des plus grands plaisirs de l'intime amitié, si pourtant il n'est pas réservé à l'amour, c'est de n'être pas obligé à faire le modeste avec notre ami, & par-là de jouir pleinement de son estime pour nous.

Rien n'est plus touchant, plus ravissant, qu'une tendre admiration réciproque. Mais disons tout; quelquefois aussi rien n'est plus sot.

» On n'apprend rien de nouveau aux hommes sur » le sujet de leurs défauts & de leur mérite.

» Les hommes ne manquent pas de connoissance, » mais de sincérité à leur sujet.

» L'amour propre n'est pas imposteur à lui-même; il » l'est aux autres «.

XXI.

On peut être indifférent à la haine
ou à l'amitié de certaines gens; mais
il n'y a personne dont l'estime ne
nous flatte, & dont le mépris ne nous
blesse. Nous sentons bien qu'on n'est
pas obligé de nous aimer, quelquefois même qu'on ne le peut, parce
que l'amitié est l'effet de certains rap-
ports, d'une certaine simpathie; mais
nous croyons qu'on est obligé de
nous estimer, & qu'on ne sçauroit y
manquer sans une injustice digne de
haine, ou sans un aveuglement digne
de mépris. Nous n'exigeons de l'amitié que de ceux pour qui nous en
avons; nous exigeons de l'estime de
tout le monde.

XXII.

Un homme bien aimable à nos
yeux, ce seroit celui que nous esti-
merions beaucoup, sans pourtant le
croire notre égal; qui nous estime-

roit encore davantage; & qui, fans
jaloufie, reconnoîtroit fon infériorité
à notre égard.

Un orgueilleux n'a guères moins
de peine à aimer qu'à être aimé, parce qu'il n'aime que ceux qui l'efti-
ment autant qu'il s'eftime lui-même.

XXIII.

Le plus grand plaifir que nous
puiffe faire l'eftime des autres, c'eft
de confirmer, de juftifier, & fur-
tout, comme cela arrive quelquefois, d'augmenter notre propre eftime pour nous-mêmes. Si nous aimons
tant à être eftimés, c'eft fur-tout parce que nous aimons à nous eftimer.
Une grande réputation peut procurer plufieurs grands plaifirs. Mais le
plus flatteur & le plus doux, c'eft le
droit que cette réputation nous donne d'être bien fûrs du mérite qui nous
l'attire.

Le plaifir de paffer pour ce qu'on

ſçait bien n'être pas, n'eſt jamais
bien vif.

XXIV.

Jupiter, dit un ancien, a deux
dons à faire aux hommes, le mérite
réel, & la bonne opinion de ſoi-même. Ceux qui ont moins de part au
premier de ces dons, en ont plus à
l'autre.

L'empire de la vanité comprend
tous les hommes. Celui de la préſomption n'eſt pas tout-à-fait ſi étendu. Il lui échappe quelques eſprits du
premier ordre.

Vouloir qu'un ſot ne ſoit point
préſomptueux, qu'il ſe connoiſſe lui-
même, & qu'il ſe donne pour ce qu'il
eſt, c'eſt exiger l'impoſſible, le con-
tradictoire. C'eſt vouloir qu'un ſot
ne ſoit point ſot, ou ne le ſoit que
juſqu'à un certain point. La ſottiſe pré-
ſomptueuſe n'eſt quelquefois qu'une
plus grande ſottiſe.

Le comble du ridicule dans un ſot

préfomptueux, c'eft l'affectation de modeftie.

XXV.

La préfomption pareffeufe eft incurable. La préfomption active & entreprenante peut quelquefois être corrigée par le mauvais fuccès de ce qu'elle entreprend. Ainfi quand tous les autres remèdes ont été inutilement employés pour guérir la préfomption, il en eft encore un à hafarder; c'eft de l'augmenter au point de faire entreprendre au préfomptueux quelque chofe qui lui réuffiffe mal.

XXVI.

Un homme qui étudie l'homme, eft craint, & par-là haï. Ceux qui voyoient *Moliere* & la *Bruyere*, craignoient que l'un ne les mît dans fes Comédies, & l'autre dans fes Caractères.

Vous ne m'étudiez pas par malignité;

gnité; je le veux. Mais enfin vous
m'étudiez; vous me connoîtrez; &
je ne veux pas être connu.

Il faut avouer qu'on n'étudie guères les autres que pour connoître
leurs défauts; & quand ce ne feroit
pas-là le but de cette étude, c'en eft
prefque toujours le principal fruit.

On ne devroit point craindre un
Philofophe qui étudie les hommes
fans malignité, fans deffein de leur
nuire, de dire ou d'écrire des bons
mots à leurs dépens; qui les étudie,
non pour les infulter & les railler,
mais pour les inftruire & les corriger,
& fur-tout pour s'inftruire & fe corriger lui-même.

Le vrai Philofophe n'eft point mi-
fantrope ni méprifant ; il connoît
trop bien la nature humaine, & fe
connoît trop bien lui-même; ou s'il
hait & méprife en quelque forte les
autres hommes, ce n'eft que comme
il fe hait & fe méprife lui-même.

Plus d'un fage & plus d'un homme

Tome I.   Z

de bien ſe ſont ſurpris dans des penſées & des deſirs qui les ont fait rougir, qui les ont même épouvantés.

Les regards du vrai Philoſophe
ſont perçans, mais ils ne ſont point
ſévères, encore moins malins.

XXVII.

Il y a peu de gens qui, obligés d'op-
ter entre être exactement connus en
bien & en mal, & être entiérement
inconnus, ne préféraſſent le dernier.

Les hommes conſervant toujours
au milieu des plus grands périls, l'eſ-
pérance d'y échapper, il ne s'enſuit
pas de ce qu'ils s'expoſent à ces périls
pour acquérir de la gloire, qu'ils l'aiment plus que la vie. Mais, à l'exception de quelques ames d'une baſſeſſe & d'une perverſité conſommées,
ils craignent plus l'infamie que la
mort; & il en eſt peu qui n'aimaſſent
mieux mourir que d'eſſuyer certaines
hontes. Auſſi n'eſt-ce quelquefois que
par la crainte du déshonneur, qu'ils

font ce qu'ils paroiſſent faire par l'a-
mour de la gloire. Du moins le premier de ces deux motifs eſt-il toujours le plus fort.

Il y a plus encore. Les honnêtes
gens craignent beaucoup les plus petites hontes. Souvent même ils les
craignent trop ; & pour revenir à ce
que j'ai dit au commencement de cet
article, tel qui, à tout prendre, ne
pourroit que gagner à être auſſi-bien
connu des autres qu'il ſe connoît lui-
même, aimeroit pourtant mieux ne
l'être point du tout, que de l'être entièrement, parce qu'il ſeroit plus ſenſible au ridicule que certains défauts,
& certaines foibleſſes pourroient lui
donner, qu'à l'eſtime que lui procureroient ſes bonnes qualités & ſes
vertus. Mais cette extrême ſenſibilité
au ridicule en eſt un elle-même ; c'eſt
une foibleſſe pitoyable qui vient
d'une ſotte vanité. On ne l'a point
avec une certaine élévation dans le
cœur & dans l'eſprit.

XXVIII.

. Pour combattre certains faits arrivés dans des temps, ou dans des Pays éloignés, on raiſonne des hommes de ces Pays & de ces temps-là, comme de ſes contemporains & de ſes compatriotes; & on en conclut que ce qu'on rapporte des premiers, n'eſt point dans la nature. C'eſt une fauſſe manière de juger. Ce qui ſeroit en effet impoſſible dans un certain temps, ou dans un certain Pays, ne l'eſt point dans un autre. S'il ne faut pas juger d'autrui par ſoi-même, c'eſt ſur-tout quand il s'agit des anciens, ou des étrangers.

XXIX.

Comme on juge ordinairement des autres par ſoi-même, c'eſt une bonne règle pour juger de quelqu'un, que d'en juger par la manière dont il juge lui-même des autres.

Juger d'autrui par ſoi-même, eſt

une règle trompeuse; cependant si on se connoissoit bien, elle le seroit beaucoup moins. Juger d'autrui par soi-même, c'est en juger par ce qu'on croit de soi-même. Mais ce qu'on en croit, est quelquefois très-différent de ce qui en est.

On voit commettre une faute considérable. On en est surpris; & on la condamne d'autant plus sévèrement qu'on s'en croit moins capable. Cependant on l'eût commise aussi, placé dans les mêmes circonstances.

Il y auroit une bonne manière de juger d'autrui par soi-même, & de soi-même par autrui. Il faudroit se dire: J'ai telles & telles bonnes qualités; d'autres les ont donc aussi; car il n'est pas vraisemblable que je sois seul à les avoir. D'un autre côté il n'y a personne en qui je ne voie quelques défauts; j'ai donc aussi les miens; car il n'est pas vraisemblable que je sois parfait, puisque personne ne l'est.

Z iij

X X X.

Pour un honnête homme capable, une grande charge eſt un état où il ſera utile aux autres hommes. Pour l'homme d'eſprit ambitieux, c'eſt un poſte où il fera briller ſes talens, & d'où peut-être il montera encore plus haut. Pour le ſot vain, c'eſt une dignité qui le décorera aux yeux des ſots.

X X X I.

L'orgueil s'accroît de tout. La louange le nourrit; le mépris le pique, & par-là le réveille & l'excite *.

X X X II.

Le plus grand plaiſir qu'on puiſſe faire à un homme vain & orgueilleux, n'eſt pas toujours de le louer; c'eſt de l'écouter ſe louer lui-même.

---

* L'ambition eſt plus ſuperbe quand elle obéit, que lorſqu'elle commande. *La Reine Chriſtine dans l'Ouvrage de ſon loiſir.*

Outre qu'il croit mieux connoître son mérite que personne, & par conséquent être plus capable d'en bien parler, il a un double plaisir en se louant lui-même; celui de vous entretenir d'une chose dont il est rempli, & à laquelle il pense toujours; & celui de s'imaginer qu'il va vous apprendre à l'estimer davantage. Or il est bien plus flatteur pour lui d'augmenter votre estime, que d'en recevoir simplement des marques.

Quelqu'un à qui on reprochoit qu'il parloit toujours de lui-même, répondit que c'étoit parce qu'il ne trouvoit personne qui en parlât aussi bien.

D'ailleurs louer quelqu'un, ce peut n'être qu'une politesse; mais l'écouter attentivement lorsqu'il se loue lui-même, l'écouter aussi long-tems qu'il le veut, paroître y prendre plaisir, l'engager adroitement à continuer, lui inspirer une confiance qui le fasse parler sans réserve & avec une entière

liberté, cela paſſe de beaucoup la ſimple politeſſe. Aucune louange n'auroit l'air ſi vrai.

XXXIII.

Il n'eſt pas facile de louer un orgueilleux à ſon gré. Le trop & le trop
peu ont également leurs inconvéniens. Il s'offenſe du trop peu, comme d'une injure. Il vaudroit mieux
ne le point louer du tout; ce ne ſeroit
pas lui dire poſitivement qu'on ne
l'eſtime pas. Mais il ſemble que le
louer peu, ce ſoit lui dire qu'on l'eſtime peu.

D'un autre côté, il peut connoître
qu'il eſt vain, ou du moins qu'on le
ſoupçonne de l'être; & par-là, quelqu'avide qu'il ſoit de louanges, il
peut en prendre l'excès pour une raillerie, ou du moins pour un reproche
de vanité. On n'a rien à craindre de
tout cela en l'écoutant ſe louer lui-
même. Ce ſilence attentif ne peut
guères être interprêté que favorable-

ment ; & s'il eft quelquefois l'effet de
la complaifance, c'eft peut-être la
forte de complaifance qui coûte le
plus, & par conféquent la moins vrai-
femblable. Il eft rare qu'il n'échappe
quelque marque de dépit ou d'ennui
à l'auditeur le plus complaifant, & à
plus forte raifon à celui qui joue un
rôle forcé. Il eft rare que l'air de fon
vifage ne trahiffe fa penfée. S'il eft
affez maître de lui-même, s'il fe contraint affez pour foutenir jufqu'au
bout fon perfonnage, comment l'orgueilleux n'y feroit-il pas trompé ?
N'eft-il pas en droit de penfer que,
qui l'écoute de cette manière, l'eftime beaucoup ?

XXXIV.

Quoique ce foit un orgueil plus
groffier de fe louer foi-même, que
de paroître recevoir avec plaifir les
louanges qu'on nous donne, il y a
cependant des orgueilleux qui affec-
tent de ne pouvoir fouffrir qu'on les

loue, & qui se louent beaucoup eux-
mêmes; c'est qu'ils se louent sans s'en
appercevoir. Quand on les loue, ils
sont sur leurs gardes, & paroissent
modestes. Viennent-ils à parler d'eux-
mêmes, ils s'oublient, ou plutôt ils
oublient toute bienséance, & paroissent extravagans. Il y a deux manières toutes contraires de les amener à
ce point; les flatter, leur applaudir,
feindre de donner dans leur sens, ou
bien les contredire. La première est
assez ennuyeuse; l'autre a du moins
cela d'agréable, qu'on dit ce que l'on
pense; mais on a encore le plaisir
d'humilier un orgueilleux & de jouir
de son dépit. Les effets d'un orgueil
piqué sont quelquefois si plaisans,
qu'on a toutes les peines du monde
à s'empêcher d'en rire; & souvent la
scène finit, parce que les assistans, &
le contradicteur même, ne peuvent
plus tenir leur sérieux. Cette manière
d'amener un orgueilleux à se louer
avec excès, est encore la plus sûre;

& il en eſt peu auprès de qui elle ne réuſſiſſe. C'eſt un ridicule bien viſible que celui d'enchérir ſur les louanges qu'on nous donne; & il eſt plus facile de l'éviter Mais on croit avoir droit de repouſſer le mépris; & il eſt diffi- cile de le repouſſer ſans colère. Or un homme en colère ne ſçait plus ce qu'il dit. Enfin n'éprouvons-nous pas tous les jours dans les choſes les plus indifférentes, que la contradiction nous porte naturellement à l'exagé- ration?

XXXV.

S'il y a à gagner à être modeſte, il y a auſſi à perdre. S'il y a à perdre à n'être pas modeſte, il y a auſſi à gagner.

Avec les gens de beaucoup d'eſ- prit, on ne perd rien à être modeſte, & on perdroit à ne l'être pas. D'un côté ils ſentiront bien, malgré votre modeſtie, tout ce que vous valez. De l'autre ils appercevroient la plus lé-

gère doſe de vanité & de préſomption. Il n'en eſt pas de même des
ſots. Il faut les avertir un peu de ce
qu'on vaut, ſi l'on veut qu'ils le ſçachent. D'ailleurs ils ne ſont pas ſi fins
connoiſſeurs en orgueil. Avec eux les
vrais modeſtes ſont quelquefois la
victime de leur modeſtie, & les faux
modeſtes en ſont la dupe.

Le ſublime de la vanité habile
ſeroit l'art de ſe faire valoir, ſans paroître ni vain, ni préſomptueux.

Tel ſe loue continuellement lui-même, & on le hait ; mais on le croit.

Un homme trop perſuadé de ce
qu'il vaut, nous bleſſe. Cependant
cette perſuaſion lui aide à nous en
perſuader nous-mêmes. Il nous ſub-
jugue, lors même qu'il nous révolte.
Il nous impoſe, & par-là nous en impoſe. Egalement vain & préſomptueux, bientôt il ne nous paroît que
vain.

Soyons pourtant modeſtes ; c'eſt
le plus honnête ; mais c'eſt auſſi le

plus sûr. Si la vraie modestie, la modestie naturelle & sans art, cache
quelquefois une partie du mérite, elle
ajoute à ce qu'elle en laisse paroître,
en le rendant aimable. Tempérer l'é-
clat d'un grand mérite, c'est lui prêter des graces. Je l'ai déja dit, & peut-
être le dirai-je encore; quand on est
aimé, on en est toujours plus estimé.
Ce que le mérite modeste peut perdre, en le dérobant, pour ainsi dire,
à l'esprit des autres, lui est bien rendu par leur cœur.

XXXVI.

D'où vient cette pudeur & cette
espèce de honte qui, malgré la vanité & la présomption, font rougir
des louanges, comme on rougit du
blâme; de façon qu'il faut de l'art
pour louer, sans donner une sorte de
confusion, comme il en faut pour
reprendre, sans offenser?

Un homme parfaitement humble
& modeste, sur-tout un homme sim-

ple, ne rougiroit peut-être point des
louanges, non plus qu'un homme
très-orgueilleux. Elles pourroient
bien lui faire de la peine; mais cette
peine ne feroit pas proprement ce
qu'on appelle *honte*. On rougit d'être
loué, parce qu'on aime à l'être, &
qu'on fe reproche de l'aimer. On rougit de fon plaifir, parce que ce plaifir ne venant que de vanité, eft un
peu honteux. Ainfi le plaifir & la peine que font les louanges, la pudeur
qui colore les joues pendant que la
joie brille dans les yeux, tout cela
eft l'effet de la même caufe; de la
vanité.

XXXVII.

Perfonne n'eft plus crédule, plus
fôt, plus propre à devenir le jouet
des autres, qu'un homme vain & pré-
fômptueux. On en fait tout ce qu'on
veut, en le louant. Eft-il chagrin?
vous lui rendez toute fa gayeté. A-t-il
fait une perte? vous l'en confolez;

vous la réparez. Eft-il malade, vous
le guériffez. Mort, on le reffufcite-
roit avec des louanges, s'il pouvoit les entendre.

XXXVIII.

La vanité produit quelquefois des
effets bien contraires. Il y a des gens
vains qui trouvent qu'on ne les loue
jamais affez. Les louanges qu'on leur
donne, leur paroiffent toujours foibles; ou fi elles font auffi fortes qu'ils
les fouhaitoient, ils doutent alors
qu'elles foient bien fincères. D'autres au contraire croient toujours
qu'on les loue, & qu'on les loue beaucoup, & fincérement; ils ne voient
que des admirateurs. Un mot de politeffe leur paroît l'éloge le plus fort
& le plus complet. Ils prennent à la
lettre les complimens les plus outrés; & ils n'y foupçonnent jamais ni
flatterie, ni ironie; femblables à ces
femmes pour qui toute galanterie, la
plus fimple ou la plus exagérée, eft

une déclaration. Peut-être que ceux-ci ne font pas plus fots que les premiers, & qu'ils ne font que plus vains.

CARACTERE ET APOLOGIE
de Balzac.

I.

LE beau génie, le grand Ecrivain que *Balzac !* Que notre langue eft riche dans fes Ouvrages! Quelle pureté, quelle netteté, quelle force de ftyle! Quel nombre & quelle harmonie! Quelle nobleffe de penfée & d'expreffion ! Quelle fécondité de tours! Rien de foible, rien de négligé dans un fi grand nombre d'Ouvrages. On chercheroit inutilement deux *Infolio* écrits avec cette élégance continue. *Balzac* n'eft pas égal par-tout, il s'en faut bien; mais il eft par-tout également travaillé, également foigné. On ne peut pas dire de lui comme d'*Homere*, qu'il fommeille quelquefois ;

quefois ; il vaut mieux dire qu'il dort,
mais qu'il a de beaux songes. Plutôt
que de rester en-deçà du but, il le
passe. Il a du bon & du mauvais ;
mais il n'a point proprement de haut
& de bas. Il ne rampe, il ne tombe
jamais ; ou ses chûtes, si l'on veut
donner ce nom à ses fautes, ne sont
qu'une élévation outre mesure. En
un mot, il péche par excès plutôt que
par défaut. Sa *morale* en matière d'Ouvrages d'esprit, comme il le dit lui-
même, étoit fort indulgente pour ces
sortes de fautes ; aussi lui faisoit-on le
reproche renouvellé depuis contre
quelques-uns de nos meilleurs écrivains, de s'être fait une *morale* selon
ses intérêts. Capable d'égaler les plus
grands sujets par la majesté de son
style, il ne sçait pas toujours se pro-
portionner aux sujets communs &
ordinaires. Sublime hors de propos,
il est enflé *. Ses expressions magnifi-
ques deviennent gigantesques, faute

---

* *Professus grandia turget.* Hor. Art Poëtique.

Tome I.   A a

d'être à leur place. Pour les faire paroître dans toute leur beauté, il faudroit les employer à d'autres ufages
plus dignes d'elles. On trouveroit dans
fes Lettres des modèles de la plus
haute éloquence; on y recueilleroit
de quoi compofer le Difcours le plus
foutenu & le plus pompeux; & fi j'ofe
prendre fon ton, en parlant de lui,
des matériaux qu'il a prodigués dans
des maifons de particuliers, on conf-
truiroit le Palais d'un Souverain.

La force n'exclut point dans fon
ftyle la délicateffe; & il a des traits
qui ne feroient point déshonneur à M.
de *Fontenelle*. Mais comme quelquefois il eft grand jufqu'à être guindé,
& plutôt forcé que fort, quelquefois
auffi fa délicateffe va jufqu'à l'affectation, & n'a point l'air fimple & naturel, & fur-tout la juffeffe de celle qui
caractérife l'Académicien que je viens
de nommer.

LI.

Balzac avoit une grande connoiſſance des belles-Lettres ; & ce n'étoit
rien moins qu'un bel eſprit ignorant.
Les bons Auteurs Grecs & Latins,
Italiens & Eſpagnols, lui étoient familiers. Il ſçavoit très-bien leur langue ; & nous avons de lui des vers
latins qui pourroient être avoués des
Santeuil & des *Commire*. Ses écrits ſont
ſemés des plus beaux traits des anciens & des modernes. Mais quelque
brillans qu'ils ſoient, ils n'effacent
point ſes propres penſées. Il enchérit
ſur ce qu'il cite ; & la beauté du trait
frappe moins que l'application heu-
reuſe qu'il en ſçait faire.

LII.

Il eſt tombé néanmoins, cet Ecrivain ſi célèbre ; il n'eſt plus loué, ce
grand panégyriſte, qui a reçu plus de

louanges qu'il n'en a donné, * qui
s'eft entendu nommer prefque tout
d'une voix le plus éloquent des mor-
tels, & que depuis on a encore ap-
pellé le pere de la langue Françoife,
le maître & le modèle des grands
hommes qui l'ont fuivi. Son fiècle
s'eft prefque déshonoré à nos yeux
par l'approbation qu'il lui a donnée.
Il n'a plus de Lecteurs, que parmi
ceux qui lifent tout ce qui a eu quelque forte de réputation, qui veulent
connoître le caractère & le génie des
principaux Ecrivains de chaque fiècle, &, fi j'ofe m'exprimer de la forte, étudier l'Hiftoire des révolutions
de l'efprit humain dans les différens
âges. Le monde poli ignore aujour-
d'hui ces Ouvrages, dont il faifoit

---

* On peut voir entr'autres : parmi les Lettres de *Defcartes* un écrit latin de ce célèbre Philofophe, intitulé :
Cenfura quarumdam Epiftolarum Balzacii; c'est-à-dire,
Jugement fur quelques Lettres de Balzac. Cet écrit eft un
chef-d'œuvre de goût. *Defcartes* n'eût pas été moins
capable qu'*Ariftote*, de donner des règles d'Eloquence
& de Poëfie.

autrefois ſes délices. Il demanderoit
volontiers ſi l'on avoit du goût à
l'Hôtel de *Rambouillet* ; & peut-être
qu'il en ſera de *Balzac* comme de
Ronſard , & de quelques autres Auteurs que la France a vu naître au
renouvellement des Lettres, dont le
nom ſeul paſſera à la poſtérité. Exemple éternel des grandes réputations
paſſagères ; ils préféreroient un entier oubli à cette eſpèce d'immorta-
lité, s'ils s'intéreſſoient encore à leur
mémoire. Ils envieroient le ſort de
cette foule de mauvais Auteurs qui
ont paru dans tous les tems , & que
leurs contemporains mêmes n'ont
pas connus.

    Balzac a déja éprouvé en partie le
ſort de *Ronſard* & de ſes pareils ; mais
ſa chûte n'eſt peut-être pas ſans retour ; il pourroit bien s'en relever.
Je n'en ſerois pas ſurpris ; je le ſou-
haite ; & j'avoue, quelqu'idée que
je puiſſe donner de mon goût par cet
aveu, que *Balzac* eſt un de mes Au-

teurs favoris, que j'ai lû la plûpart de
ses Ouvrages avec plaisir, &, ce qui
seroit un éloge considérable dans une
autre bouche, que je les relis volontiers.

Je conviens néanmoins des défauts
qu'on lui a reprochés, & de ce qu'il
y a de vicieux dans son caractère ; je
l'ai déja indiqué. Je suis blessé du
contraste des choses & du style ; & je
vais quelquefois jusqu'à le trouver
ridicule. Mais il me semble que les
beautés l'emportent chez lui sur les
défauts ; que ces défauts mêmes ont
leur beauté, & qu'on peut en quelque sorte les corriger. Je me donne
quelquefois cette occupation ; je m'i-
magine y réussir ; & cela me coûte
trop peu pour que le plaisir que j'en
ressens, soit l'effet de mon amour
propre. Ici, pour varier le style, je
supprime une antithèse, qui le plus
souvent ne me déplaît, que parce
qu'elle vient à la suite de plusieurs
autres ; & je la réduis à un tour plus

simple. Là j'adoucis une hiperbole trop hardie pour la chose dont il est question; ou, comme je l'ai déja dit, je lui cherche une meilleure occasion; je l'applique à un autre sujet, & je la transporte dans un Ouvrage d'un autre genre.

Mais mon grand secret pour corriger *Balzac*, ou plutôt pour n'avoir pas besoin de le corriger, & pour le trouver bien tel qu'il est, c'est de changer les titres de ses Ouvrages: par exemple, de ne point regarder ses Lettres comme de simples Lettres, comme des Lettres ordinaires, puisqu'en effet il n'a point eu intention d'en écrire de telles, mais comme des pièces d'esprit qu'il a travaillées avec autant de soin que ses autres écrits. Il ne s'agit dans ces Lettres ni de nouvelles, ni d'affaires. Ce n'est point un ami qui ouvre son cœur à son ami, qui lui écrive familièrement, comme s'il lui parloit. On attendoit autre chose de l'illustre *Balzac.* Il a écrit fans doute plufieurs Lettres de ce genre, & nous les trouverions peut-être fort belles, fi nous les avions; mais il ne nous en refte aucune de cette nature dans le recueil de fes Ouvrages. Peut-être que trop amou-reux des chofes foignées & travail-lées, il faifoit peu de cas de ce qui lui avoit peu coûté, & eftimoit le moins celles de fes Lettres qui auroient plû davantage. Quoi qu'il en foit, celles que nous avons, font des Lettres de cérémonie & d'apparat, des Lettres faites pour courir en manufcrit, & être enfuite imprimées.

Mais, dira-t-on, que n'écrivoit-il des Lettres comme celles de M. de *Buffy-Rabutin*, & fur-tout comme cel-les de M^de de *Sevigné?* Je le répéte; on en attendoit d'autres de M. de *Bal-zac*. On exigeoit de lui, je ne dis pas quelque chofe de mieux, car ces Let-tres font parfaites en leur genre, mais quelque chofe de plus. Il ne fuffifoit pas de fon tems à un bel efprit Au-teur,

teur, d'écrire comme un homme du monde qui a de l'efprit ; on vouloit que fes Lettres fuffent des Ouvrages Académiques. On y auroit critiqué la moindre négligence ; & aujourd'hui même que le goût eft fi changé fur le ftyle épiftolaire, nous jugeons bien différemment d'une Lettre d'un homme du monde, & d'une Lettre d'un Auteur de profeffion. Nous demandons beaucoup plus d'exactitude dans celle-ci ; & les négligences prétendues aimables de l'autre nous y paroîtroient des fautes inexcufables. Cela eft bien mal écrit pour un Auteur, dirions-nous. Il eft vrai que fi elle eft écrite avec un certain foin, fi elle paroît un peu travaillée, nous difons comme un reproche, que cela fent bien l'Auteur ; en forte qu'il n'y a perfonne à qui il foit plus difficile d'écrire une Lettre qui foit approuvée, qu'à un Auteur de profeffion. On exige de lui un milieu difficile à tenir ; & fût-il bien exactement dans

Tome I.   B b

ce milieu, presque personne ne l'y verroit *.

I V.

Sorel, Auteur contemporain, remarque que les premières Lettres de
Balzac, (& ce font celles que nous
trouvons aujourd'hui les plus mauvaifes, comme étant les moins naturelles) furent bien plus recherchées
que les dernières. *On auroit peine, dit-*
il, à y trouver les mêmes sujets de repro-
che, que contre le premier volume qu'il
donna d'abord. La régularité de ces der-
nières Lettres ne leur a jamais donné tant
de cours qu'aux premières, qui avec toutes
leurs figures extraordinaires ont été im-

---

* *Montaigne* parlant des Lettres de Cicéron & de
Pline, dit : *Sur ce sujet de Lettres, je veux dire ce mot :*
Que c'est un ouvrage auquel mes amis tiennent que je puis
quelque chose.... J'ai naturellement un style comique &
privé.

En effet le style des Lettres de *Montaigne* n'avoit
qu'à rassembler à celui de son Livre pour être vraiment Epistolaire, & ne point sentir l'*Auteur*. Il ajoute
qu'il ne s'entend point en Lettres cérémonieuses, qui ne
font qu'une belle enfilure de paroles courtoises.

primées quantité de fois. Cela ne prouve rien, que l'affectation des hommes pour la nouveauté, & que l'abondance des bonnes choses les peut quelquefois lasser.

Sorel se trompe, à mon avis, en donnant pour unique raison du différent sort des premières & des dernières Lettres de *Balzac,* le goût des hommes pour la nouveauté, & le dégoût qui naît de l'abondance. Il y a lieu de croire que les dernières Lettres auroient eu plus de succès, si elles avoient été du style des premières, & que celles-ci en auroient eu moins, si elles avoient été aussi sagement écrites, aussi réellement bonnes que celles qui les suivirent. Les premières prises en elles-mêmes, & indépendamment de ce qu'elles étoient les premières, furent infiniment plus goûtées & plus aimées que les autres, quoique peut-être moins approuvées & moins estimées. Elles parurent les plus agréables par leurs défauts mê-

B b ij

mes, par *leurs figures extraordinaires.*
En effet, il y a des défauts dans les
Ouvrages d'esprit, qui contribuent à
les faire lire avec plus de plaisir, &
qu'on ne blâme que par réflexion.
Quelques-uns de nos Auteurs modernes semblent avoir travaillé d'a-
près ce principe, & avoir moins songé
à faire estimer leurs ouvrages qu'à
les faire aimer.

Balzac est donc excusable d'avoir
écrit de la manière la plus propre à se
faire lire, eu égard au goût de son
tems; & il est bien louable d'avoir
renoncé à cette manière, au risque de
moins réussir, comme en effet il a
moins réussi en se corrigeant. Il est
vrai qu'il ne s'est pas encore assez corrigé pour nous; mais la réformation
du goût ne se fait ordinairement que
par degrés; & ce n'est presque jamais
l'ouvrage d'un seul homme. Il est à
regretter que *Balzac* ne soit pas né
vingt ou trente ans plus tard, Nous

y avons perdu un Ecrivain égal, peut-
être, à tout ce qui eſt venu de mieux
après lui *.

On peut encore juſtifier le goût de
ſes Lettres, ou plutôt le juſtifier lui-
même ſur le goût dans lequel il les a
écrites, par celles des beaux Eſprits
ſes contemporains, comme *Coſtar*,
& quelques autres. Toutes ces Lettres paroiſſent faites ſur le même modèle, & d'après une idée commune
ſur le ſtyle épiſtolaire. *Voiture* même
n'eſt pas ſi différent de *Balzac* qu'on
le croit d'ordinaire. C'eſt un autre
tour d'eſprit; mais au fond c'eſt le
même goût, parce que c'eſt le goût
de leur ſiècle. L'antithèſe & même
l'hyperbole ſont également leurs figures favorites. Ils courent l'un &
l'autre après l'eſprit, &, pour tout
dire, après les pointes. On le ſentira

---

* *Si Lucrèce eût vécu du tems d'Auguſte, il auroit pû*
diſputer le pas à Virgile. Mais 30 ou 40 ans de plus ou de
moins, mettent une étrange différence entre deux Auteurs.
Bayle, Nouvelles de la République des Lettres, Juillet
1685. art. 4.

sur-tout dans les Lettres que *Voiture*
a le plus travaillées; car elles ne le
font pas toutes également; & il y en
a plusieurs qu'il n'auroit certainé-
ment pas voulu qu'on imprimât. Son
tour d'esprit le porte au badinage; &
il l'entend bien. Mais quand il veut
écrire férieusement, il donne dans
l'affectation, & dans l'enflure prefqu'autant que *Balzac*. Plus il tâche à
bien faire, plus il lui reffemble. L'E-
loge du Duc d'*Olivarès* eft du même
ftyle que le *Prince.* * On trouvera les
mêmes défauts dans ces deux Ouvrages, & jufqu'à un certain point les
mêmes beautés. Je dis jufqu'à un certain point; car on convient qu'outre
que *Balzac* eft plus pur, plus châtié,
plus égal que *Voiture*, il a communément une nobleffe & une grandeur
où celui-ci n'a pas atteint, quoiqu'il
l'ait quelquefois effayé.

Par-là je ne veux pas décider de la
prééminence entre ces deux Auteurs.

* *C'eft le titre d'un des principaux Ouvrages de Balzac.*

Il est peut-être aussi difficile de badi-
ner finement & avec grace, que de
s'élever au sublime. Quelques avantages que je donne ici à *Balzac*, je ne
serois point surpris d'entendre dire
que *Voiture*, dans ce qui fait son caractère particulier, est plus original,
plus singulier, & moins aisé à imiter
que *Balzac*. Tout le monde connoît
les deux Lettres de M. *Despréaux* à
M. le Maréchal de *Vivone*, sous le
nom de ces deux Auteurs. Je suis persuadé que la Lettre de *Voiture* lui a
plus coûté que celle de *Balzac*. Cependant il me semble qu'elle est
moins ressemblante ; & certainement
c'est une louange pour *Voiture*. Peut-
être aussi cela vient-il en partie de la
sorte d'esprit & du caractère propre
de l'imitateur, moins capable de se
plier à la manière de *Voiture*, qu'à
celle de *Balzac*. Quoi qu'il en soit,
tout style aisé, je ne dis pas seulement à imiter, je dis même à contre-
faire, est dès lors un style vicieux par

quelqu'endroit. Or tel eft le ftyle de
Balzac. Il eft aifé à imiter, parce qu'il
eft, ce qu'on appelle *maniéré*. Les
mêmes beautés, comme dans le ftyle
de M. *Fléchier*, y reviennent trop fouvent; & il faut avouer que c'eft un
défaut.

V.

A tout ce que je viens de dire en
faveur de *Balzac*, on répondra peut-
être qu'il étoit bon pour fon fiècle,
mais qu'il ne vaut rien pour le nôtre.
Cela eft vrai dans un fens. *Balzac* doit
moins plaire aujourd'hui, qu'il ne
plaifoit autrefois, à caufe du changement arrivé dans le goût. Mais fi l'on
veut dire qu'il en eft de cet Auteur
comme des premiers Peintres, des
premiers Poëtes, qui, tout groffiers
qu'ils étoient, ont plû dans un fiècle
groffier, qui ne connoiffoit rien de
mieux que leurs Ouvrages, & qu'il
ne doit paroître qu'un Ecrivain médiocre dans un fiècle auffi éclairé que

le nôtre, & auſſi fécond en habiles
Ecrivains, c'eſt entièrement mécon-
noître ſon caractère. Il y a peut-être
autant d'art & d'eſprit dans ſes Ouvrages, que dans aucun de ceux qui
ont paru depuis lui. Il y en a aſſez
pour les Lecteurs les plus fins & les
plus délicats ; & duſſent les hommes
ſe rafiner encore, *Balzac* ne pourroit
qu'y gagner. Il paſſera plutôt pour
mauvais que pour médiocre. Ce dernier titre eſt quelquefois plus mépri-
ſant que le premier. Il ſuppoſe toujours médiocrité de génie & d'eſprit
dans l'Auteur à qui on le donne ; au
lieu que nous appellons ſouvent mauvais Auteur, celui dont le goût & la
manière d'écrire ne nous plaiſent pas,
quoique nous lui reconnoiſſions d'ailleurs de l'eſprit & du génie.

VI.

Ce n'eſt pas que *Balzac* n'ait ſenti
ce qu'il y avoit de vicieux dans le
goût de ſon ſiècle. Il règne dans ſes

Ouvrages une critique très-sensée; &
sur-tout rien n'est plus judicieux que
ce qu'il a écrit sur les fameux Sonnets
de *Job* & d'*Uranie*, par *Benserade* &
Voiture *. Mais il étoit bien naturel,

* Il sentit bien la supériorité du premier, plus galant, plus naturel que le second, & cependant plus
délicat, plus fin, plus ingénieux. Celui d'*Uranie*, dit-il,
fut trouvé beau dès le jour de sa naissance, & de ce jour-
là jusqu'à celui-ci, il n'y a guères moins de vingt-quatre
ans. J'en parle comme ayant été la sage-femme de ce bel
enfant, & l'ayant reçu en venant au monde Uranie ne le
vit qu'après moi; & tout chaud qu'il étoit, immédiatement après sa production, je le portai au bon-homme
Monsieur de Malherbe. A dire le vrai, il en fut surpris. Il
s'étonna qu'un Aventurier (ce sont ses propres termes)
qui n'avoit point été nourri sous sa discipline, qui n'avoit
point pris attache, ni ordre de lui, eût fait de si grands
progrès dans un pays, dont il disoit qu'il avoit la clef.
Pour moi, je suivis ma coutume, & m'intéressai avec
chaleur, à ce qui regardoit la gloire de mon ami. Je louai
son nouveau né sans exception & sans réserve. Il me plut
depuis la tête jusqu'aux pieds. Je ne me donnai ni le loisir,
ni la liberté d'en juger de sens rassis. Aussi n'avois-je garde
de m'imaginer alors qu'on m'en demanderoit aujourd'hui
mon jugement.

Depuis ce tems-là, je n'avois pas changé d'avis, &
je me reposois de bonne foi dans ma première opinion.
Mais au bruit de la Cour, & à la prière qui m'a été faite,
ayant pris les lunettes de ma vieillesse, qui sont peut-être
plus assurées que mes yeux du tems passé, je confesse que
j'ai un peu modéré la violence de mon amour. J'ai trouvé

comme je l'ai déja dit, qu'il suivît
un goût, qui d'une part le menoit
plus fûrement à plaire à fes contemporains, & dans lequel d'un autre
côté, il avoit tout ce qu'il faut pour
réuffir. Ce goût confiftoit à vouloir
de l'efprit par-tout ; & l'efprit ne coû-
toit rien à *Balzac*. Quelques-uns de
ceux qui depuis lui ont le plus contribué au rétabliffement du bon goût,
ne le valoient certainement pas du
côté de la force & de la beauté du
génie ; & peut-être lui devrions-nous
cette heureufe réformation, s'il fût
né avec moins d'efprit, ou, pour ôter
toute équivoque, avec moins de cette
forte d'efprit, d'où naît la facilité de
donner à tout ce qu'on écrit un tour
ingénieux & brillant. On a beau dire ;
c'eft toujours un talent que cette fa-

le *Sonnet encore beau, mais non pas fi beau qu'auparavant*, &c.

J'ai cru pouvoir citer ce morceau, quoiqu'un peu
long, ne fût-ce que pour la preuve de ce que je viens
de dire à la louange de fon Auteur.

cilité. Il faut en condamner l'abus,
fans méprifer le talent même.

VII.

Il ne conviendroit pas de mettre
Balzac entre les mains des commen-
çans. La lecture de fes Ouvrages doit
être remife à un âge un peu mûr.
Dans la première jeuneffe l'efprit n'eft
pas affez avancé pour en fentir toutes les beautés ; le goût n'eft pas affez
formé pour en fentir les défauts. *Balzac* penfe beaucoup & finement, &
par-là n'eft pas à la portée de toute
forte d'efprits. Il prodigue l'anthi-
thèfe, & l'hyperbole ; c'eft fon défaut
effentiel. Mais cet excès même char-
meroit de jeunes gens. Ils cherche-
roient à l'imiter ; & malheureufement
ils n'auroient que trop de facilité à
y réuffir par la vivacité de leur imagination. En général ce ne font pas
les plus grands Auteurs qu'il eft plus
à propos de leur faire lire. Des écrivains d'un génie médiocre, mais ju-

dicieux en leurs penfées, purs & cor-
rects dans leur ftyle, plutôt exempts
de défauts que remplis de beautés,
leur conviennent davantage, & font
plus propres à leur fervir de modèles. Il faut s'appliquer à leur former
le goût, avant que de chercher à
leur élever le génie. Il faut les mettre
d'abord dans un chemin droit & facile où ils puiffent marcher fans gui-
de & fans appui. Ne leur préfentez,
s'il eft poffible, l'image d'aucun défaut; l'impreffion en feroit dange-
reufe, malgré toutes les précautions
que vous pourriez apporter. Ne leur
offrez pas non plus des beautés d'un
certain ordre, des penfées trop fines
& trop élevées; vous accableriez leur
foibleffe. Vous croyez par toutes vos
rémarques, tous vos commentaires,
les aider à les fentir; vous les mettez
feulement en état d'en parler.

CARACTERE
DE DEUX SORTES D'AUTEURS.

I.

JE suis à l'Opéra, & j'y vois arriver une jeune Princesse dont les attraits naturels sont relevés par les plus riches ajustemens. Les perles & les diamans mêlés dans ses cheveux, semés sur ses habits, éblouissent les regards. Peut-être la trouverois-je mieux, moins parée. Une noble simplicité me toucheroit davantage. Je voudrois moins d'art & moins d'éclat. Mais enfin ce qui m'éblouit, est réel; & s'il y a de la profusion, c'est une profusion de richesses. L'Opéra commence. Je jette les yeux sur le théâtre. *Armide* paroît avec ses Compagnes. C'est à peu près la même chose que ce que je viens d'admirer. Les Actrices ont cherché à copier la Princesse. Même éclat de beauté, & plus brillant encore ; mêmes richeſſes dans les habits. Vaine apparence., & de mon côté, ridicule méprife ! Tout ce qui m'éblouit, eſt faux. Ces lis & ces rofes, cet or & ces diamans, c'eſt du fard, du léton & du verre.

Balʒac, Fléchier, *la Bruyere*, *Fontenelle*, *la Motte*, &c, & leurs faux imitateurs, voilà la Princeſſe & les Actrices.

I I.

Ce n'eſt pas la faute d'un Auteur excellent, ſi on l'imite mal; & on n'en peut rien conclure contre lui. Cependant des critiques malins ſçavent faire illuſion au Public, lui faire confondre le modèle avec ſes mauvais imitateurs, & jetter ſur l'un le ridicule des autres. Rien n'eſt plus injuſte. Si l'on étoit équitable, la multitude des mauvaiſes copies, au lieu de faire tort à l'original, devroit relever ſa gloire, puiſqu'elles montrent & le deſir qu'on a eu de lui reſſembler, & la difficulté qu'il y a d'y réuſſir.

Les défauts des mauvaifes copies font ordinairement 1°. ceux de l'original, & même outrés encore. 2°. Ses beautés, outrées auffi. Mais lorfqu'un Auteur ayant déja outré certaines beautés, fes imitateurs les outrent encore davantage, le ridicule qui réfulte de ce fecond excès, eft tout ce qu'il y a de plus propre à éclairer fur le premier, à le faire vivement fentir, & par-là à retenir ceux qui feroient encore tentés de l'imiter.

Les petits Auteurs imitent les grands, comme les valets des grands Seigneurs imitent leurs maîtres.

Tel imitateur croit avoir furpaffé fon modèle parce qu'il en a outré les beautés, ou même les défauts.

Un grand homme en égale & même en furpaffe un autre; jamais il ne lui reffemble. Tous les grands hommes font originaux. C'eft donc un mauvais moyen d'égaler un grand homme que de chercher à lui reffembler.

DU

DU BONHEUR.

I.

ON n'a point de honte de dire qu'on n'eſt pas heureux ; mais on auroit ſouvent honte de dire pourquoi on ne l'eſt pas. On dit qu'on n'eſt point heureux; & il ſemble qu'on craigne de le prouver. Le ſentiment de notre miſere nous en arrache l'aveu ; on ſe plaint en général de ſon ſort ; mais on ne deſcend guères dans le détail ; du moins ce détail n'eſt jamais complet. Il y a toujours quelques réſerves dans la confidence qu'on fait de ſes peines. Il y a toujours quelques circonſtances humiliantes qu'on rougiroit de découvrir à l'ami le plus intime ; & elles ſont ordinairement les principales cauſes de notre malheur. Il ſeroit bien adouci, ſi l'on pouvoit tout confier à quelqu'un, ſans perdre de ſon amitié ni de ſon eſtime.

Tome I. C c

Il n'eſt donc pas difficile d'accorder des plaintes de cette eſpèce, des
plaintes vagues, ou qui ne tombent
que ſur des choſes qui ne peuvent
nous faire de tort dans l'eſprit d'autrui, avec ce qu'on dit aſſez ſouvent,
que les hommes veulent être crus
heureux, plutôt que de l'être en effet; ou du moins qu'ils mettent dans
cette opinion étrangère une grande
partie de leur bonheur *. On veut
être cru heureux, parce que cela ſuppoſe la poſſeſſion de pluſieurs avantages, qui attirent des égards, & de la
conſidération. Ainſi ce ſont proprement les titres du bonheur, c'eſt le
pouvoir d'être heureux, plutôt que
le bonheur même, que nous voulons
qu'on nous attribue; & il y a en cela
une vanité bien ridicule. Si l'on pouvoit ſe glorifier de quelque choſe, ce
ſeroit du bonheur même; & non pas

* *Nous nous tourmentons moins pour devenir heureux,
que pour faire croire que nous le ſommes.* M. de la Roche-
foucaud.

de la poſſeſſion des biens dans leſquels on le fait conſiſter ; car outre
que ces biens ne ſont pas un mérite,
ils ne nous rendent point heureux par
eux-mêmes. Le vulgaire s'imagine
que tous les grands, que tous les riches ſont heureux ; il leur fait trop
d'honneur. Il croit du moins qu'il
leur eſt très-facile de l'être, & que
leur bonheur n'eſt pas une choſe dont
il faille les louer & leur ſçavoir gré ;
il ſe trompe encore. En quelqu'état
qu'on ſoit, on n'eſt point heureux
préciſément par cet état, mais par le
rapport & la convenance de cet état
avec notre caractère & nos diſpoſitions naturelles ou acquiſes. Il eſt
même des hommes d'un caractère ſi
propre au bonheur, qu'ils l'auroient
trouvé en quelque condition que le
haſard ou leur propre choix les euſſent placés. Tel grand, tel riche heureux, & dont on attribue le bonheur
à ſa grandeur, à ſes richeſſes, auroit
été un heureux artiſan, un heureux

payſan, un heureux pauvre. De même tel homme impute ſon malheur
à ſon état, qui ſeroit également malheureux en tout autre. Le bonheur
eſt donc preſque toujours l'effet du
tempérament ſeul. Quelquefois auſſi
c'eſt l'ouvrage de la raiſon jointe
au tempérament. L'état y contribue
moins qu'on ne croit d'ordinaire. En
un mot le bonheur & le malheur
viennent du phyſique bien plus que
du moral.

Il y a quelque fondement à ſe glorifier d'un bonheur dont on eſt en
partie redevable à la raiſon; & quand
même il ne ſeroit que l'effet du tempérament, & que la raiſon n'y auroit
aucune part, la ſorte de caractère qui
rend un homme propre à être heureux, ſuppoſe toujours en lui quelque choſe d'eſtimable, dont il ſeroit
plus raiſonnable de tirer vanité, que
du rang ou de l'opulence.

Mais, dira-t on, il y a des fous qui
ſont heureux, & qui doivent leur

bonheur à leur folie, à la folle perfuafion qu'ils font riches, Grands-
Seigneurs, &c.

Je doute, quoi qu'en dife le peuple, que les fous dont on veut parler
ici, foient heureux. Mais en fuppofant qu'ils le font, je dis qu'ils ne doivent à leur folie, qu'une partie de
leur bonheur & qu'ils ne le lui doivent
pas tout entier. De deux hommes at-
taqués du même genre de folie, l'un
fera heureux, & l'autre ne le fera
point. Ce fou d'Athènes dont parle
Horace, n'étoit pas heureux (fi tant
eft qu'il le fût) par cela feul qu'il fe
croyoit très-riche. Cette idée pouvoit être pour lui une fource de peines, auffi-bien qu'une fource de plaifirs. Il pouvoit pour de fauffes richeffes, avoir bien de véritables inquié-
tudes. Si la folie lui tourna à bien
(qu'on me permette l'expreffion)
c'eft qu'elle trouva en lui de favorables difpofitions pour le bonheur.
Combien d'autres Athéniens auroient

été auffi fous, fans être auffi heureux !

Ce fond de gayeté, cette férénité
d'ame, qui ajoute aux biens qu'on a,
qui tient lieu de ceux qu'on n'a pas,
qui émouffe les traits de la plus vive
douleur, qui fait qu'on la reffent prefque fans chagrin, & que dans les plus
courts intervalles qu'elle laiffe, on
reprend fa joie & fa tranquillité ordinaires; ce fond de gayeté, dis-je, eft
prefque toujours la marque d'un bon
cœur, d'un efprit raifonnable, & d'un
caractère doux & modéré. On peut
donc être très-malheureux fans le
mériter; mais on mérite toujours un
peu fon bonheur.

Auffi quelques-uns font gloire d'ê-
tre heureux malgré la privation des
biens extérieurs; & il faut avouer
que cela eft en effet très-glorieux.
Cependant cette gloire eft fi peu en-
viée & fi peu eftimée, qu'il eft permis de fe l'attribuer autant qu'on le
veut, & de vanter fon bonheur phi-

losophique. La première & la plus
grande gloire, c'est d'être heureux
parce qu'on est riche; mais être heureux, quoique pauvre & privé des
commodités de la vie, ce n'est, pour
ainsi dire, qu'une seconde gloire bien
inférieure à la première. Un pauvre
dit : *Je suis heureux* ; & on l'écoute
avec plaisir, sans jalousie, sans dépit.
Un riche dit : *Je suis heureux* ; & ce
discours nous révolte. C'est que nous
sommes jaloux de ses richesses, plutôt
que de son bonheur. Etrange bizarrerie! Le bonheur, à proprement parler, ne fait point de jaloux; on n'envie que les choses auxquelles on l'attache. On veut être heureux d'une
certaine manière; & on ne voudroit
pas l'être d'une autre: & telle est l'illusion de l'imagination & des sens,
que quelque persuadé qu'on soit que
certaines personnes sont heureuses,
on ne voudroit pas être à leur place,
on ne voudroit pas de leur bonheur.

II.

Qu'un homme comblé de tous les biens, qui font l'objet de la cupidité, dife à de véritables Chrétiens, ou même à de vrais Philofophes, qu'il n'en eft pas plus heureux ; il les confirmera par ce témoignage fondé fur fa propre expérience, dans le mépris de tous ces faux biens. Qu'il le dife à fes égaux, aux autres riches, la plûpart lui répondront, s'ils font fincères, qu'ils éprouvent la même chofe. Mais qu'il le dife au refte du monde, à fes inférieurs, ils n'en concluront rien contre les richeffes, & les autres avantages de cette nature. Ils jugeront feulement que, puifqu'il n'eft pas heureux avec tout ce qui peut procurer le bonheur, il faut qu'il ne foit pas fait comme les autres hommes. Ils éluderont la force de fon exemple, en lui fuppofant de la bizarrerie dans le caractère, des travers dans l'efprit, une délicateffe exceffive. S'il

n'eft

n'eſt pas heureux, diront-ils, c'eſt ſa
faute. A ſa place nous ne nous plain-
drions pas.

Au fond cet homme qui jouit des
biens dans leſquels l'opinion fait conſiſter le bonheur, riſque peu de choſe
à dire qu'il n'eſt pas heureux. Le plus
ſouvent on ne le croit pas. C'eſt, dit-
on, une façon de parler, une habitude de ſe plaindre ſans raiſon. Mais
quand même on le croiroit, puiſqu'il
eſt riche, qu'il eſt d'une grande naiſſance, qu'il poſſéde une belle Charge, ſon honneur & ſa gloire ſont en
ſûreté.

Au contraire, le pauvre qui dit
qu'il eſt malheureux, ſe rabaiſſe encore par ſes plaintes. Il confirme ceux
qui l'écoutent dans le mépris de ſon
état. S'il dit qu'il eſt heureux, cela le
relève un peu aux yeux de certaines
gens; mais il y en a d'autres qui l'en
mépriſent encore davantage. Sa bêti-
ſe, diſent-ils, fait ſon bonheur. Il eſt
inſenſible; il ne penſe point.

III.

Si j'avois à trouver le plus heureux & le plus malheureux homme du monde, je les chercherois dans le Cloître.

IV.

Mille gens qui couroient après les richesses, après la grandeur, persuadés qu'ils y trouveroient la vraie félicité, ont été désabusés par l'expérience. Très-peu sont parvenus à un sincère détachement. Le cœur n'est pas si-tôt changé que l'esprit. La grace même n'ôte pas toujours un certain attachement, involontaire à la vérité, mais pourtant très-réel, source, jusqu'à la fin de la vie, de combats & de victoires.

J'ai lû autrefois un livre qui a pour titre, *le Courtisan désabusé.* Si l'Ouvrage est véritablement, comme je l'ai entendu dire, d'un *Courtisan* qui se peint lui-même, le titre de *Courtisan détaché* n'auroit peut-être pas été si juste.

V.

L'ambition est d'elle-même une passion moins générale que le desir des richesses. L'ambition n'est qu'une passion particulière, qui peut être contredite par d'autres passions. Le desir des richesses est l'effet de toutes les autres passions, dont les richesses sont l'instrument. D'ailleurs la vûe des inconvéniens de la grandeur peut éteindre, ou affoiblir l'ambition. Il y a des riches qui ne souhaitent point de devenir grands. Peut-être même y a-t-il des pauvres sensés, qui par l'amour de la liberté & du repos, refuseroient les dignités & les honneurs, malgré les richesses qui y sont ordinairement attachées. Mais il n'en est point, (j'excepte les vrais Chrétiens) qui refusassent les richesses seules, & qui ne croient qu'ils seroient plus heureux, s'ils étoient plus riches. La

plûpart même des Chrétiens, je dis
des bons Chrétiens, font dans l'erreur à ce fujet, auffi-bien que les autres hommes. Ils font perfuadés des
inconvéniens des richeffes par rapport au falut, mais non par rapport
au bonheur. Ils feroient meilleurs
Chrétiens, ou du moins il ne leur en
coûteroit pas tant pour l'être, s'ils
étoient plus Philofophes. Un Solitaire s'imagine avoir beaucoup quit-
té en quittant le monde; & cette
penfée lui caufe quelquefois des regrets, ou une vanité, qu'une bonne
philofophie réprimeroit.

Au refte, la fauffe idée des avantages des richeffes, relève en un fens le
prix du facrifice qu'on en fait. Moins
on a de lumières dans l'efprit, plus il
faut de courage dans le coeur. Moins
la raifon eft éclairée, plus il faut que
la foi le foit.

V I.

Vous croyez que vous feriez plus

heureux fi vous étiez plus riche, parce que vous pourriez vous procurer
plus souvent certains plaifirs que
vous aimez, ou même vous procurer
des plaifirs nouveaux, que vous ne
connoiffez que fur le rapport d'autrui, & que la médiocrité de votre
fortune vous interdit. Vous avez penfé mille fois à l'ufage que vous feriez
de ces tréfors qu'enfouiffent fotte-
ment les avares, ou que diffipent fol-
lement les prodigues, fi un fort favorable les faifoit paffer dans vos mains.
Vous avez formé des projets qui vous
ont amufé. Vous vous êtes mis à la
place des riches; & vous vous y êtes
fenti heureux. Il n'y a pas jufqu'aux
fonges de la nuit que vous n'appor-
tiez en preuve *. Le réveil qui les
diffipe, ne détruit pas l'impreffion
qu'ils ont faite; & il vous paroît évi-
dent que, fi des ombres & des chimè-
res font fi agréables, la réalité le fe-

---

* *Dormierunt fomnum fuum,* & *nihil invenerunt omnes viri divitiarum in manibus fuis* Pfal. 75.

roit bien davantage. C'eſt une erreur. Votre imagination vous ſéduit; elle exagère tout; elle ne fait que des portraits infidèles. Ces plaiſirs des grands qui vous ſemblent ſi doux, le ſont moins que les plaiſirs des petits, que les plaiſirs les plus communs; & la ſatiété vous dégoûteroit bientôt de ceux qui vous flattent le plus aujourd'hui : leur vivacité vient de leur rareté. * Peut-être même qu'une avarice ſordide, effet aſſez ordinaire des richeſſes, quand on n'en a pas toujours joui, vous priveroit & des plaiſirs, & preſque du néceſſaire. Tel eſt avare dans l'abondance, qui étoit prodigue dans la médiocrité. Je ne dis pas néanmoins que vous ne fuſſiez d'abord beaucoup plus heureux que vous ne l'êtes, & que les commencemens ne répondiſſent à vos idées. La nouveauté a de grands char-

---

* *L'abondance bientôt détruira les plaiſirs;*
Et les ſens émouſſés languiront ſans déſirs.
Paradis Terreſtre par Mad^e du Boccage, chant. 6.

mes. Mais vous seriez bientôt accoutumé à votre nouvel état. Vos trans-
ports se calmeroient insensiblement.
Chaque jour verroit diminuer votre
bonheur; & enfin après un tems assez
court, vous vous retrouveriez précisément au même point dont vous
étiez parti. Cette indifférence pour
ce que vous possédez, cette avidité
pour ce que vous n'avez pas, vous
les sentiriez renaître en vous, & avec
elles tous leurs effets. En un mot,
vous n'êtes point content ; vous ne le
seriez pas davantage ; & peut-être le
seriez-vous moins encore.

VII.

Les hommes sont tout-à-la-fois in-
satiables & bornés dans leurs desirs.
Ils ne desirent, à proprement parler,
du moins d'un desir qui les inquiéte,
que ce qui est auprès d'eux, & à leur
portée ; ils ne songent presque pas au
reste. Ainsi quand ils disent ; *donnez-
moi telle, ou telle chose, & je serai con-*

ient; ils se trompent, mais ils ne mentent pas. Ils ont même raison de croire qu'en obtenant ce qu'ils demandent, ils seroient contens par rapport au desir qui les presse, c'est-à-dire, qu'ils seroient délivrés de la peine que leur cause nécessairement ce desir, privé de son objet. Mais ce desir satisfait produiroit-il une joie durable ? Seroient-ils long-tems bien sensibles au plaisir de posséder ce qu'ils ont souhaité si ardemment ? Ils le pensent ; & c'est leur première erreur.

Au reste, la délivrance d'un desir qui déchiroit le cœur, est toujours l'exemption d'un mal, si elle n'est pas un bien. *Je possède avec indifférence,* pourroit-on dire ; *je désirois avec inquiétude ; je suis donc mieux que je n'étois.* Mais d'un desir satisfait renaissent mille autres desirs. Plus on est grand & élevé, plus on voit au loin ; & plus on voit, plus on desire. D'abord on ne désiroit qu'une seule chose ; un

feul point manquoit à notre bonheur;
& tout y manque lorfqu'il devroit
être parvenu à fon comble, fi nos
premières idées s'étoient trouvées
vraies. Ainfi le cœur va d'objets en
objets, de defirs en defirs, livré tout-
à-la-fois au dégoût & à l'inquiétude.

VIII.

Il n'y a point d'homme qui jouiffant de vingt mille livres de rente, en
refufât autres vingt mille qu'on lui
offriroit à condition de les lui ôter,
s'il n'en étoit pas plus heureux : il
feroit pourtant un mauvais marché
en les acceptant. Probablement vingt
mille livres de rente ajoutées à fon
revenu, n'ajouteroient point effen-
tiellement à fon bonheur. Elles lui
procureroient feulement un bonheur
paffager, après quoi il reviendroit à
fon premier état, peut-être même
defcendroit plus bas, & fe trouveroit
moins heureux qu'il ne l'étoit auparavant. Mais fi alors on lui enlevoit

ces vingt mille livres de rente, faute
d'avoir rempli la condition à laquelle
on les lui avoit données, on le rendroit fort malheureux. Ce feroit le
remettre bien au-deffous de fon premier état.

Je ne connois rien de plus rare
qu'un homme confolé de la perte de
fa fortune, fi ce n'eft un homme devenu plus heureux par l'augmentation de la fienne. Cependant il n'y a
perfonne qui ne voulût être plus riche qu'il ne l'eft, ne fût-ce que pour
un tems.

IX.

Plutarque, dans fon difcours fur
la *cupidité* des richeffes, débute ainfi :
Hippomaque, Maître d'exercices, enten-
dant certaines gens louer un homme de
grande taille, & dont les bras étoient
fort longs, comme étant très-propres au
pugilat ; oui, dit-il, s'il ne s'agiffoit pour
cela que de prendre la couronne où elle eft
fufpendue. On pourroit dire de même à

*ceux qui regardent avec admiration, &
comme le souverain bonheur, de belles
terres, de grandes maisons, de grosses
sommes d'argent; oui, s'il étoit question
d'acheter la félicité, & qu'elle fût à ven-
dre.*

C'est la nature qui fait les heureux, & non la fortune.

X.

*Seigneur, ne me donnez ni la pauvre-
té, ni les richesses* *. Qu'elle est sensée
cette prière du Sage! Qu'elle est phi-
losophique! L'extrême pauvreté &
l'extrême richesse sont presqu'également contraires, non-seulement à la
vertu, mais encore au bonheur. C'est
bien l'occasion d'appliquer la maxime, que les extrêmités se touchent.

Mais de ces deux obstacles au bonheur, la pauvreté & les richesses, lequel est le plus grand? C'est sans
doute la pauvreté, du moins pour

---

* *Mendicitatem & divitias ne dederis mihi.* Proverbes
de Salomon, chap. 30. v. 8.

ceux qui n'ont pas toujours été pauvres. La Philofophie peut confoler
de la privation des chofes agréables ;
la Religion feule confole de la privation des néceffaires. Cependant les
befoins des paffions fe font quelquefois fentir auffi vivement que ceux
de la nature. Tel pauvre, devenu riche, eft plus malheureux aujourd'hui
par le défaut d'un certain fuperflu,
qu'il ne l'étoit autrefois par le défaut
du néceffaire.

XI.

Si un riche étoit bien Philofophe,
Philofophe par le cœur autant que
par l'efprit, il feroit peut-être un peu
plus heureux qu'un autre.

Pour être heureux, il faudroit
avec un certain bien n'avoir point
de paffions, & avoir feulement des
goûts ; & alors on ne pourroit en
avoir trop.

Il faut, dit-on, ménager fes goûts.
Mais cela eft difficile, à moins que

d'en avoir beaucoup; & plus on en a, plus cela est aisé.

Qui a du goût pour tout, n'a de passion pour rien. Les plaisirs lui viennent de toutes parts; plaisirs, à la vérité, moins vifs que ceux des passions, mais plus tranquilles, plus purs, plus fréquens, plus durables. Ses peines sont rares & légères.

De tous les goûts, le plus propre à rendre heureux un homme très-riche, ce seroit celui d'une bienfaisance éclairée & prudente, pourvû néanmoins que cet homme ne fût pas trop sensible à l'ingratitude; car elle est bien commune.

XII.

Le bonheur consiste dans la juste proportion des désirs & des besoins avec les moyens de les satisfaire. Tout ce qui rompt cette espèce d'équilibre, tout ce qui diminue cette proportion, en sorte que les désirs & les besoins soient plus étendus que les moyens, diminue nécessairement le bonheur. Or tel est l'effet de l'augmentation des richesses ; les désirs & les besoins augmentent avec elles, mais beaucoup plus qu'elles.

XIII.

Les inconvéniens des richesses sont assez connus ; mais ils ne frappent point ; ils ne se font point sentir au cœur. Plus indocile que l'esprit, il contredit par ses sentimens secrets, & la Religion, & la Philosophie, & l'expérience. De-là deux sortes de discours par rapport aux richesses, mais rien qu'une sorte d'actions. Tantôt c'est l'esprit, tantôt c'est le cœur qui fait parler ; mais c'est toujours le cœur qui fait agir.

On convient que les besoins & les désirs croissent à proportion des richesses, ou plutôt bien au-delà. Un moment après, cet inconvénient n'est plus qu'une chimère dont il seroit ridicule d'être effrayé.

On convient, & il eſt même paſſé
en proverbe, que les grands biens
cauſent de grands embarras. Mais il
eſt aiſé, dit un homme qui n'a qu'un
bien médiocre, de s'exempter de tous
ces ſoins. Il ſe trouve aſſez de gens
prêts à s'en charger. Les richeſſes
n'embarraſſent qu'un avare qui veut
tout recueillir & ne rien perdre. On
eſt obligé à cette exacte économie,
lorſqu'on n'a que peu de choſe; &
c'eſt un des plus grands inconvéniens
de la médiocrité. Mais, continue-t-il,
ſi j'avois une grande fortune, je ſçau-
rois en ſacrifier une partie à mon repos; & par exemple, ſi on m'offroit
cent milles livres de rente en terres
& en fonds, d'une nature à demander
beaucoup de ſoins, j'en céderois volontiers la moitié pour jouir du reſte
ſans embarras.

Pure illuſion encore, que ce diſcours. On ne voudroit pas faire ce
traité. On ne penſeroit pas dans l'occaſion, comme on penſe en raiſon-

nant fur une fuppofition chimérique,
& même fans y avoir trop réfléchi.
Peut-être néanmoins concluroit-on
ce traité dans l'yvreffe d'une première joie ; mais la plûpart ne tarde-
roient pas long-tems à s'en repentir.
Ils fe reprocheroient mille fois leur
étourderie ou leur pareffe. Ils joui-
roient fans plaifir de cette moitié à
laquelle ils bornoient d'abord tous
leurs vœux, lorfqu'ils viendroient à
penfer qu'il n'a tenu qu'à eux d'avoir
l'autre. Ce n'eft pas que ce traité ne
fût en un fens très-raifonnable & très-
avantageux ; mais il ne faudroit pas
que ce fût un traité. Il ne faudroit
pas que nous euffions été libres de le
faire, ou de ne le pas faire ; car voici
encore une des fources les plus ordinaires du malheur des hommes. Plufieurs partis fe préfentent à eux ; ils
les examinent ; ils découvrent le meilleur, le choififfent, & fe repentent.
Les raifons qui les avoient détermi-
nés, s'affoibliffent, difparoiffent, &

font

font place aux raisons opposées, qui emportent l'ame à leur tour, & la jettent dans le repentir. Il semble que notre choix change la nature des objets. L'expérience vient ensuite qui consomme l'illusion. Le parti que nous avons pris, a ses inconvéniens, & nous les éprouvons; pendant qu'insensibles à ses avantages, nous ne voyons que ceux du parti que nous pouvions prendre. Voilà comme l'imagination se joue de la prudence. C'est elle, & non pas la raison, qui est la cause de la plûpart de nos regrets. Quelqu'imprudens que soient les hommes, ils ne méritent pas tous les reproches d'imprudence qu'ils se font à eux-mêmes. La vanité si attentive à leurs plaisirs en d'autres occasions, devroit bien prendre le soin de les consoler en celles-ci. A la vérité elle leur dit quelquefois qu'ils ont été plus malheureux qu'imprudens. Mais quelquefois aussi elle devroit leur dire qu'ils n'ont été ni l'un ni

l'autre; que leur choix a été auffi bon
que fage; & qu'ils feroient beaucoup
plus à plaindre encore qu'ils ne le
font, s'ils en avoient fait un autre.
Cette confolation feroit d'autant plus
folide, que la raifon l'avoueroit affez
fouvent.

XIV.

Un Manichéen expliqueroit fort
bien par fon fyftême des deux principes, pourquoi, en devenant plus
riche, on n'en devient pas plus heureux. Le bon principe, diroit-il, augmente nos richeffes, pour augmenter notre bonheur; mais en même
tems le mauvais principe augmente
nos défirs à proportion, ou plutôt
fans aucune proportion. Le bon principe double nos richeffes, & le mauvais multiplie nos befoins : en forte
que la bienveillance & les faveurs de
l'un nous deviennent inutiles & même préjudiciables, par la malice de
l'autre.

On voit par-là que deux hommes qui deviennent plus malheureux, ou moins heureux qu'ils ne l'étoient, l'un par l'augmentation de sa fortune, l'autre par la diminution de la sienne, le deviennent précisément par la même raison, c'est-à-dire, par des désirs, qu'ils ne sont point en état de satisfaire. Il n'y a plus entre leurs besoins & leurs richesses la même proportion qui y étoit auparavant. Le bonheur est plus ou moins grand, comme je l'ai dit, selon que cette proportion est plus ou moins exacte. Mais l'exacte proportion ne se rencontre presque jamais. Au contraire, la disproportion, & la très-grande disproportion entre les désirs & les moyens de les contenter, est très-ordinaire. De-là le très-grand nombre des malheureux.

XV.

Il peut absolument se trouver quelqu'un, qui, quoique médiocre-

ment riche, ne défire pas de l'être
davantage, parce qu'il l'eft affez pour
fatisfaire tous ceux de fes défirs &
de fes befoins qui peuvent être fatis-
faits par le moyen des riches. Mais
outre ces défirs & ces befoins, il y
en a beaucoup d'autres pour lefquels
les richeffes font inutiles, fuffent-
elles fans bornes. Elles ne font pas un
moyen univerfel. Les biens les plus
effentiels, comme la fanté & la gayeté, ne font pas de leur reffort. C'eft
la nature qui les donne, & non pas
la fortune. Souvent même la fortune
les a enlevées à ceux à qui la nature
les avoit donnés.

XVI.

La pauvreté eft le défaut du néceffaire. Il y a donc deux fortes de
pauvreté, comme il y a deux fortes
de néceffaire; le néceffaire à la vie,
& le néceffaire à l'état; le néceffaire
à l'homme, & le néceffaire à l'homme de qualité, à l'homme en place

Ainsi il n'y a presque que des pauvres dans le monde. Après ceux ausquels l'usage a fixé ce nom, commence un autre ordre de pauvres qui comprend le plus grand nombre des hommes; ce sont ceux à qui manque le nécessaire de l'état & du rang; privation quelquefois aussi chagrinante, comme je l'ai dit, que celle du nécessaire le plus indispensable. Je ne parle point du nécessaire des passions, & sur-tout des passions des grands. Je parle seulement de ce vrai nécessaire de l'état que la raison avoue, parce qu'il est fondé sur des coutumes & des usages ausquels, quoique souvent peu raisonnables en eux-mêmes, la raison veut qu'on se conforme. Or le défaut de cette espèce de nécessaire fait des pauvres, depuis les conditions les plus médiocres jusqu'aux plus élevées, & principalement dans celles-ci. De-là ce paradoxe, que les plus riches sont communément les plus pauvres, ou pour mieux dire,

les plus *indigens.* Avec plus, ils manquent de plus ; & un Poëte diroit fort
bien que *l'indigence habite fur-tout avec
la richeffe.* La plûpart des grands, du
moins ceux qui le font plutôt par la
naiffance & par les titres, que par les
dignités, font de ces *riches indigens.*
Leur grandeur les appauvrit. Ils s'en-
richiroient en y renonçant, s'il étoit
poffible, & en fe plaçant dans un rang
plus ou moins inférieur, felon qu'ils
font plus ou moins riches. * Ce qu'ils
donnent aux bienféances de la grandeur, ou même à la vanité, ils le
donneroient à d'autres paffions qui
les récompenferoient bien mieux de
ce qu'ils feroient pour elles **. La

---

* *Si on fait A ** & B. ** Ducs, il faudra leur donner du bien, pour n'être pas ridicules.* Lettres de Buffy.

Dans une Monarchie où l'honneur règne feul, le
Prince ne récompenferoit que par des diftinctions, fi les
diftinctions que l'honneur établit, n'étoient jointes à un
luxe qui donne néceffairement des befoins. Le Prince y ré-
compenfe donc par des honneurs qui mènent à la fortune.
Efprit des Loix, l. 5. c. 18.

** Je n'entends ici par paffion, que penchant, inclination pour quelque chofe, abftraction faite de ce que ces pen-

vanité eſt une paſſion également rui-
neuſe & ingrate. Ces dépenſes faſ-
tueuſes qui excitent l'étonnement &
l'envie de ceux qui en ſont les témoins, ne valent ordinairement à
ceux qui les font, que de petits plaiſirs, & leur en coûtent d'autres auſ-
quels ils ſeroient bien plus ſenſibles.
Tel riche, avec cent mille livres de
rente, n'a pas de quoi ſatisfaire une
fantaiſie. Les beſoins vrais ou faux
de ſon rang, abſorbent tout; encore
ne ſont-ils pas remplis.

Il y a plus encore. Souvent le néceſſaire de la vie eſt preſque ſacrifié
au néceſſaire vrai ou prétendu de
l'état, la table à l'équipage. On vit
en pauvre pour paroître riche. Quelques-uns même tâchent de cacher la
médiocrité de leur fortune ſous les
apparences de l'avarice. Ce vice eſt
très-honteux à la vérité; mais la pauvreté l'eſt encore plus : & enfin la

chans & ces inclinations peuvent avoir de mauvais, con-
ſidérés du côté de la morale.

honte de passer pour avare est toujours bien compensée par l'honneur
de passer pour riche.

Le Sage dit qu'il *haïssoit le pauvre*
superbe *. Il auroit donc haï beaucoup de nos grands.

Il est plus ordinaire néanmoins
que les avares veuillent passer pour
pauvres, sur-tout quand ils sont nés
tels. Ainsi l'*Euclion* de *Plaute* veut être
cru encore pauvre, quoiqu'il ait trouvé une marmite pleine d'or. Quant à
l'*Harpagon* de *Moliere*, il voudroit ne
paroître ni avare, ni riche, quoiqu'il
soit l'un & l'autre.

Comme ces grands qui n'ont pas
assez de bien, en ont pourtant beaucoup, ils éprouvent à-la-fois les inconvéniens des richesses & ceux de
la pauvreté. Le gouvernement de ces
biens considérables en eux-mêmes,
quoiqu'insuffisans pour les besoins de
ceux qui les possédent, demande de
l'application, du travail, & même

* *Odivit animâ pauperem superbum.* Eccles. c. 25. v. 36.

une

une forte de capacité. Si les grands,
fatigués, ennuyés, ou incapables de
ces embarras, & de ces foins, veulent
s'en décharger fur autrui, ils fe con-
fient fouvent à des mains infidèles,
ou peu habiles; d'où il arrive que
pendant qu'ils fe ruinent par une dé-
penfe qui excède leurs revenus, on
les ruine encore par une mauvaife
adminiftration.

Heureux, difoit un de ces efcla-
ves & de ces martyrs du rang & de
la vanité, heureux le particulier obf-
cur qui ne règle l'ufage de fon bien
que fur fes goûts, fur fes goûts les
plus chers, & non fur l'opinion des
autres. Heureux celui qui ne dépen-
fe qu'en plaifirs. Je lui envie cette
obfcurité, cette médiocrité, dont il
a quelquefois la foibleffe de rougir.
Je voudrois être à fa place; je fuis
tenté de m'y réduire; je fens combien j'y gagnerois; j'y trouverois la
liberté, la paix & l'abondance. Mais
affez Philofophe pour le voir évi-

demment, je ne le fuis pas affez pour
agir conféquemment. Je n'ai pas la
force de me rendre heureux.

XVII.

On a fouvent dit que nous voyions
les plaifirs des grands & des riches,
mais que nous ne voyions point leurs
peines. Cela, quoique vrai, n'exprime qu'imparfaitement notre illufion;
la voici toute entière. Nous mettons
le bonheur des grands & des riches
où il n'eft pas; nous prenons leurs
peines pour leurs plaifirs. Oui, tout
ce que vous voyez dans ce grand,
dans ce riche, tout cet éclat exté-
rieur qui vous éblouit, voilà ce qui
fait fon malheur. S'il eft heureux,
c'eft par quelqu'autre chofe que vous
ne voyez pas, & qui le dédommage
de ce que vous voyez; c'eft par ce
qui lui eft commun avec vous, &
non par ce qui l'en diftingue.

XVIII.

On n'aime plus certaines chofes, par exemple, la bonne chère, les fpectacles, &c. parce qu'on n'y trouve plus de plaifir ; mais on aime toujours le plaifir qu'on y trouvoit. Ces chofes étoient pour nous une occafion de plaifir ; nous les aimions. Elles ne le font plus ; nous ne les aimons plus. Mais nous n'en aimons pas moins le plaifir qu'elles nous procuroient. Nous regrettons la perte de ce plaifir ; cela fait un vuide dans le cœur. Ainfi ne défirer plus la bonne chère, les fpectacles, ce n'eft pas, à parler exactement, avoir perdu un défir ; c'eft feulement avoir perdu un plaifir. Pour perdre réellement un défir, il faudroit qu'ayant défiré pendant un certain tems une certaine mefure de plaifir, nous vinffions à nous reftreindre, à nous borner, à ne plus défirer qu'une autre mefure de plaifir, moindre que la première.

Il faudroit que notre cœur se resser-
rât, se rapetissât en quelque sorte ;
que sa capacité d'être heureux devenant moins étendue, pût être remplie
par une plus petite mesure de plaisir ;
en un mot, que nous fussions également contens, en possédant moins.
Or, comme la capacité d'être heureux peut s'étendre, je crois aussi
qu'elle peut diminuer, & qu'il arrive
quelquefois en effet qu'elle diminue.

On perd quelquefois un goût &
un plaisir, presque sans s'en appercevoir & sans diminution de bonheur,
parce que ce goût & ce plaisir sont
aussi-tôt remplacés par un autre. Il
n'importe pas quelle soit la nature
du plaisir, pourvû que le degré en
soit toujours le même ; qu'on perde
d'un côté, pourvû qu'on gagne d'un
autre à proportion ; & qu'ainsi la
somme totale ne diminue point.

XIX.

Deux hommes parfaitement con-

tens, s'il en étoit, pourroient être
inégalement heureux. Nous l'éprouvons tous les jours par rapport à de
petits bonheurs particuliers, si je puis
m'exprimer ainsi. Qu'un objet nous
paroisse parfait en son genre, qu'il
nous procure le plus grand plaisir
d'une certaine espèce que nous ayons
goûté, & dont nous ayons idée, nous
voilà contens par rapport à cet objet; & dès-lors que nous n'imaginons
rien de mieux, nous ne désirons rien
de plus. Mais s'il se présente un nouvel objet du même genre que le premier, dans lequel nous découvrions
de nouveaux degrés de perfection,
source de nouveaux degrés de plaisir;
& que nous parvenions à jouir de ce
nouvel objet, & à goûter ces nouveaux degrés de plaisir, qu'arrive-t-il?
Nous étions contens; nous le sommes encore. Le premier plaisir éprou-
vé étoit le terme de nos désirs, aussi-
bien que le second. Mais celui-ci est

plus grand que l'autre; & dès-lors nous sommes plus heureux.

De-là ce paradoxe. On peut changer en mieux le sort de l'homme content; on peut ajouter sans fin à son bonheur.

X X.

La mémoire nous sert mal à l'égard des maux & des biens passés. Elle nous représente ceux-ci comme plus grands, ceux-là comme moindres qu'ils n'ont été: on oublie ce qu'on a précisément senti. De-là vient que l'on regrette si amérement les biens qu'on a perdus, qu'on désire avec tant d'ardeur de les posséder encore, & qu'on craint si peu de s'exposer une seconde fois aux maux qu'on a éprouvés.

On est beaucoup plus sensible aux privations qu'aux exemptions; & les premières sont bien plus une peine, que les secondes ne sont un plaisir.

Que j'eus de plaisir alors, s'écrioit quelqu'un en racontant une aventure agréable qui lui étoit arrivée ! *Pas tant*, lui répondit-on, *que vous le croyez à préfent.*

Au refte la manière de fe fouvenir, foit du bien, foit du mal, dépend beaucoup de la manière d'être actuelle.

Le fouvenir des peines paffées n'eft pas toujours agréable, mais il eft utile ; & en ce fens du moins, *meminiffe juvabit.*

L'expérience qui eft la principale fource de la fageffe, eft fur-tout l'expérience de nos fautes & de nos peines.

X X I.

On dit communément qu'on fent le plaifir avec d'autant plus de vivacité, qu'on l'a défiré avec plus d'ardeur ; & cette maxime fe vérifie, lorfque le plaifir dont nous venons à jouir après d'ardens défirs, fe trouve

précisément tel que nous nous l'é-
tions figuré; mais c'eft ce qui n'arrive prefque jamais. Le défir eft pro-
portionné à l'idée qu'on fe fait du
plaifir; & la jouiffance montre ordinairement la fauffeté de cette idée.
Ainfi le défir qui précède le plaifir, y
nuit prefque toujours plus qu'il n'y
fert. Il avoit trop promis.

Il en eft de l'expérience des maux
comme de celle des biens. L'une &
l'autre nous montrent également l'excès ridicule de nos craintes & de nos
défirs. Elles nous font dire également,
ment, *n'eft-ce que cela.*

Il y a des perfonnes fur qui la crainte fait de fi terribles impreffions, que
ne pouvant les en guérir, on eft réduit à leur fouhaiter ce qu'elles craignent. Elles fouffriroient moins du
mal même, que de la terreur qu'il
leur infpire.

L'éloignement de l'avenir nous
l'embellit, ou nous l'enlaidit bien au-
delà de la vérité. Quand enfin il eft

devenu préſent, & qu'il a duré un certain tems, (car la première impreſſion eſt encore trompeuſe,) on trouve qu'il reſſemble beaucoup au paſſé.

XXII.

Cette ſorte d'égalité, ou de preſqu'égalité qu'il y a par rapport au bonheur entre les différens états qui partagent les hommes, ſe trouve auſſi entre les différens tems & les différens âges de la vie. Les différens âges ſont comme différentes conditions.

Chaque âge, dit-on, a ſes plaiſirs; ſi les années en ôtent, elles en donnent, en ſorte que ce qu'on perd d'un côté, on le regagne de l'autre, & qu'il y a compenſation, même dans la vieilleſſe, pourvû que la ſanté ſe ſoutienne. Cependant s'il y avoit un âge plus propre au bonheur par luimême, & par le phyſique, ce ſeroit l'âge mûr, & non, comme on le croit communément, l'enfance ou la jeuneſſe; mais il y eſt le moins propre par le moral, pour la plûpart des hommes. C'eſt l'âge de l'ambition, des projets de fortune, des affaires, & de tout ce qui eſt compris dans ce que *Rouſſeau* appelle *ſoins de famille* *.

L'enfance & la jeuneſſe ſont peut-être plus propres au plaiſir, du moins au plaiſir vif; mais c'eſt par cela même qu'elles ſont moins propres au bonheur.

L'enfance & la jeuneſſe ſont plus propres aux plaiſirs des ſens, moins à ceux de l'ame. Or c'eſt ſur-tout dans ceux-ci que conſiſte le bonheur.

XXIII.

Le mauvais uſage tant moral que phyſique de la jeuneſſe, eſt la principale cauſe du malheur des âges qui la ſuivent.

Les jeunes gens ſe gâtent l'avenir

---

* *Dans l'âge mûr autre combat;*
L'ambition le ſollicite.
Richeſſes, dignités, éclat,
Soins de famille, tout l'agite.

en plufieurs manières. Les principales font que les plaifirs cxceffifs par
le nombre & par le degré, altèrent la
fanté, ufent la fenfibilité, & nuifent
à la fortune, foit faite, foit à faire.

Vivre d'efpérance, quelle pauvre vie!
dit un jeune homme; *c'eft une nourriture bien légère, bien creufe.* On pourroit dire au contraire qu'elle eft très-
fubftantielle & néanmoins très-aifée
à digérer.

XXIV.

Ordinairement ce n'eft que dans
l'âge mûr qu'on voit évidemment,
& qu'on fent vivement la vérité de
certaines maximes de conduite qu'on
avoit apprifes dans fa jeuneffe. Alors
on les connoiffoit; on les croyoit même d'une certaine façon; mais on ne
les voyoit pas, on ne les fentoit pas,
& par conféquent on ne les fçavoit
pas, à proprement parler. La plûpart
des hommes ne s'inftruifent bien que
par leur propre expérience; encore

y en a-t-il beaucoup qui ne s'inftruifent jamais, ou qui s'inftruifent en
vain.

XXV.

Il ne faut facrifier abfolument ni
le préfent à l'avenir, ni l'avenir au
préfent. Si pourtant on avoit à prendre un peu trop fur l'un en faveur de
l'autre, c'eft fur le préfent qu'il vaudroit mieux prendre.

Il faut plutôt faire ce qu'on fera
bien-aife d'avoir fait, que ce qu'on
eft bien-aife de faire.

Il feroit plus raifonnable de facrifier la jeuneffe à l'âge mûr, que celui-
ci à la vieilleffe. On fait néanmoins
tout le contraire; & moins il refte
d'avenir, plus on eft difpofé à lui facrifier le préfent.

L'âge mûr eft fouvent la victime
de la jeuneffe & de la vieilleffe, parce
qu'il a à réparer l'ignorance & la folie
de l'une, & à prévenir l'impuiffance
de l'autre.

Sacrifier trop l'avenir au préfent dans la jeuneffe, c'eft folie. Sacrifier trop le préfent à l'avenir dans l'âge mûr, c'eft fottife.

Soyons heureux dès aujourd'hui; pourvû que cela ne nous empêche pas de l'être demain.

XXVI.

L'ennui & la langueur de l'ame, l'inquiétude & le chagrin, la douleur & les maladies, voilà les trois grandes fources du malheur des hommes. Mais où fe trouvent-elles plus communément? Eft-ce chez le peuple & les petits, ou chez les grands & les riches?

XXVII.

Tout plaifir ennuie à la fin, s'il dure trop long-tems. Ne faut-il attribuer cet ennui qu'à l'affoibliffement des organes du corps? Ne pourroit-on pas dire que l'ame elle-même fe laffe & fe dégoûte, & qu'elle ne re-

cevroit plus les mêmes impreſſions
du plaiſir trop ſouvent réitéré, quand
même les organes qui ſervent à le lui
tranſmettre, ne s'affoibliroient pas?

La nouveauté eſt le ſel du plaiſir.
Ce n'eſt pas ſeulement à cauſe de la
vivacité de leurs ſens & de la force
de leurs organes, que les jeunes gens
ſont ſi ſenſibles aux plaiſirs; c'eſt encore parce que ces plaiſirs ſont nouveaux pour eux.

Quelqu'un diſoit: *Ce n'eſt pas moi*
qui ſuis uſé pour les plaiſirs; ce ſont les
plaiſirs qui ſont uſés pour moi.

XXVIII.

On m'apprend une mauvaiſe nouvelle, & j'en ſuis conſterné: cependant je ne ſens d'abord que confuſément de quelle conſéquence elle eſt
pour moi, & les ſuites funeſtes du
fâcheux événement qu'on m'annonce. Le lendemain je vois tout cela
plus diſtinctement; mon malheur me
paroît inévitable & irréparable. Je le

connois mieux, & j'en suis moins touché. Je pense plus tristement, & je sens moins vivement.

XXIX.

Il faut fuir les plaisirs vifs, crainte de s'y accoutumer.

Du plaisir naît le besoin du plaisir, & d'un plus grand plaisir.

Une des plus grandes peines qui suivent les plaisirs, c'est la passion même des plaisirs.

Quand les plaisirs trop vifs n'auroient d'autre suite fâcheuse que la langueur & l'ennui où l'ame tombe, lorsqu'elle est réduite aux plaisirs modérés, c'en seroit assez pour les éviter.

On ne s'ennuie jamais davantage qu'après les plaisirs; & l'ennui qui les fait chercher, est presque toujours plus aisé à supporter que celui qui les suit *.

Lorsque les plaisirs ne sont que des

* Les gens qui se divertissent trop, s'ennuient, *dit la Reine Christine dans son Ouvrage de loisir.*

délaſſemens, ils ne laiſſent après eux
ni vuide, ni beſoin.

XXX.

Le ſot s'ennuie moins que l'hom=
me d'eſprit, parce que peu de choſe
ſuffit pour l'occuper. L'homme d'eſprit s'ennuie moins que le ſot, parce
qu'il ſçait mieux s'occuper.

A meſure qu'on avance en âge,
on a plus beſoin d'occupation pour
éviter l'ennui. L'eſprit devenant alors
plus ſolide, & les paſſions s'affoiblif-
ſant, le goût de l'amuſement & du
plaiſir eſt moins vif. Ainſi il faut des
jeux aux enfans, des plaiſirs aux jeunes gens, de l'étude, ou des affaires
aux hommes faits.

Le travail eſt une meilleure reſſource contre l'ennui que les plaiſirs.

Lorſqu'on aime le travail, les plaiſirs en augmenteroïent plutôt le goût,
que de le diminuer. Un homme d'é-
tude, par exemple, revient toujours
avec délices dans ſon cabinet. Nulle

part

part il ne fe trouve fi bien. Le plaifir du travail a bien des avantages fur la plûpart des autres plaifirs.

Si les plaifirs dégoûtent du travail, le travail dégoûte auffi des plaifirs.

Le plaifir attaché au travail, eft un des plus grands bienfaits du Créateur, auffi-bien qu'un des traits les plus marqués de fa fageffe *.

Le travail ne nous délivre pas feulement de l'ennui, mais encore de la trifteffe, de la mélancolie, de l'inquiétude. Il nous délivre du premier, en excitant des penfées, ou des fentimens qui du moins n'ont rien de défagréable. Il nous délivre des autres, en écartant des penfées, ou des fen-

---

* *Le travail eft fouvent le pere du plaifir.*

Je plains l'homme accablé du poids de fon loifir. M. de Voltaire, 4e Difcours en vers.

M. Peliffon s'exprime ainfi fur Louis XIV.

Le Roi .... *s'étoit enfin réfolu à gouverner par lui-même, & y trouvoit tous les jours plus de facilité, découvrant avec joie que les affaires, outre qu'elles ont leur plaifir, grand & fenfible aux ames bien faites, ajoutent je ne fçai qu'elle force & quelle pointe à tous les autres plaifirs, &c.* Hiftoire de Louis XIV. T. I, page 41.

Tome I. Gg

timens qui feroient défagréables. Il
eft occupation, & il fait diverfion.

Pour que le cœur foit tranquille,
il faut que l'efprit ou le corps foient
un peu agités.

L'homme eft de fon propre fonds
fi malheureux & fi corrompu, que
les idées aufquelles l'oifiveté le livre,
font prefque toujours triftes ou cri-
minelles.

Le travail auquel on ne s'applique
que pour chaffer l'ennui, n'occupe
pas toujours affez vivement pour le
chaffer en effet. Pour en tirer ce fruit-
là, il faut ordinairement en avoir un
autre en vûe, avoir un objet, un but
particulier.

Les plaifirs ne font pas toujours
néceffaires après le travail : il ne faut
fouvent que du repos, ou des plaifirs
très-fimples. Les plaifirs trop vifs ne
conviennent point, quand on a befoin de délaffement : l'agitation qu'ils
caufent, eft une nouvelle fatigue.

Il faut pourtant que les plaifirs qui

fuccèdent aux travaux d'efprit, aient affez de force pour retirer l'ame des idées qui l'occupoient. Il faut qu'ils puiffent être pour elles des *divertiffemens*, dans le fens propre de ce mot. Si les fpectacles pouvoient être innocens, ce feroit le délaffement le plus convenable aux gens de Lettres, & en général aux gens de cabinet.

XXXI.

Un des plus grands avantages de la fincère piété pour cette vie, c'eft qu'elle eft le meilleur moyen d'éviter l'ennui.

Il y a bien de petits plaifirs dans la dévotion ordinaire, par exemple, dans celle de beaucoup de femmes, qui ne fe trouvent point dans la véritable vertu. Mais ces plaifirs reffemblent encore trop aux plaifirs du monde, aux plaifirs frivoles, pour faire un folide bonheur.

La converfion d'une jeune perfonne eft ordinairement plus fincère que

celle d'une femme qui est déjà sur le
retour. La jeune quitte le monde
pour la vertu; c'est la grace qui la
touche. La vieille ne le quitte que
pour la dévotion; c'est un changement de pure bienséance. L'une veut
fuir des dangers; l'autre éviter des ridicules. La jeune en quittant le monde, se quitte elle-même; la vieille y
devient plus attachée qu'auparavant.
Dans celle-là l'amour de Dieu triom-
phe de l'amour propre; dans celle-ci
l'amour propre ne fait que changer
de forme; & reste toujours le principe des actions.

Une femme encore jeune, n'ose,
par respect humain, prendre le parti
de la dévotion. Elle le prendra dans
quelques années par ce même respect
humain; en sorte qu'elle deviendra,
ou pour mieux dire, qu'elle se fera
dévote dans sa vieillesse, précisément
par le même motif qui l'a empêchée
de l'être dans sa jeunesse.

XXXII.

L'ufage trop fréquent des mêmes plaifirs en émouffe, pour ainfi dire, la pointe. Une tempérance délicate les affaifonne, & en réveille le goût. Lorfqu'on s'y livre fans ménagement, on eft bientôt puni de fes excès par la fatiété. Ils ceffent d'exciter ces fentimens vifs qu'ils nous faifoient éprouver d'abord; bientôt ils viennent jufqu'à nous répugner. On eft contraint d'y chercher du raffinement, comme l'on cherche du foulagement dans les maux.

XXXIII.

On a eu raifon de dire qu'en matière de plaifir, il faut calculer, pefer, & que la fageffe doit toujours avoir les jettons, la balance à la main. Il y a peu de plaifirs qui ne foient précédés ou fuivis de peines, & qu'il ne faille payer, foit avant, foit après la jouiffance. Il faut donc examiner fi

on ne les achete point trop cher. La
comparaison entre les plaisirs & les
peines, peut non-feulement nous empêcher d'agir en conféquence de nos
défirs, ce qui eft déja un grand avantage, mais encore réprimer, ou du
moins modérer les défirs mêmes. Si
le cœur a tant de pouvoir fur l'efprit,
comme une fâcheufe expérience ne
l'apprend que trop, il eft certain que
l'efprit peut auffi quelque chofe fur
le cœur. Et ne craignons pas de préfu-
mer trop de nous-mêmes, en croyant
ce pouvoir de notre raifon fur nos
paffions, plus grand qu'il ne l'eft en
effet. Il confifte en grande partie dans
l'idée que nous en avons. Une jufte
confiance augmente nos forces. A
la vérité l'humilité chrétienne veut
qu'on fe défie de fa foibleffe, & qu'on
prenne contre elle de fages mefures.
Mais il y a auffi une humilité, liber-
tine dans fon principe, ou du moins
très-propre à conduire au libertinage, qui exagère cette même foibleffe,

& en fait une impuissance absolue.
On rabaisse la raison, pour se dispen-
ser de la suivre. On s'égale aux bêtes,
pour pouvoir vivre comme elles, sans
honte & sans remords.

XXXIV.

Fuyez tout plaisir qui pourroit être
suivi de repentir; n'en goûtez aucun
jusqu'à la satiété. Ce sont-là les deux
règles du sage dans le choix & dans
l'usage des plaisirs.

Les deux grands moyens de diminuer les maux de la vie, sont 1°. de
les prévoir avant qu'ils arrivent, mais
d'une prévoyance exempte d'inquiétude, & qui n'aille point jusqu'à faire
souffrir d'avance pour des malheurs
qui n'arriveront peut-être pas. 2°. De
les voir tels qu'ils sont, quand ils arrivent; de ne les point grossir par une
fausse manière de penser, & de n'a-
jouter point aux maux réels, des
maux imaginaires.

Ces deux réflexions comprennent

tout ce qu'on peut dire fur la matière
du bonheur. Il y a des plaifirs & des
peines, des biens & des maux attachés
à la condition humaine. Or l'art d'ê-
tre heureux, autant qu'on peut l'être,
confifte d'une part, à tirer le meilleur parti poffible de ces biens; & de
l'autre, à fouffrir le moins qu'il eft
poffible de ces maux.

PARALLELE DE L'ÉTUDE
ET DE LA VIE.

I.

L'Homme qui au fortir des ténèbres de l'enfance, & après l'agitation
de la première jeuneffe, commence à
s'appercevoir qu'il vit, & à réfléchir
fur fon exiftence; & celui qui, délivré
du joug des premiers maîtres, fe livre
par goût & par choix à la recherche
de la vérité, ces deux hommes, dis-
je, entrent dans deux efpèces de car-
rières bien différentes, celle de la vie
& celle de l'étude.

                                    Celui

Celui qui entre dans la carrière de la vie, n'en voit point le terme ; il ne fçauroit cependant fe cacher qu'elle en a un. Il voit tous les jours des gens qui y arrivent, & qui, comme lui, ne l'avoient point apperçu ; cela feul l'empêche de fe faire illufion à cet égard : car il feroit naturellement porté à conclure que l'efpace qu'il doit parcourir, eft infini, de ce qu'il n'en voit point les bornes.

Cinquante ou foixante années de vie paroiffent une durée infinie à un jeune homme, comme deux ou trois piftoles paroiffent une fortune iné-puifable à un enfant.

Celui au contraire qui entre dans la carrière de l'étude, qui veut enri-chir fon efprit de connoiffances utiles, ou du moins curieufes, fe propofe d'ordinaire un certain tems où il fe flatte d'avoir atteint fon but, & de pouvoir borner fes recherches.

Un jeune homme ne conçoit point ce qu'un vieillard lui dit fur la briéveté & la rapidité de la vie, ni ce qu'un Sçavant lui dit fur l'étendue des Sciences.

I I.

A peine le vivant, fi j'ofe m'exprimer ainfi, a-t-il commencé fa carrière, qu'il l'a finie. Il n'a encore fait que quelques pas, & il ne lui en refte plus à faire. Le terme peu attendu paroît tout-à-coup, & l'arrête au milieu de fa courfe *.

L'homme d'étude au contraire,

---

* Feu M. l'Abbé des *Fontaines* étant encore Jéfuite, & Régent de Rhétorique à Rennes, fit une ode qu'il intitula : *Le vain ufage de la vie.* C'eft fon meilleur ouvrage en vers, car il avoit débuté par la poëfie. Voici la première ftrophe.

> *Faut-il que d'une main avare*
> *Le Ciel ait difpenfé nos jours,*
> *Et que la nature barbare*
> *En termine fi-tôt le cours !*
> *Une vafte & longue carrière*
> *Séduit nos yeux à la barrière ;*
> *Bientôt le terme eft apperçu.*
> *Vainement on voudroit pourfuivre ;*
> *A peine fonge-t-on à vivre,*
> *Qu'il faut fonger qu'on a vécu.*

qui croyoit appercevoir de fort près
le terme de fa carrière, arrive à l'endroit où il l'avoit fixé d'abord, étonné de l'intervalle immenfe qui l'en
fépare encore ; il s'en trouve plus loin
que lorfqu'il avoit commencé à marcher. Chaque pas qu'il fait pour l'atteindre, paroît l'en éloigner. A mefure qu'il avance, ce terme s'enfuit,
pour ainfi dire, devant fes yeux. Enfin
il le perd de vûe ; ou du moins il ne
le voit plus que dans un éloignement
prefqu'infini qui lui ôte jufqu'à l'efpérance d'y parvenir ; & c'eft alors
qu'il a atteint le feul but qu'il foit capable d'atteindre. Celui-là feul connoît en quoi confifte la véritable
fcience, qui défefpere fagement de
l'acquérir.

Deux des écoliers du Pere *Guyot* (c'eft le nom de famille de l'Abbé des *Fontaines*, & il le portoit alors,)
traduifirent cette ode en vers latins hexametres. L'un
d'eux, depuis Jéfuite (le Pere *Fleuriau*) rendit ainfi
les deux derniers vers de cette ftrophe,

Vult vivere, vixit.

III.

Dans la carrière de la vie, les hommes marchent toujours, & fort vîte;
& même, si on les en croyoit, on
leur épargneroit plus de la moitié du
chemin. Le terme est cependant la
mort qu'ils haïssent & qu'ils craignent. La vie est bien courte, disent-
ils; cependant les jours leur paroiffent longs. Ils voudroient presque
tous abréger ces jours, & même en
retrancher plusieurs entiérement; que
dis-je, retrancher des mois & des années; quoique par-là ils abrégeassent
d'autant leur vie.

Dans la carrière de l'étude, les
hommes marchent d'un pas tardif &
lent; souvent ils s'arrêtent; ils reculent même. On oublie ce qu'on sçavoit. On découvre, sur-tout en matière de Philosophie, qu'on ne sçavoit
pas ce qu'on croyoit sçavoir, & que
par bien des travaux on n'a fait sur
plusieurs points, qu'ajouter l'erreur

à l'ignorance. M. *Nicole* difoit en ce
fens ; *je défapprens tous les jours.*

IV.

Dans la carrière de la vie, plus on
avance, plus le chemin eft pénible.
On eft moins malheureux dans l'enfance & dans la jeuneffe, que dans
les âges fuivans. Les malheurs fem-
blent fe multiplier avec les années.

Dans la carrière de l'étude, il n'y
a que les commencemens qui foient
difficiles ; le chemin s'applanit dans
la fuite. Plus on a couru, plus il eft
facile de courir.

V.

Le plus fage des vivans eft celui
qui fe croit le plus près de la mort, &
qui règle tous fes pas fur cette penfée.
Le plus fenfé au contraire parmi
ceux qui recherchent la fcience, eft
celui qui s'en croit le plus éloigné,
& qui, quelques lumières qu'il ait
acquifes, quelqu'avancé qu'il foit dans

fa route, étudie, comme s'il ne fçavoit encore rien; marche, comme
s'il en étoit encore aux premiers pas.

DES AVIS.

I.

VOus avez donné d'utiles avis à
un homme vicieux; il n'en a point
profité; & vous vous en prenez à fon
orgueil, ou à la corruption de fon
cœur. Peut-être ne faut-il vous en
prendre qu'à la manière dont vous
les avez donnés. Il falloit ménager
& l'amour propre de cet homme, &
le vice même dont vous vouliez le
corriger.

Souvent un homme fujet à de certaines foibleffes, eft en même tems
vain, orgueilleux, impérieux. Pour
lui donner utilement des avis, il faudroit lui reffembler un peu par fes
foibleffes, & ne lui point reffembler
par l'orgueil & la hauteur.

On n'éclaire point quand on bleffe

l'amour propre, ou l'on éclaire inutilement; & ce qu'il y a de pis, plus on éclaire, plus on bleſſe.

I I.

En matière de maux ſpirituels, il faudroit ſouvent, pour guérir le malade, ne lui laiſſer pas même appercevoir qu'on le traite.

Il faut qu'il ne paroiſſe ni colère, ni malignité dans les avis qu'on donne aux autres. Mais il y auroit moins d'inconvénient à y mettre de la force & même de la dureté, qu'à ſe ſervir de la raillerie.

La vérité ne doit ſe produire qu'avec la prudence & la douceur. Ces deux dernières qualités ſe trouvent volontiers enſemble. Mais quelquefois elles font trop craindre de dire la vérité.

On dit qu'on aime trop quelqu'un pour lui déplaire. Souvent il faudroit plutôt dire qu'on s'aime trop ſoi-même.

H h iv

III.

Le grand inconvénient des avis est de faire penfer à celui qui les reçoit, que celui qui les donne, le hait ou le méprife. Il faut donc qu'ils foient toujours accompagnés de marques d'amitié & d'eftime; & pour cet effet n'en donner jamais, quand on fe fent de l'humeur, de la colère, &c. Cependant on n'en donne guères que quand on eft fâché contre les gens. Alors on ne craint point de les fâcher. On ne le craint que lorfqu'on n'eft plus fâché foi même; & l'avis eft fupprimé, foit par une forte de bonté qui n'eft que foibleffe, foit par un motif d'intérêt propre & perfonnel. Souvent, je le répète, c'eft bien moins par rapport aux autres, que par rapport à foi-même, qu'on craint de leur faire de la peine.

On dit de quelqu'un qu'il ne fçauroit fouffrir qu'on le contredife, ou qu'on le reprenne; & on le dit fur ce qu'il a été bleffé d'une contradiction, où d'un avis qui n'avoient été accompagnés d'aucun ménagement.

Vous dites que je ne fçais pas recevoir un avis. Mais fçavez-vous le donner ? Cela devroit pourtant être beaucoup plus aifé.

C'eft par orgueil qu'on reçoit mal un bon avis. Mais c'eft quelquefois par un plus grand orgueil encore que celui qui a donné l'avis, eft fi fâché qu'on l'ait mal reçu.

Peut-être n'eft-il guères plus rare de fçavoir être raillé, contredit, repris, que de fçavoir railler, contredire, reprendre ; & qui ne fçait pas l'un, rarement fçait l'autre. Le même orgueil fait qu'on ne fçait ni donner ni recevoir un avis.

IV.

Il y a une double utilité à demander des avis ; celle qui réfulte du bon avis donné, & celle de flatter les perfonnes qu'on confulte. On les flatte 1°. en leur marquant une confiance qui prouve amitié & eftime, eftime & de leur probité, & de leurs lumières. 2°. En leur donnant lieu de prouver en effet cette probité & ces lumières. Enfin on leur plaît par la modeftie & la docilité qu'on leur montre.

Perfonne ne nous paroîtroit plus aimable & plus eftimable qu'un homme de mérite qui feroit dans l'ufage de nous demander confeil & de le fuivre, fur-tout s'il n'avoit cette déférence & cette docilité que pour nous.

C'eft la preuve de beaucoup de vertu ou de beaucoup de prudence, que de bien recevoir un bon avis mal donné.

Quand on ne demande confeil que pour flatter ceux à qui on le demande, il faut être bien déterminé à fuivre ce confeil, & par conféquent bien fûr qu'il ne fera pas tel qu'on ne puiffe le fuivre.

Il y a quelquefois autant d'inconvénient à ne pas fuivre un mauvais confeil, qu'à le fuivre.

Puifque les confeils peuvent être fi utiles à qui fçait en faire le difcernement, pourquoi eft-il quelquefois fi dangereux d'en demander?

Il s'en faut bien que la feule qualité néceffaire pour mériter d'être confulté, foit d'être éclairé.

V.

On fe confeille mal foi-même, & on confeille mal les autres, parce qu'on n'eft pas affez autrui pour foi, & qu'on l'eft trop pour les autres.

Lorfqu'on délibère pour foi en matière importante, fi on a beaucoup d'efprit, fi on entend bien la matière en queftion, on voit mieux que les autres toutes les raifons pour & contre ; mais les autres, même avec moins de lumières, difcernent mieux la raifon décifive. Nous comp-

tons mieux pour nous-mêmes; les
autres pefent mieux.

VI.

Voici encore une autre efpèce de
gens utiles & dangereux à-la-fois
à confulter. Tel, par exemple, eft
prefque toujours pour le mauvais
parti, pour le faux; il conclud mal;
mais il ne lui échappe aucune des
raifons pour & contre, & il les expofe
bien. Il approfondit, il épuife les matières; il eft fécond en reffources, en
expédiens. Il fournit de quoi n'être
pas de fon avis. Je profite de fon efprit, en méprifant fon jugement.

Souvent le même homme eft peu
capable de donner de bons avis, &
très-capable d'en faire goûter de
mauvais.

VII.

Si vous voulez forcer vos ennemis
à vous louer, laiffez à vos amis la
liberté de vous reprendre. Les louan-

ges de vos ennemis feront le fruit des avis de vos amis. Mais qu'ils font rares ces amis également éclairés & vertueux ! Qu'il y a de manières d'abufer de la confiance de quelqu'un !

DE LA RAILLERIE.

I.

TEl Railleur n'eſt que vain, & n'eſt point malin. Il ne veut que dire un bon mot, & n'a point intention d'offenfer. Cependant, comme il ne peut pas ne point voir qu'il offenfe, il eſt toujours vrai qu'il eſt plus vain que bon, & qu'il a plus d'envie de montrer de l'efprit, que de crainte de bleffer les autres.

II.

La Raillerie eſt doublement injuſte, lorfqu'elle eſt impolie, & lorfqu'elle porte à faux.

La Raillerie porte à faux, non-feu-

lement lorfqu'on raille quelqu'un
fur un défaut qu'il n'a point, ce qui
n'arrive guères ; mais encore lorfqu'on cherche à faire paroître ridicule ce qui ne l'eft point; & cela
arrive fort fouvent.

III.

Les railleries les plus offenfantes
font celles qui font à-la-fois les plus
juftes & les plus ingénieufes. Ainfi
lorfqu'on reproche à N.... qu'il eft
railleur, il s'excufe mal en difant
qu'on ne l'a jamais vû faire une raillerie plate ou injufte. Au refte, toute raillerie qui offenfe, eft injufte, à
proportion de l'importance de ce
qui en fait la matière.

IV.

Si la raillerie peut être permife, ce
n'eft qu'à ces trois conditions. 1°. Ne
railler que fur des défauts libres &
volontaires, des défauts peu impor-
tans, & qui n'aviliffent ceux qui les

ont, ni à leurs propres yeux, ni aux yeux des autres. 2°. Ne railler que ceux qui fçavent bien que nous les eftimons, & que nous les aimons. 3°. Ne les railler qu'en préfence de ceux qui ont pour eux les mêmes fentimens. Ce qui pique dans la raillerie, c'eft qu'elle eft une marque de mépris pour celui qui en eft l'objet, ou du moins qu'elle eft très-propre à en infpirer, & fur-tout à infpirer cette forte de mépris qui naît du ridicule.

V.

Comme les railleurs font les plus fenfibles à la raillerie, lorfqu'ils ne peuvent la repouffer, ou attaquer à leur tour, l'efprit railleur eft encore plus haï par ceux qui l'ont, que par ceux qui ne l'ont pas.

Perfonne ne hait plus un bon railleur qu'un moins bon.

Un talent fupérieur au nôtre, & qui s'exerce à nos dépens, nous paroît doublement haïffable.

Et voilà ce qui rend les railleurs inexcufables. Par le mal qu'ils fentent, ne connoiffent-ils pas celui qu'ils font? S'il y avoit un railleur infenfible à la raillerie, je l'excuferois peut-être.

Je me trompe; je ne l'excuferois point encore, du moins s'il eft bon railleur; car s'il l'eft, il a de l'efprit, & il connoît l'homme. Il fçait donc que la raillerie doit bleffer les autres, quoiqu'elle ne le bleffe point lui-même. Il fçait qu'ils ne lui reffemblent pas.

VI.

Il n'y a perfonne qui ne fçache bien que tout railleur eft détefté, & à proportion, comme je l'ai dit, qu'il raille plus ingénieufement. Cependant ce qu'il y a peut-être de plus difficile, de plus beau, je dirois volontiers, de plus héroïque, c'eft de ne railler jamais, malgré beaucoup de penchant & de talent pour la raillerie.

rie, fur-tout fi l'on n'a guères d'autre talent.

VII.

Plus on vit dans le monde, moins
on y fent les vices, & mieux on y
fent les ridicules. *Heraclite* eût bientôt cessé d'y pleurer; *Démocrite* y eût
toujours ri davantage. On y devient
moins misanthrope, & on y devien-
droit volontiers plus railleur, fi le
penchant à la raillerie toujours plus
excité par les occasions, n'étoit en
même tems réprimé par le danger
toujours mieux connu de s'y livrer.

VIII.

Si la raillerie piquante l'est d'autant plus, fur-tout en préfence d'autrui, que le railleur eft d'un rang plus
fupérieur à celui du raillé, la raillerie douce & modérée eft d'autant
plus flatteufe, parce qu'elle marque
de la familiarité, & qu'elle y invite.
Mais comme la diftinction entre ces

deux fortes de railleries eft extrêmement délicate, le railleur & le raillé
peuvent très-aifément s'y méprendre.
Le plus fûr eft donc de ne railler jamais fes inférieurs *.

IX.

S'il y a quelque chofe de plus rare
encore que le bon railleur & le bon
plaifant, c'eft le bon raillé & le bon
plaifanté. Mais il eft encore plus rare
d'être à-la-fois l'un & l'autre, bon
railleur & bon raillé, bon plaifant &
bon plaifanté.

L'embarras de celui qu'on raille &

---

* M. Chanut parle ainfi de la fameufe Chriftine,
Reine de Suéde. *Quand elle eft avec des perfonnes de qui
elle ne croit pas pouvoir apprendre quelque chofe, elle
tranche court, & ne s'étend en difcours qu'autant que la
néceffité le demande ; auffi tous fes domeftiques lui parlent
peu, mais ils ne laiffent pas de l'aimer, parce que, pour
peu qu'elle leur parle, c'eft avec douceur ; & elle leur eft
très-bonne maîtreffe. Elle fe divertit quelquefois à railler
avec eux, & elle le fait de fort bonne grace & fans aigreur.
Cependant il feroit peut-être mieux qu'elle s'en abftînt ;
parce qu'il refte toujours quelqu'appréhenfion de mépris en
ceux qui ont été raillés ; mais cela ne leur arrive que rarement, &c.*

qu'on plaifante, vient principalement de ce qu'il eft piqué, & qu'il
voudroit ne le point paroître.

. Il faut entendre raillerie; mais il
n'eft pas dit qu'il faille entendre injure. Le galant homme entend raillerie. Le bon chrétien fouffre & pardonne l'injure.

DES GRANDS.

I.

C'Est un mot auffi vrai qu'ingénieux fur la grandeur, qu'elle n'eft
qu'un affemblage de grands devoirs,
& de grands obftacles à les remplir.

Il ne faut que de la raifon pour ne
pas s'enorgueillir d'être Roi. Il faut
bien de la vertu pour ne pas tirer
quelque vanité d'être un bon & grand
Roi.

Plût aux Dieux, difoit un ancien,
que les Philofophes régnaffent, ou que les

Li ij

Rois philosophassent *. Je m'en tiens au
dernier; & j'applaudis à celui qui a
dit qu'il ne se soucieroit pas trop
qu'un Philosophe devînt son Roi;
mais qu'il voudroit fort que son Roi
devînt Philosophe.

La grandeur rend la vertu plus res-
pectable au vulgaire & au Philosophe; au vulgaire, parce que la grandeur lui impose; au Philosophe, parce qu'il sçait que la grandeur est un
obstacle à la vertu.

On dit communément que, pour se
venger de leur infériorité, les petits
jugent les grands à la rigueur, & ne
leur pardonnent rien **. Cependant, à
l'exception des caustiques & des fron-
deurs de profession, ou de ces gens
qui haïssent toujours ceux qui sont
en place, comme s'il étoit d'un grand

* Utinam Philosophi regnarent, aut Reges philosopha-
rentur!

** On sçait le mot de Montaigne. Puisque nous ne la
pouvons aveindre (la grandeur) vengeons-nous à en
médire.

cœur de n'aimer que les misérables ,
enfin de ceux qui croient avoir sujet
de se plaindre des grands, il me semble qu'on en dit & même qu'on en
pense ordinairement plus de bien &
moins de mal qu'il n'y en a en effet.
Si la grandeur indispose, je le répéte,
elle impose. Si elle met dans un plus
grand jour les mauvaises qualités
aussi-bien que les bonnes, ce grand
jour ne laisse pas de leur être favorable. On pourroit dire encore que la
grandeur est une parure. Or la parure
qui ajoute à la beauté, diminue aussi
la laideur, à moins pourtant que celle-ci ne soit excessive.

La grandeur impose au profit de
tout ce qui y est joint.

La grandeur n'impose tant, qu'à
ceux qui voudroient être grands eux-
mêmes. Ce respect si lâche & si bas
vient d'ambition, & par conséquent
d'orgueil. La véritable élévation du
cœur est dans sa modération.

II.

La naiſſance, les richeſſes, les honneurs attirent de la conſidération,
quoiqu'ils n'en méritent point par
eux-mêmes. Que ceux à qui ce préjugé eſt favorable, le laiſſent ſubſiſ-
ter, pourvû qu'ils ne s'en ſervent que
comme d'un moyen plus facile d'être
aimés, d'être adorés, & de faire ainſi
leur bonheur, en faiſant celui de
leurs inférieurs.

III.

C'eſt dans les hommes publics,
dans les gens en place, que le défaut de politeſſe choque davantage,
parce qu'on l'attribue à orgueil, à
mépris, ou à dureté de cœur. Cependant c'eſt dans eux qu'il eſt plus ex-
cuſable. Ce qui ſeroit une impoli-
teſſe dans un ſimple particulier, n'eſt
quelquefois qu'une diſtraction dans
un homme public; & il ne manque
d'attention pour les perſonnes, que

parce qu'il eſt trop occupé des choſes
& des affaires. Quelquefois auſſi, juſ-
tement rebuté par les défauts des perſonnes mêmes, l'humeur le gagne,
l'impatience le prend; &, malgré tous
ſes efforts, il ne peut s'empêcher de ſe
venger en quelque ſorte ſur les derniers qui ſe préſentent, de la peine &
de l'ennui que les premiers lui ont
cauſés, mais qu'il ne leur a point fait
ſentir, parce que ſa patience n'étoit
pas encore épuiſée.

Après la meſure d'attention & de
patience que les affaires & la juſtice
exigent de l'homme en place, du
Magiſtrat, du Miniſtre, &c. il y a
encore celle qu'ils doivent aux perſonnes, & que la politeſſe ou la bonté
leur preſcrivent. Après avoir écouté
pour s'inſtruire, il faut écouter pour
conſoler. Après avoir écouté pour
ſoi, il faut écouter pour celui qui
parle. Vous n'avez plus beſoin de
l'entendre; mais il a encore beſoin
de vous parler.

IV.

Il y a pour les grands en place &
maîtres des graces, le secret d'adou-
cir les refus; & pour les grands fimples protecteurs ou interceffeurs, celui de cacher à leurs protégés qu'ils
n'ont pas toujours affez de crédit
pour obtenir des graces d'une certaine importance, ni même pour ofer
les demander. Parmi ceux de qui elles dépendent, quelques-uns ne fe
foucient point du premier de ces fe-
crets, l'art des refus honnêtes; mais
tous les autres grands voudroient
avoir le fecond, l'art de cacher le
défaut de crédit. Leur embarras eft
de fçavoir fi, pour y réuffir, il vaut
mieux refuser avec dureté qu'avec
politeffe, l'interceffion qu'on leur demande. La politeffe pourroit être re-
gardée comme l'effet de cette efpèce d'humilité que donne l'humilia-
tion de l'impuiffance. La dureté
pourroit auffi être prife pour l'effet
de

de l'humeur & du dépit que donne
une demande qui paſſe le pouvoir de
icelui à qui on la fait. Ainſi le danger
appréhendé étant à peu près égal
dans les deux partis, il vaudroit mieux
refuſer poliment que durement. Mais
l'humeur & le dépit ôtent la liberté
du choix; & on eſt dur.

Où eſt le grand qui craigne plus
qu'on ne doute de ſa bonne volonté,
que de ſon crédit?

V.

Un ſimple particulier eſt enchan-
té, comblé de politeſſes, des louanges & des careſſes d'un grand. *Qu'eſt-
ce,* dit-il, *qui pourroit l'engager à me
tromper?*

Mais il eſt aiſé de répondre que, ſi
ce n'eſt pas un intérêt groſſier, c'eſt
tantôt de la vanité, tantôt un peu de
malice, ou bien une habitude de politeſſe & de flatterie, &, pour ainſi
dire, une ſorte de coquetterie.

Comme il y a des petits qui flat-

rent les grands, & qui difent fauffement que c'eft par refpect, il y a des
grands qui cajolent les petits, & qui
difent fauffement que c'eft par bonté.

VI.

Le premier abord & les premiers
difcours de certains grands font fort
hauts. Ce qui les preffe le plus, c'eft
de faire fentir leur grandeur. Après
cela ils font polis; il n'eft plus tems;
le mal eft fait, & fouvent il eft irréparable.

Les grands dont la politeffe eft la
plus vraie & la plus fincère, doivent
encore être en garde contre un certain air de hauteur qui peut s'y glif-
fer, fans qu'ils s'en apperçoivent.
Quant à ceux qui, fans être vraiment
polis par un fond de bonté & d'humanité, veulent pourtant le paroître, parce qu'ils en fentent l'importance, ils fe tromperoient groffière-
ment, s'ils croyoient fuppléer à d'air
affable & modefte, & réparer l'air

haut & superbe, en prodiguant les marques de politeſſe. Plus il y en au-ra, plus elles piqueront & révolte-ront, ſi elles ſont accompagnées de hauteur. On devine le motif de cette prodigalité. On dit : *Cet homme veut me tromper & m'engager à me louer de lui. Il veut du moins que je ne puiſſe m'en plaindre avec quelqu'apparence de juſti-ce ; & pouvoir dire qu'il m'a comblé de politeſſes.*

On diroit volontiers à ces grands trop polis en un ſens : *Soyez-le moins, & ſoyez-le mieux.*

Faire du mal aux autres, en les mettant dans l'impuiſſance de s'en plaindre, c'eſt leur en faire double-ment. *Vos torts à mon égard*, diſoit M. de B... au Duc de *** *me piquent d'autant plus, que, quelque grands qu'ils ſoient, il n'y a pas dix perſonnes dans Paris à qui je puſſe les faire ſentir.*

VII.

La plûpart des petits qui deviennent grands, oublient ce qu'ils font, ou ce qu'ils ont été. Les uns restent bas, indécemment familiers avec ceux qui leur font très-inférieurs, s'aviliffent & fe font méprifer. Les autres deviennent hauts, fats, infolens, & fe font également haïr & méprifer.

Ce qui eft orgueil & hauteur dans un grand du premier ordre, eft fatuité dans un moins grand ; impertinence & infolence dans un moins grand encore. On fait trop d'honneur à certaines gens de dire qu'ils font hauts & fiers.

VIII.

A voir l'infolente fierté des domeftiques de plufieurs grands, on diroit qu'ils regardent comme au-deffous d'eux, tous ceux qui font au-deffous de leurs maîtres.

Mais ce défordre doit être principalement attribué aux grands mêmes. Leur fuperbe hauteur fait l'impertinence ridicule de leurs gens. En man-

quant d'égards , en leur préfence ,
pour l'homme de mérite , fimple particulier , ils les enhardiffent , ils les in-
vitent en quelque forte à lui manquer
de refpect. Si les uns étoient polis ,
les autres feroient civils. En général
il y a beaucoup à conclure en bien &
en mal des valets aux maîtres , &
des maîtres aux valets ; & le proverbe le dit.

IX.

Une des chofes qui dégoûte le
plus un homme de mérite de s'atta-
cher aux grands , & même aux grands
qui ont du mérite , c'eft qu'il y a prefque toujours auprès d'eux des gens
fans mérite, avec qui il faudroit vivre , & partager , finon l'eftime, du
moins l'amitié & les faveurs du maître. Il faut prendre garde néanmoins
que ce dégoût ne vienne de jaloufie,
ou d'antipathie. Tel qui ne vous convient pas , & qui ne vous plaît pas,
convient & doit plaire à ce grand. Il

lui faut plus d'une forte de gens. S'il n'avoit auprès de lui que ceux qui vous conviennent, parce qu'ils vous reffemblent, dans plufieurs, il n'en auroit qu'un. Ceux qu'il choifit & qu'il vous affocie, il les prend pour lui, & non pour vous. Il faut qu'en vous tous il ait tout; que vous ne vous reffembliez tous que dans le zèle pour fon fervice, différens d'ailleurs dans le refte. Si ce grand vous charge de lui choifir quelqu'un pour être avec vous auprès de lui, fongez qu'il ne s'agit pas de vous choifir un ami, une fociété, mais un homme qui lui foit vraiment utile & agréable, un homme qui ait ce qui vous manque.

Un homme détefte une place qu'il chériroit, fi elle ne le lioit pas avec un collègue qu'il hait fans raifon. Il eût détruit cette averfion injufte, en la combattant de bonne heure; aujourd'hui elle eft invincible. Il faut quitter la place & perdre fa fortune, ou se résoudre à la vie du monde la plus malheureuse.

J'ai entendu dire à un grand qu'un des embarras de sa condition étoit d'accorder entr'eux ceux qui étoient auprès de lui. Cela fait son éloge. La plûpart des grands ne songent guères à ce qui embarrassoit celui dont je parle, ou ils ne s'en occupent que par rapport à leur propre intérêt, & non par des sentimens d'humanité. Ils croient même qu'il est de leur intérêt que ceux qui les servent, ne soient pas trop unis.

X.

Trois hommes sont admis dans la plus étroite familiarité d'un grand. Le premier, à un sçavoir étendu joint un esprit juste, pénétrant, un génie supérieur. Le second est un homme d'une imagination vive, enjouée, féconde en saillies. Le troisième n'a ni le solide du premier, ni l'agrément du second; mais il est souple, adroit,

K k iv

flatteur. Le grand eſtime beaucoup le premier, s'amuſe du ſecond, & aime le troiſième. C'eſt avec celui-ci qu'il juge des deux autres. C'eſt celui-ci qu'il conſulte ſur ce qu'il veut faire pour eux, & qui décide.

X I.

Rien ne fait plus d'honneur à un grand, homme de mérite, que d'avoir auprès de lui un homme de plus de mérite encore. Cela prouve ou que par le cœur il eſt incapable d'une petite & baſſe jalouſie; ou que par eſprit & par intérêt bien entendu, il ſurmonte cette jalouſie.

Il ne ſçait pas tout ce que je vaux, diſoit quelqu'un avec chagrin, d'un grand auquel il étoit attaché. *Tant mieux pour vous peut-être*, lui répondit-on.

Il y a ordinairement plus à eſpérer d'un grand qui ne ſent pas tout ce que vous valez, que de celui qui

fent que vous valez mieux que lui.
Mais s'il s'apperçoit que vous le fen-
tez auffi, n'en efpérez rien. Quelquefois même craignez-en tout.

Les grands qui ont de l'efprit, font
jaloux; ceux qui n'en ont point, font
défians.

Mais pourquoi les grands & les riches font-ils jaloux d'un homme
d'efprit? Qu'eft-ce que ce léger avantage en comparaifon de tous ceux
qu'ils ont fur lui? Craignent-ils qu'on
ne leur préfere cet homme d'efprit?
Cette crainte leur feroit honneur en
un fens, parce qu'il n'y a guères
qu'un homme d'efprit qui en foit
fufceptible; mais elle marqueroit en
même tems bien de la fimplicité.

Qu'un grand ne craigne point
d'être rabaiffé par les hommes de
mérite qu'il approche de lui; il eft
leur égal dès qu'il les aime. Par-là il
a le mérite de fon rang & de fon état,
comme ils ont celui du leur.

Le mérite du fubalterne devient

celui du grand qui fent & qui aime ce
mérite.

On dit quelquefois que le valet a
plus d'efprit que le maître; mais pour
peu que celui-ci en ait, on le dit fans
le penfer. Souvent les difcours malins font plus vrais que fincères.

Madame la Ducheffe de ** voit
beaucoup de gens de lettres & de
beaux efprits. Une autre Dame lui
difoit un jour qu'elle n'aimeroit pas
le commerce de ces Meffieurs-là;
qu'ils avoient mille défauts; qu'ils
étoient orgueilleux, malins, impolis, &c. Pour moi, répondit la Ducheffe, le plus grand défaut que je
trouve aux beaux efprits, c'eft d'a-
voir peu d'efprit.

XII.

Il fied bien à un grand d'être
timide avec les gens d'efprit. Cela
prouve qu'il n'eft point fier de fon
rang; qu'il fait cas de l'efprit; qu'il

n'en manque pas, & qu'il ne croit pas en avoir plus qu'il n'en a.

Tel grand n'eſt pas haut avec les gens d'eſprit; mais ce n'eſt que par mauvaiſe honte. Il craint qu'ils ne ſe moquaſſent de ſa hauteur.

XIII.

On a dit qu'on pouvoit ſe faire craindre des grands, mais non s'en faire aimer. Ce qui eſt ſûr, c'eſt qu'il y en a pluſieurs dont on tirera plutôt quelque choſe en s'en faiſant crain-dre, & par-là en s'en faiſant haïr, qu'en s'en faiſant aimer.

Qu'il eſt dur à un honnête-homme d'être réduit à ſe faire craindre pour ſe faire récompenſer! Si ce moyen eſt haſardeux, il eſt encore plus déſa-gréable, même dans le cas où il n'au-roit rien de contraire à l'eſſentiel de la probité; & fût-il infaillible, peut-être, avec des ſentimens, ne pour-roit-on encore ſe réſoudre à l'em-ployer. Malheureuſement pour le galant homme, on sçait qu'il penfe ainfi; & on en abufe. Sa probité qui quelquefois le fait haïr, empêche de le craindre.

XIV.

Les grands emploient volontiers les hommes médiocres. Ils ne les craignent point, & on ne leur en dit point de mal.

Un homme qui a de grandes qualités, a fouvent de grands défauts. Mais fes grandes qualités lui font beaucoup d'envieux, qui dès-lors font intéreffés à relever fes défauts. Il y a fouvent beaucoup de mal à dire des grands hommes, & toujours beaucoup de gens intéreffés à en dire.

XV.

Tel homme en place doit fa gloire à un fubalterne. Le public l'ignore; & l'homme en place a le plaifir de l'ignorer lui-même.

La plûpart des grands manquant

de difcernement ou d'équité; entrer
à leur fervice pour faire quelque fortune, c'eft ordinairement comme
mettre à la loterie, où tous les bil-
lets font d'égale valeur, & où de
plus celui qui n'en a qu'un, gagne
quelquefois le gros lot, pendant que
celui qui en a plufieurs, ne gagne
rien. Il eft rare que parmi ceux qui fe
font attachés à un grand, le mieux
récompenfé foit celui qui, au jugement même de ce grand, mérite le
plus de l'être, & en eft le plus eftimé. Ce n'eft pas même toujours le
plus aimé, mais le plus adroit, le
plus intriguant, le plus importun, le
plus hardi; ou, comme je l'ai dit, le
plus craint.

On doit dire aux grands : *Faites du*
bien à ceux qui vous aiment, n'euffent-ils
point d'autre mérite, pourvû que vous en
faffiez auffi, & plus encore, à ceux qui
vous fervent bien, ne vous aimaffent-ils
point. C'eft pour eux un mérite de plus
que de vous bien fervir, fans vous aimer.

Mais c'eſt cela même qui pique les
grands, qu'on ait du mérite à les ſervir. Ils aiment mieux être aimés ſans
être bien ſervis, que d'être bien ſervis ſans être aimés. Ils aiment mieux
l'affectation, non-ſeulement que les
talens, mais encore qu'une fidélité &
une exactitude qui n'auroient pour
principe que l'honneur & la probité *.
Plus même un homme les ſert avec
capacité & fidélité, plus ils le haï-
ront, s'ils s'apperçoivent qu'ils n'en
ſont pas aimés, parce qu'ils feront
d'autant plus piqués de ne l'être pas,
que celui dont il s'agit, eſt plus homme de mérite. Ajoutons qu'ils feront
encore d'autant plus piqués, qu'ils

* J'ai fait quelquefois réflexion, que des offices très-
réels & très-ſolides étoient ſouvent effacés par de fades
complaiſances, & que de deux perſonnes, dont l'une rend
doit des ſervices très-utiles, mais avec quelque chagrin,
l'autre témoignoit ſeulement de la complaiſance, ſans être
utile à rien, l'on préféroit d'ordinaire la complaiſante d
l'autre, au moins par la pente du cœur & par l'inclination
qui ne manquoient pas enſuite de ſe faire paroître, lorſqu'on
étoit en état de ſe paſſer des ſervices de celle dont l'humeur
étoit un peu plus chagrine. Lettre 15. de M. Nicole.

auront eux-mêmes plus de mérite,
parce qu'ils trouveront plus injuſte
qu'on ne les aime pas. Mais ignorent-
ils qu'avec du mérite ſeul on n'eſt
point aimable? Bien plus; qu'il y a
une ſorte de mérite avec lequel on
n'eſt pas même eſtimable. Que dis-je?
Laiſſons-leur penſer que nous ſommes injuſtes. S'ils ſentoient que c'eſt
leur faute de n'être pas aimés, ils
nous en haïroient bien davantage.

En engageant un grand à nous
faire du bien par amitié, il n'eſt pas
défendu de l'engager encore à nous
en faire par honneur, & pour mieux
dire peut-être, par vanité. Souvent
même ce dernier moyen eſt plus ſûr
& plus facile que le premier; & un
peu de vanité fera quelquefois plus
que beaucoup d'amitié.

Cette vanité qui nous déplaît tant
dans les autres, nous fournit le principal moyen de leur plaire, de les
gagner, & par conſéquent d'en tirer
parti. Je l'ai déja dit; on fait tout ce

qu'on veut d'un homme vain, en flat-
tant ſa vanité, en le prenant par ſa
vanité.

Vous ne pouvez ſouffrir, dites-
vous, le ſot orgueil de ce grand, votre protecteur. Si vous êtes un honnête homme, j'entre dans votre peine, & je vous plains. Si vous ne l'ê-
tes pas, je vous mépriſe; vous êtes
un ſot vous-même.

XVI.

Sous prétexte de n'être pas confondus avec les ſots, les gens de beaucoup de mérite exigent quelquefois
des grands des diſtinctions & des pré-
férences qu'ils ne pourroient leur
accorder ſans manquer à la bonté &
même à la prudence, parce que les
perſonnes d'un moindre mérite ſe
tiendroient fort offenſées de ce trai-
tement différent.

Il devroit être plus aiſé de faire
ſentir à un homme d'eſprit qu'on eſt
ſouvent obligé à traiter un ſot auſſi-
bien

bien que lui, que de faire sentir à ce sot qu'il ne doit pas exiger qu'on le traite auffi-bien qu'un homme d'esprit. Cependant cela ne l'est pas toujours, parce que l'homme d'esprit a quelquefois plus de vanité que le sot, & que d'ailleurs celui-ci se rend quelquefois justice.

XVII.

La plûpart des grands & des riches regardent l'esprit, les talens, le sçavoir, tout au plus comme des chofes qui peuvent leur procurer quelque plaisir ou quelqu'utilité. Ils sont bien éloignés de les regarder comme des titres de grandeur dans ceux qui les possédent, & comme des droits à une forte de respect. Quelqu'un a dit qu'un grand Poëte étoit pour eux comme un bon violon.

Comme le plus grand mérite ne dispense pas du respect dû au rang, le rang le plus élevé ne dispense pas des égards dûs au mérite.

Tome I.   LI.

Le mérite, dit *Pascal*, ne doit que
des respects extérieurs à la grandeur
sans mérite. La grandeur en doit au
mérite d'intérieurs & d'extérieurs. J'a-
joute de publics. Le mérite dit à la
grandeur ; *honorez-moi devant le vulgaire ;* & il le dit pour enseigner un de-
voir fondé sur l'utilité publique.

A près l'honneur d'avoir un génie
supérieur, de grands talens, un pro-
fond sçavoir, il y a celui d'estimer
tout cela, & d'honorer ceux qui le
possèdent.

La grande célébrité dans les sciences, les lettres & les beaux arts,
jointe à la décence & aux mœurs,
fait une sorte de grandeur extérieure,
donne un rang, & met une espèce
d'égalité entre un Sçavant, un Poëte,
un Orateur, &c. & un grand. Nous
en avons vu un exemple dans M. de
Fontenelle. Jamais peut-être homme
de lettres n'a joui d'une plus grande
considération.

L'homme de mérite qui manque-

troit de respect à un grand, parce que
celui-ci manqueroit pour lui d'é-
gards, seroit plus coupable que le
grand, parce qu'il ne sçauroit ignorer
ce qu'il lui doit, ni y manquer, sans
sçavoir bien qu'il y manque; au lieu
que le grand, moins éclairé, peut
pécher par ignorance, soit du fait,
soit du droit. Il peut ne pas sentir que
tel homme est un homme de mérite,
& même ne pas sçavoir ce qu'il doit
au mérite.

La hauteur qu'inspireroit le mérite, seroit d'autant plus blâmable,
qu'elle devroit être corrigée par le
mérite même.

Un grand doit être bien-aise de
trouver une modeste fierté dans un
homme de mérite; & celui-ci de
trouver de la dignité dans un grand.

L'homme de mérite traite trop aisément le grand de fat; & le grand
traite trop aisément l'homme de mérite de glorieux.

Un des principaux moyens de bien.

remplir une première place, c'est d'employer des gens de mérite; mais pour cela il faut sçavoir également les connoître & les gagner.

XVIII.

Un Maréchal de France écrivoit à son fils, jeune Colonel: *Vivez avec les Officiers de votre Régiment comme leur égal; & qu'ils ne s'apperçoivent que vous êtes leur Colonel qu'en ce qui concerne le service du Roi.*

Une bonne règle de conduite pour les Grands, c'est de se dire; *oserois-je faire cela, si je n'étois que simple particulier?*

Quelques grands mettent une sorte de grandeur à ne se point soucier de ce qu'on peut penser d'eux, & comme ils disent, à mépriser le mépris du vulgaire; fausse grandeur, également odieuse & méprisable.

XIX.

Avoir de la hauteur avec ses infé-

rieurs, c'eſt dureté; avec ſes égaux,
c'eſt ſottiſe; avec ſes ſupérieurs, c'eſt
folie.

Quand le maître & le valet ſont
également orgueilleux, c'eſt le voya-
ge du pot de fer & du pot de terre.

Quelques Grands portent la hauteur juſqu'à un excès d'où naît un ridicule qui venge les petits.

X X.

Les inférieurs ſe plaignent de la
fierté de leurs ſupérieurs, & ceux-ci
de la vanité des premiers. Voulez-
vous qu'un grand oublie avec vous
ce qu'il eſt? Ne l'oubliez pas vous-
même, ni ce que vous êtes. Traitez-
le comme votre ſupérieur; il vous
traitera comme ſon égal.

J'avoue néanmoins que cette conduite ne réuſſiroit pas auprès de tous
les grands, & qu'il en eſt avec qui il
vaudroit mieux être un peu fier ſoi-
même, que trop humblement reſpec-

tueux; mais j'aime à croire que ceux-ci ne font pas le grand nombre.

XXI.

Plus il feroit honteux de plaire à certains Grands, plus il feroit dangereux de leur déplaire.

Il eſt d'autant plus dangereux d'offenſer les grands, qu'il eſt plus difficile de les appaiſer. Quelques ſatisfactions & quelques réparations qu'on leur faſſe, quelque regret & quelque repentir qu'on leur témoigne, ils ne l'attribuent qu'à la crainte qu'on a de leur reſſentiment.

La hauteur des grands, & la baſſeſſe de la plûpart de ceux qui les environnent, font réciproquement cauſe & effet l'une de l'autre.

XXII.

Eugene ſe conduit également mal avec ſon valet, & avec un Prince auquel il eſt attaché. Trop philoſophe, & par-là en même tems trop fier &

trop humain, il les regarde l'un &
l'autre comme fes égaux, & agit en
conféquence. Son maître le hait, &
fon valet le méprife.

D'autres au contraire, & c'eft le
plus grand nombre, fe conduifant
bien avec leur valet & leur maître,
fe conduifent fort mal avec leurs
égaux. Bons & humains envers les
premiers, attentifs & refpectueux pour
les feconds, ils font épineux, impa-
tiens, impolis avec les troifièmes.
C'eft qu'ils font vains, & que les vains
le font fur-tout avec leurs égaux.

XXIII.

Pour peu qu'un homme de mérite
fçache vivre, il ne manque point à
un grand en public. Pour peu qu'un
grand ait de mérite, il ne manque
point à un homme de mérite en particulier. Mais le grand manque quelquefois à l'homme de mérite en public; & l'homme de mérite manque
quelquefois au grand en particulier.

Ce feroit une erreur groffière que
celle d'un homme de mérite qui
croiroit que dans le tête-à-tête il n'eft
plus queftion que de mérite, & non
de rang.

Un grand feroit quelquefois moins
bleffé qu'on lui eût manqué de refpect en public qu'en particulier; à
moins pourtant que ce ne fût par un
de ces mots auffi ingénieux que vrais,
toujours rapportés par ceux qui les
ont entendus, & dès-lors bientôt ré-
pandus dans le monde. Mais fi dans
ce manque de refpect, il n'y a eu que
de la groffiéreté fans efprit, le grand
vengé par le blâme & le mépris général qu'encourt celui qui a oublié ce
qu'il lui devoit, pardonne fans beaucoup de peine, & fe fait néanmoins
honneur d'avoir pardonné.

Un particulier parlant à un grand,
dont il avoit fujet de fe plaindre; &
la converfation s'échauffant, celui-ci
lui rappella la diftance que la naiffance & le rang mettoient entr'eux,
                        Monfieur,

Monsieur, lui dit le particulier, *j'ai plus au-dessus de vous dans ce moment, que vous n'avez au-dessus de moi; car j'ai raison, & vous avez tort.*

Un autre, après quelques paroles trop piquantes de part & d'autre, dit au grand qui se fâchoit : *Finissons, Monsieur ; la partie n'est pas égale ; je ne suis qu'insolent, & vous êtes brutal.*

XXIV.

Quoi qu'on dise contre les grands, il y a souvent plus de ménagemens à garder avec ses inférieurs & ses égaux, qu'avec ses supérieurs. Si ceux-ci sont plus sensibles, ceux-là sont plus soupçonneux. La liberté que vous vous permettez avec un grand, est ordinairement sans conséquence contre lui ; & c'est pour cela qu'il vous la permet lui-même *. Mais sur la moindre chose à laquelle vous manquerez avec vos égaux & vos infé-

* Plus on est grand, plus on peut être civil & familier. *La Reine Christine.*

Tome I. M m

rieurs, fur-tout en préſence d'autrui ; les premiers croiront aiſément que vous voulez vous élever au-deſſus d'eux, & les ſeconds que vous les mépriſez. Du moins ils craindront que les témoins ne le croient.

Tâchez de ne vous lier qu'avec des gens qui ſoient au-deſſus de vous. C'eſt un conſeil que beaucoup de pères donnent à leurs enfans; mais ils ne le leur donnent que par vanité ou par intérêt. Ils penſent que cette ſociété leur ſera plus utile ou plus honorable; mais ils ſont bien éloignés de croire qu'elle ſera peut-être auſſi moins gênante & plus douce. Ils ne voient pas toutes les raiſons de leur conſeil. Ils diſent encore mieux qu'ils ne croient dire.

XXV.

Il y a des gens qui ne ſçauroient ſe paſſer de maître, & d'autres qui ne ſçauroient en ſouffrir aucun. Les premiers font très-méprifables; mais les feconds peuvent être très-haïffables.

XXVI.

Aucun des défauts, aucune des foibleffes du Duc de *** ne vous ont échappé; vous le connoiffez à fond. C'eft un fecours pour en tirer meilleur parti, & pour lui être plus utile à lui-même. Mais vous lui avez fait fentir que vous le connoiffiez. Vous vous êtes perdu ou par vanité, ou par dépit, ou par imprudence & maladreffe.

XXVII.

Philante heureux auprès d'un grand auffi aimable qu'eftimable, penfoit néanmoins qu'un Philofophe jouiffant de fa liberté, étoit plus heureux encore. *Philante* a recouvré la fienne, en jouit depuis long-tems, & penfe toujours de même.

XXVIII.

C'est à certains égards un désavantage pour l'Etat que les grands demeurent dans la Capitale. A d'autres égards c'est un avantage.

Les Provinces seroient moins pauvres, si les grands y passoient au moins une partie de l'année, parce qu'ils y feroient de la dépense. Leur séjour dans la Capitale y attire tout l'argent des Provinces, & par-là les épuise. Elles sont dans la misere, pendant que Paris est dans l'abondance.

D'un autre côté les grands embellissent la Capitale en y demeurant, & la rendent un spectacle plus digne de l'Etranger. En second lieu les grands remueroient & feroient peut-être les petits tyrans dans les Provinces. C'est la remarque du Cardinal de Richelieu. Mais ce qui étoit à craindre de son tems, ne le seroit plus aujourd'hui.

A Paris les grands s'accoutument

à vivre avec leurs inférieurs à peu près comme avec leurs égaux. Et il ne faut pas dire que lorsqu'ils retournent dans les Provinces, ils se vengent par des hauteurs de l'assujettissement de la Cour, & de l'égalité de la Capitale. Il est plus naturel, & l'expérience le prouve, qu'ils prennent à la Cour & à Paris de la douceur & de l'humanité, du moins de la civilité. L'habitude les plie aux égards. Il n'y a point de gens plus hauts avec leurs inférieurs, que ceux qui n'ont vécu qu'avec eux.

Il seroit peut-être utile qu'il n'y eût point de Capitale dans un Royaume, & que le Souverain habitât tour à tour les principales villes de ses Etats *.

Les Capitales sont d'une grande utilité pour le progrès des lettres, des sciences & des arts. C'est peut-

---

* *La Monarchie se perd lorsque le Prince rapportant tout uniquement à lui, appelle l'Etat à sa Capitale, la Capitale à la Cour, & la Cour à sa seule personne.* Esprit des Loix, liv. 8. ch. 7.

être là leur principal & même leur unique avantage.

XXIX.

Une des raisons pour lesquelles il est d'un grand Roi de favoriser les sciences, les arts, tous les talens, c'est que la grandeur, la gloire & la dignité de sa couronne, le respect même pour sa personne de la part des étrangers, se mesurent en grande partie sur le mérite de ceux à qui il commande.

XXX.

Le courage & la générosité sont les deux principales qualités d'un homme de grande naissance.

Une des principales parties de la générosité dans un grand, s'il est riche, c'est la libéralité, mais sage & bien entendue. *Il faut que les Princes donnent sans cesse,* disoit Madame de Choisy à Mademoiselle de *Montpensier; ou ils ne sont bons à rien.* Cette exagération badine n'en rend que mieux la vérité qu'elle exprime.

On a dit ; *faire des heureux, plaifir de Roi.* J'ignore qui l'a dit, & je voudrois que ce fût un grand ; mais le mot eſt beau, & plein de ſentiment.

Un Souverain peut faire des heureux : voilà le plus bel avantage de la ſouveraineté. Mais d'un autre côté il ne peut preſque jamais faire un heureux, ſans faire pluſieurs mécontens ; & c'eſt-là un grand déſavantage ; déſavantage néanmoins qui eſt plutôt de la ſouveraineté que pour les Souverains. La plûpart n'en ſont guères touchés, & n'y penſent ſeulement pas. Ils n'entendent que les actions de graces. Les plaintes ſont écartées du Thrône.

Au reſte quand on dit *qu'un Souverain peut faire des heureux*, ce n'eſt pas ſeulement à cauſe de ce grand nombre de graces, de dignités, & de titres d'honneur qu'il a à diſtribuer. Ces paroles ont un ſens plus étendu, plus beau, & dans lequel elles font bien plus vraies. Un Souverain peut rendre un grand peuple heureux par un fage gouvernement : & ce pouvoir eft en effet *le plus bel avantage de la fouveraineté.*

XXXI.

L'homme eft le Roi du monde. Ainfi les Monarques font Rois de Rois ; & outre la reffemblance qu'ils ont avec Dieu, comme hommes, ils en ont une feconde, comme Rois, qui les rend doublement fes images. De-là l'obligation à toutes les vertus dans le plus haut degré.

XXXII.

C'eft à la Cour que fe trouvent les gens les plus occupés & les plus défoccuppés, & que les mêmes gens font le plus, tantôt l'un & tantôt l'autre.

La vie de la Cour eft pénible & ennuyeufe. Affez de plaifirs, mais
devenus

devenus infipides par l'habitude, ou empoifonnés par le chagrin. On porte à ces plaifirs des fens raffafiés, ou une ame triftement agitée.

XXXIII.

Un grand difgracié va vivre avec fes proches, & quelques anciens amis, c'eft-à-dire, avec ceux qui perdent le plus à fa difgrace. Il vaudroit mieux vivre avec de nouvelles gens.

Ce feroit en être quitte à bon marché de n'être qu'abandonné de fes amis dans fa difgrace. On en eft haï, fur-tout fi on l'a méritée, ne fût-ce que par une imprudence.

XXXIV.

Tel grand difgracié pour une action de vertu, fe repent de l'avoir faite, & feroit pour rentrer dans fa place, ce qu'il n'auroit jamais fait pour y parvenir, ni même pour s'y maintenir. La mauvaife fortune l'a corrompu.

Tome I.   N n

XXXV.

Il y a bien des manières de devenir malheureux en faisant fortune. Une des principales, c'est lorsque cette fortune est très-incertaine ; par exemple, lorsqu'elle est attachée à une place qu'on peut perdre à chaque instant. Alors le malheur est en proportion des avantages de la place, & de la crainte de la perdre.

Au reste les grands s'étourdissent sur la crainte de la disgrace, comme les hommes sur celle de la mort.

Fin du Tome Premier.

APPROBATION.

J'AI lû par ordre de Monseigneur le Chancelier cette nouvelle Edition des *Essais de Littérature & de Morale*, augmentée d'un troisiéme Volume ; & j'ai cru que le Public le recevroit aussi favorablement qu'il a reçu les deux premiers. A Versailles, le 20 de Février 1754. HARDION.

www.ingramcontent.com/pod-product-compliance
Lightning Source LLC
Chambersburg PA
CBHW050734030726
47505CB00002B/251